# 春归库布其

和谷　杨春风　著

辽宁人民出版社

© 和谷 杨春风 2019

**图书在版编目(CIP)数据**

春归库布其 / 和谷,杨春风著. — 沈阳:辽宁人民出版社,2019.3
 ISBN 978-7-205-09553-6

Ⅰ.①春… Ⅱ.①和…②杨… Ⅲ.①纪实文学-中国-当代 Ⅳ.①I25

中国版本图书馆CIP数据核字(2019)第049436号

| | |
|---|---|
| 出版发行: | 辽宁人民出版社 |
| | 地址:沈阳市和平区十一纬路25号 邮编:110003 |
| | 电话:024-23284321(邮 购) 024-23284324(发行部) |
| | 传真:024-23284191(发行部) 024-23284304(办公室) |
| | http://www.lnpph.com.cn |
| 印 刷: | 辽宁新华印务有限公司 |
| 幅面尺寸: | 170mm×240mm |
| 印 张: | 15 |
| 字 数: | 201千字 |
| 印 数: | 1—32 000册 |
| 出版时间: | 2019年3月第1版 |
| 印刷时间: | 2019年3月第1次印刷 |
| 责任编辑: | 艾明秋 马 辉 祁雪芬 |
| 装帧设计: | 丁末末 |
| 责任校对: | 吴艳杰 耿 珺 刘再升 |
| 书 号: | ISBN 978-7-205-09553-6 |
| 定 价: | 46.00元 |

# 目录
## Contents

| 引 言 | / 001

| 第一章 | **弓弦** / 005

历史的烟云几曾漫卷库布其沙漠，
在自然与文化的基因中交汇融合。

| 第二章 | **治沙** / 017

农牧民们为改变沙进人退的窘境，
持续向沙漠夺回赖以生存的空间。

| 第三章 | **头羊** / 041

杭锦淖尔一只领头羊从盐场起步，
寻觅碧草青青和开满鲜花的原野。

| 第四章 | **筑路** / 061

千军万马穿越沙漠腹地死亡之海，
修筑了一条通向外面世界的道路。

| 第五章 | **绿风** / 077

由黄河锁边林到人进沙退的壮举，
连绵的绿色屏障为大漠披上衣裳。

| 第六章 |　**沙缘**　/ 107

一棵野生甘草长出了沙漠经济学，
孵化出洁能环保产业的广阔前景。

| 第七章 |　**深耕**　/ 129

海市蜃楼呈现出七星湖边的风景，
科技创新培育了绿色经济沙产业。

| 第八章 |　**同富**　/ 159

放骆驼种地的农牧民市场化参与，
十万百姓在春风化雨中脱贫致富。

| 第九章 |　**样本**　/ 195

在高原上形成的库布其治沙经验，
走向四面八方修复荒漠化显成效。

| 第十章 |　**守望**　/ 219

库布其生态治理模式走进了非洲，
为了人类命运共同守护地球家园。

| 结　语 |　　　　　/ 233

# 引言

"地球较 20 年前更绿了,中国和印度主导了这个星球的绿化。"

2019 年 2 月 12 日,美国国家航空航天局(NASA)公布了全球卫星图所显示的地球最新生态状况,提到中国和印度的植树和农业活动对地球变绿贡献巨大,此事赢得了全球网友的热烈赞誉。

世界,应该感谢中国。

作为荒漠化最严重的国家之一,经过 70 年的不断探索和不懈奋斗,中国已经走出了一条生态与经济并重、治沙与治穷共赢的防治荒漠化道路,为世界提供了一份可靠而又可复制的生态修复样本。

在这份郁郁葱葱的"中国绿"样本里,有河北塞罕坝机械林场的三代造林人,通过半个多世纪的持续奋斗,让贫瘠的沙地渐变为绿色林海的执着身影;有用了 60 多年时间,把位于鄂尔多斯高原和黄土高原之间的浩浩 4.2 万平方公里的毛乌素沙地彻底变成了"毛乌素森林"的一代代治沙人;还有一直跋涉奋战在鄂尔多斯库布其沙漠上的无数个"大漠之子",他们以中国人的非凡智慧,在绿化沙漠的同时,也富裕了沙区的一方百姓。

在防治荒漠化的进程中,在追求人与自然和谐共生的现代化道路上,每一个中国人都做出了自己的贡献,他们对生于斯长于斯的故土充满了浓浓的乡情,并在这片土地上勾画着自己心中的优美图画。随着画卷的徐徐展开,世界既看到了中国人的坚韧意志,又体会到了中国人的执着与专精。全国各地的一代代治沙人,向世界奉献的不只是绿色,更呈现出了防治荒漠化的"中国态度"和"中国样本"。

这份样本弥足珍贵,因为全球正面临着荒漠化的威胁。

据联合国环境规划署公布的数据显示,近20年来,全球的荒漠化土地面积仍然在持续扩张,每年因荒漠化而丧失的土地高达5万—7万平方公里,那意味着此时此刻我们度过的每一分钟,就有约9.5—13.3公顷的土地在荒漠化。如果说这种计量单位让人不大好估量,那么也可将其换算为142—200亩。每分钟!142—200亩!

面对这样的状况,我们不禁要问:不久的将来,人类将安家何处?

纵观世界治沙史,会发现早在600多年前人类就已经开始了尝试。先是德国于1316年开始了海岸沙地造林工作,继而丹麦于1660年、匈牙利于1709年先后开启了海岸沙地的造林工作。这些最初的勇敢尝试,延续了约略4个世纪,却大多以失败告终。逆转荒漠化的难度,由此可以想见,将荒漠化土地喻为"地球的癌症",也属实情有可原。

可庆幸的是,人类也在屡屡的失败中取得了三项堪称伟大的成绩:提出了治理流沙的理论——造林以恢复植被;创造了沙丘造林的特有方式——配置沙障;筛选出了对沙地适应性强的树种——松树。这三项成果,迄今仍为各国不同程度地应用着,库布其在治理沙漠的过程中,也仍以沙障的配置作为造林的一个必须前提。

在接下来的若干年里,人类的治沙行动从未间断。

为了拯救我们的地球,世界各国政府与民众始终都在不懈地努力。

时至20世纪,又有四个大国相继推出了人类有史以来的四大世界级造林工程,即中国的"三北"防护林工程、苏联的"斯大林改造大自然计划"、阿尔及利亚的"绿色坝项目"、美国的"罗斯福工程"。其中,中国的"三北"防护林工程为四大造林工程之首。

## 引言

  浩大的"三北"防护林工程，奏响了中国生态革命的序曲，并在接下来的岁月里，使每一个生态脆弱的省份都掀起了生态建设的热潮。这场从开始就再也未曾停止的绿色风暴，迅速汇流为一首宏伟的交响乐，以其高昂而又自信的曲调席卷了整个中国。

  世界看到的"中国方案"，实际上是中国人奋战了半个多世纪的硕果。

  全球瞩目的"中国成就"，实际上是无数中华儿女用血泪、用年华的智慧书写而成。

  在这一代代相承永续的书写者当中，库布其沙漠的治沙人堪称杰出的代表。

  库布其沙漠是中国第七大沙漠，学术界和地理测绘部门通常称之为库布齐沙漠。但在近几年的媒体报道和国际推广中，人们更为熟悉的是"库布其沙漠"这个名字。所以本书接续的故事，也遵从"库布其沙漠"这个更流行的用法。

  库布其沙漠紧紧依傍着中华民族的"母亲河"——黄河，在中华大地上，这一沙一水亲密如唇齿，数千年来休戚与共，又甘苦同尝。库布其沙漠还是离北京最近的沙漠，直线距离只有800公里左右。新旧世纪之交的北京的沙尘暴，曾令所有库布其人羞愧难当，又心急如焚。也恰恰因此，库布其的治沙人早早就深刻地意识到了自己肩负着的使命，那就是尽快给库布其披上一身油绿的霓裳，确保黄河安澜，首都安康！

  许多年里，库布其沙漠的治沙人谱写着的，实是一首中华儿女谋求"天人合一""和谐共生"的人文心曲，他们当真唱响了，并且是在全球范围内。库布其人以自身的成功实践郑重地向全世界证明："地球的癌症"可治愈。

  天谙其道，欲兴中华，留下一个"几"字形大拐弯的河套地带让它发育成长。可又有天地不仁，曾留下库布其的荒凉挫磨着这个古老民族的坚忍心性。黄河如弓,大漠如弦。造物主所赐予的库布其沙漠的版图,如巨大的绿色琴弦,由一代代库布其的大漠之子深情触摸,在中华民族"母亲河"的庄重而温情的臂弯里,谱写了一首足以撼天地泣鬼神的生态革命之曲。这深情而悠扬的曲调,让万物生灵倾听,也裹挟着库布其的泥沙,呈现了一份"中国精神",谱写了一份"中国方案",并将成就为一部瑰丽的治沙史诗。

谨以此书——

献给所有向荒漠挑战的中国治沙英雄。

也献给全世界的生态建设者。

并愿我们栖居的地球,越来越美好!

# 弓弦

[第一章]

在自然与文化的基因中交汇融合。
历史的烟云几曾漫卷库布其沙漠，

## 1

"库布其"是蒙古语的音译,意指"弓上的弦",这也恰当描述了它的地理方位。它位于内蒙古自治区鄂尔多斯市北部,东西长400公里,横卧在黄河的"几"字弯里。其模样像把勺子,头大尾小,"几"字肚子里的西部宽约60公里,接下来骤然紧缩,中部与东部的平均宽度仅有10公里。如果勺子头和勺子柄的接合处不曾斜斜地探出一条来,那么它真就是一把活灵活现的勺子了。

勺头和勺柄的边缘,也就是库布其的西、北、东三面,妥帖地依偎着黄河,南面则近乎一条略带优美起伏的直线,且始终与黄河保持着十里八里的距离。恰恰在此拐了个"几"字弯的黄河,宛若一张天然的"弓臂",库布其也就妥妥地成了它的"弓弦"。

更妙的是,库布其中东段的沙漠里还排布着10条孔兑(蒙古语,意指"季节性河流"),每一条都有一个颇具地方特色的名字,从西往东分别是毛布拉格、布日嘎斯太沟、黑赖沟、西柳沟、罕台川、壕庆河、哈什拉川、母花沟、东柳沟、呼斯太河。这些河流也都是黄河的一级支流,由南往北直入黄河,这使它们也像极了一支支灵动的箭羽,搭在"弓弦"上,直指"弓臂"之北的连绵起伏的阴山山脉。

这一切,显然都是大自然奇绝的部署,激发了世人美妙的想象。

不过,对于"库布其"的含义也还存在另一种说法,说那意指"深绿茂密的森林"。这也并非空穴来风,迄今仍可在已消逝的漫漫时光中找到足够的依凭。

实际上,经过一代代专家与学者的共同考证,目前已能确定,库布其沙漠在古代曾是一处美好的膏腴之地,气候湿润,水草丰美,鸟兽群集。它后来的每一粒黄沙都并非胎带,而是历史上的气候干燥期和近代人类频繁活动共同作用，致使地表植被和覆盖层遭到破坏，终致砂石层被风激活，导致地表生态失衡的结果，存在一个逐步沙化的漫长过程。

"河套人"的发现，已证明库布其沙漠地带也是人类文明的发祥地之一。

库布其沙漠南侧乌审旗河南乡境内，有一条名叫"萨拉乌苏"的河流，它起源于陕北，是黄河支流无定河的上游支流。1922年秋冬的一天，两位幸运的法国人——地质及古生物学家桑志华、德日进，在这条河的岸畔沙层中，捡拾到了一枚人类的牙齿化石，确切地说是一枚左侧门齿，大小与现代人相似，齿冠结构具有原始特征，地质年代属更新世晚期。

接下来，人们又在这一带陆续发现了顶骨、额骨、枕骨、下颌骨、椎骨等人类化石。学术界将留下这些化石的古人类命名为"河套人"，并研究认定他们是旧石器时代晚期的人类，属晚期智人。

在发现"河套人"之前，中国是否拥有旧石器时代遗存一直是一件让人说不准的事。"河套人"的发现，填补了中国旧石器时代的考古空白。

在过去很长一段时间，学术界普遍认为"河套人"生存于距今3.5万年左右的全末次冰期中的某一个暖期。2007年，随着测定年代技术的重大突破，一个新的研究成果认为，"河套人"的生存年代在距今14万—7万年之间。

那就意味着，"河套人"是旧石器时代的早期智人，而非晚期智人。同时说明，"河套人"所栖居的这片土地，亦是一处人类文明的发祥地。

截至目前，这一区域已总共发现人类化石、生产及生活用石器等380多件，并发现了大量更新世晚期的哺乳动物化石、鸟类化石。这表明库布其沙漠地带早在14万—7万年之前，就已有了人类的栖居，更折射着远古时期的这片区域当是宜于人居的，它无疑既有河流、湖泊，又有草原、森林，鸟儿在湛蓝的天空中翱翔，鄂尔多斯大角鹿、王氏水牛、披毛犀等在广阔的原野上纵情飞奔。

然后，西伯利亚寒风掠过鄂尔多斯，大地进入了末次冰期中最寒冷的阶段，绿洲消失了，湖泊干涸了，动物和人类都迁徙了。

再后来，冰后期气温趋暖，大地万物生长，动物们回来了，人类也回来了。人类在湖边搭起用兽皮围起的帐篷，以抵御烈日、风雨和严寒的侵袭，并在帐篷周围燃起火堆，用来烧烤食物和防止猛兽袭击，从河滩或岩石区捡石块打制成工具。有一天，远古先民们认识到了植物年复一年不间断生长的根源，便把采集到的果实埋在土里，原始种植农业就这样产生了。

接下来，鄂尔多斯进入新石器时代，阳湾居民开始使用陶器，以从事原始农业经济为主，兼营狩猎和渔捞业。20世纪60年代发现于托克托县海生不浪村的喇叭口尖底瓶，为单一的汲水用具，其形态颇似一个硕大的乳房，取之于生命对乳汁的依赖情结。1974年发现的伊金霍洛旗那林陶亥乡朱开沟遗址，其时期约相当于商代。一些用动物骨骼制成的骨器，如人类最早期使用的缝纫工具骨针，在商周时期普遍使用，直到战国秦汉时期铁针出现才被淘汰。良好的生态环境，使农牧业生产发展到一个新的境地。

古代鄂尔多斯人的生活资源，除种植外主要是放牧的牛羊及猎物，从宰杀、切割到食用等都离不开锋利的带刃工具，便形成了使用短刀的传统。青铜刀，是鄂尔多斯青铜器中发现数量最多的器物。短剑，则是鄂尔多斯成年男子必备之物，既是马上近距离进攻的利器，也是贴身搏斗和护身的武器，具有一个勇士的身份及对战神崇拜的双重象征。短剑小于中原农耕民族青铜剑的长度，可能是由于冶铸技术上的差异，也可能缘于马背民族善于近身肉搏。

鄂尔多斯岩画，分布于鄂托克旗阿尔巴斯苏木的苦菜沟、摩尔沟、乌兰布拉格，内容主要有人面像即太阳神，以及星云、动物、牧人、骑者、狩猎等，是鄂尔多斯历史文化及自然环境变迁的佐证。

总之，远古时期的库布其沙漠地带，不仅是一处水草丰美的宜居之地，还是人类文明的摇篮之一。

## 2

也就是说，库布其沙漠并非自然形成。

那么，是从什么时候起，郁郁葱葱的森林演变成了散散漫漫的黄沙？

地球上任何一块沙漠的形成，都是自然与人为的双方面因素所致，库布其也不例外。人类不知适可而止的做法，一度闯下了大祸，并遭到了大自然狠狠的报复。

追究其自然因素，其沙漠来源可能有来自古代黄河冲积物、狼山前洪积物及就地起沙三种。库布其沙漠的沙丘，几乎全部是覆盖在第四纪河流淤积物上，因此，沙源来自古代黄河冲积物的可能更大些。不管是哪一种沙源，都为这里形成沙漠准备了物质基础。

自商代后期至战国，气候干冷多风，使沙源裸露，在此期间形成了库布其沙漠。这个时期的生态环境异常恶劣，以至古文化遗址和遗物都十分罕见。

关于库布其沙漠的最早记载，出现在南北朝时期。

据《魏书》记载：北魏太平真君七年（446），刁雍在呈交魏廷的奏疏中论及薄骨律镇赴沃野镇的粮运通道状况，谈及库布其的流沙已经严重影响了军需粮饷的运输。这意味着库布其沙漠在此时就已形成，更意味着在此之前，人们对这片土地的利用已经很充分了。

当时，薄骨律镇位于今宁夏回族自治区吴忠市西北古城湾附近、古黄河的河心洲上，沃野镇位于今内蒙古自治区乌拉特前旗北部的乌梁素海北侧、苏独伦乡根子场村之正南，两座城镇间的陆路交通线呈现自西南往东北方向。刁雍在奏疏中写道："臣镇去沃野八百里，道多深沙，轻车来往，犹以为难，设令载谷，不过二十石，每涉深沙，必致滞陷。又谷在河西，转至沃野，越度大河……"

郦道元在《水经注·河水三》中写道："余按，南河、北河及安阳县以南，悉沙阜耳，无佗异山。故《广志》曰：'朔方郡北，移沙七所，而无山以拟之'，是《义》《志》之僻也。"所记录的流动沙丘，就是公元 6 世纪初期的库布其沙漠状况及位置。所谓"南河"，即指今黄河河道之南，安阳县故治在今内蒙古乌拉特前旗乌拉山南侧，流沙地貌分布在今杭锦旗北半部的库布其沙漠区。

北魏末年，库布其沙漠被称作"沙塞"。《周书·文帝纪》载，北魏孝武帝永熙二年（533），宇文泰与贺拔岳讨论关西灵州、夏州形势时曾说："今若移军近陇……西辑氐羌，北抚沙塞，还军长安，匡辅魏室，此桓文之举也。"贺拔岳驻在平凉，节制灵、夏、泾、秦等关西诸州，所谓"沙塞"系指灵、夏两州北缘的流沙地带，即今杭锦旗北部的库布其沙漠。

到了唐代，这一区域已出现了被称为"普纳沙""库结沙"的沙丘地带。唐德宗贞元年间（785—805），宰相贾耽在《夏州塞外通大同云中道》中写："夏州北渡乌水，经贺麟泽、拔利干泽，过沙，次内横刬、沃野泊、长泽、白城，百二十里至可朱浑水源……又经步拙泉故城，八十八里渡乌那水，经胡洛盐池，纥伏干泉，四十八里度库结沙，一曰普纳沙。二十八里过横水，五十九里至十贲故城，又十里至宁远镇，又涉屯根水，五十里至安乐戍。戍在河西堧，其东堧有古大同城。"

这段文字记述了库结沙的南部边缘位置局部分布宽度及其与黄河与湖泉的关系，提供了库布其沙漠分布范围之线索。文中提及的乌那水，即今杭锦旗驻地附近的陶勒沟下游河道；胡洛盐池，即今杭锦旗巴彦乌素盐海，亦称哈日芒乃淖尔，清代称锅底池；宁远镇，即今杭锦旗独贵塔拉镇西北的沙圪堵淖尔村西南。

有学者据此推测，唐德宗贞元年间的"库结沙"，即库布其沙漠的南北宽度，约为52.38公里。横亘于纥伏干泉和宁远镇之间，即今乌顶布拉村、门根村之北与今沙圪堵淖尔村西南。

杭锦旗文物工作者曾在赛音乌素村北方、那林霍拉霍村以东的沙漠中发现一处两汉时期的遗址，恰好处在沙日召西南方位。那林霍拉霍汉代遗址，很可能就是唐代文献记载的什赍故城，即汉代朔方郡城。

唐德宗建中二年（781），诗人李益在《从军夜次六胡北饮马磨剑石为祝殇辞》中，对库结沙即库布其沙漠边缘地貌景观作了描写："我行空碛，见沙之磷磷，与草之幂幂，半没胡儿磨剑石。当时洗剑血成川，至今草与沙皆赤。我因扣石问以言，水流呜咽幽草根。……为之弹剑作哀吟，风沙四起云沉沉。满营战马嘶欲尽，毕昴不见胡天阴。……圣君破胡为六州，六州又尽为胡丘。韩公三城断胡路，汉甲百万屯边秋。……我今抽刀勒剑石，告尔万世为唐休。又闻招魂有美酒，为我浇酒祝东流。殇为魂兮，可以归还故乡些。沙场地无人兮，尔独不可以久留。"

诗中记载的"饮马磨剑石"，地处今鄂托克旗北境与杭锦旗南境的亚斯图之间，有一条自西往东流向的内陆小泉溪，成为南来北往的行人停息饮马之处。当时这里的地表已出现风吹沙移的沙漠化趋势，人口稀少，几无定居人口。库布其沙漠的沙粒物质呈现为红黄色，与文中"至今草与沙皆赤"相符合。

尽管如此，汉唐之际的库布其地区尚未全面沙化，时至清代，区域内还陆续建造了多处寺庙（被称为"召"），这表明大部分地区仍是宜于人居的。也正因此，清政府屡次颁布"开放蒙荒""移民实边"等"新政"，继而大肆砍伐森林，弃草耕田。这种掠夺式的农垦，致使原本已经脆弱的生态又遭进一步破坏，终致黄沙蔓延而难育五谷了。

## 3

"走西口"是中国人口地理史上著名的大迁徙事件，起自明代中期，延至民国初年，在长达400余年的历史长河中，有无数陕西、山西、河北等地的人背井离乡，打通了中原腹地与蒙古草原的经济和文化通道。大量人口的迁入，把脚下的土地当作生存的资源，开创垦田务农和商品交易的生活环境，草木受到侵害，土地也随之趋向了荒漠化。

狭义的"西口"，指长城北的口外，包括山西杀虎口、陕西府谷口、河北独石口，即晋北人、陕北人以及河北人走西口的交汇点，是晋、陕、冀商出关与内外蒙古贸易的地方。之后，"西口"泛指在长城以北的内外蒙古从事农业、商品交易的地方，包括陕北的神木口、河北张家口以及归化、库伦、多伦、乌里雅苏台、科布多及新疆地区。

经清代康雍朝的休养发展到乾隆朝，全国人口达到了3亿，人地矛盾尖锐，大量内地贫民迫于生活压力，走西口、闯关东、蹚古道、下南洋、赴金山，形成五股大移民浪潮，以求新的谋生地。农耕民族喜欢固守一亩三分田，愿意过老婆孩子热炕头的平静生活，要离家走西口去闯荡，是需要勇气和意志力的。走西口，极大地改变了蒙古社会经济结构和生活方式，农耕文化与当地的游牧文化相融合，由传统单一的游牧社会演变为牧耕并举的多元化社会。

晋陕北部是中国传统的农牧分界线，口外蒙地地广人稀，主动招募内地人垦种，而清政府也考虑到移民实边，鼓励放垦蒙地以发展农业。晋陕民众遂呼朋唤友，越过长城线，朝北去谋生发展，将传统的农耕界线一步步向北推移。走西口是一种自发性的经济行为,其移民活动呈现出无序的流动状态。他们初到异地,其农耕活动带有一些盲目性,导致部分地区生态环境失衡。

陕北北部的府谷,其历史也是一部移民史。建县千年,走西口跨越600年。府谷人走西口,是因为土地贫瘠,十年九旱,生存条件恶劣,自然灾害频仍,被迫逃荒谋生。走西口移民在方向上都选择了长城黄河西北的蒙古地区,而不是以南的太原或延安,进而到肥沃的关中平原或以东富庶的华北平原;在形式上不是个别移民,而是群体性甚至是举家或整村迁移。

从明代到清初的长城沿线地域,除了驻军外鲜有固定居民,生产活动少,在客观上为以后的走西口移民提供了地理空间和集聚流动的凹地。而处于这一地区突出位置的府谷,自然成为走西口的前沿,借地养民政策的推行,成为府谷人走西口的契机和推动力。

自此,走西口的序幕拉开,府谷人成为大移民的先行者。由春去秋归的雁行客变为盖房定居,由结伴而行到举家迁移,呼朋唤友,情牵义拽,互相援引,一年成聚,二年成邑。在鄂尔多斯东部与南部毗连的晋陕处,则有河曲、神木、府谷等县农民沿套边开垦,渐成村落。乾隆至嘉庆年间,出口垦荒者,动辄以千万计。

《府谷县志》记载:道光十九年(1839),全县总人口204357人。宣统元年(1909),总人口151708人。70年间,人口减少52649人。显然,走西口移民是人口减少的主要原因。移民实边和新政标志着放垦走向了合法化,千年的游牧故地逐渐向农耕时代转化,在农牧业携手发展的同时,良好的自然生态难免受到影响。

清光绪二十八年(1902),清政府废止以前实行250多年的关于限制汉民移居蒙地的"边禁"政策,正式开放蒙荒,并改私垦为官垦。在蒙地实施的这一所谓"新政",敞开了内地汉民大量涌入草原的门户。光绪二十九年(1903),清王朝同意在杭锦旗开垦约1000公顷土地,在达拉特旗开垦约2000公顷土地。凡开垦处,一切树木都被砍光伐尽。

民国年间,沿袭了清朝放垦蒙古草原的移民垦荒政策,并为此制定了许多奖励开垦的办法,伴随着沿海各省通往蒙古铁路的修筑,移民大量涌入,草原地区开垦规模进一步扩大。

## 4

在这漫长的沙漠演化史中,库布其人无时不在呼唤着绿色,渴望着"风吹草低见牛羊"的昔日美景重现。然而事与愿违,到中华人民共和国成立时,库布其已成了一块举世公认的沙漠,且沙患日趋严重。它大约每年向黄河岸边推进数十米,流入泥沙最多时高达1.6亿吨,不仅直接蚕食着素有"塞外粮仓"之称的河套平原,使沙区百姓的生存和生命安全深受其扰,也威胁着中华民族的"母亲河"黄河的安澜。

黄河素有"一碗水,半碗沙"之称,这里的沙子多是库布其"贡献"的。库布其沙漠里排布着的10条孔兑,除了2条在流经途中就消失在冲积平原之外,余下的8条全部注入黄河。这8条孔兑均以暴雨产流为主,届时上游丘陵沟壑区的风沙、残土、砾岩等尽情顺流而下,由南往北地直直灌入黄河。

就这么拖沙带泥地灌啊灌,直至1972年,黄河已出现了断流。这亘古未有之患曾令举世震惊,更令中国人难以承受,自然方面似乎还在其次,文化上的自信和心理上的打击是更加让人不能消受的。

然而,大自然对此不加理会,似乎狠着心地要让人类反思自己曾经的鲁莽。

于是1979年以至2000年，中国北部地区受到了沙尘暴的袭击，北京也在其中。尽管后来科学表明北京沙尘暴的源起有多种因素，库布其还是被指为重要沙源。

库布其人更是蒙受沙患之苦好多年。凡是在20世纪50年代出生的库布其人，对于童年的记忆都是一股沙子味。沙子是啥味呢？虽没人能描述精当，却仍个个认定那沙子是有味道的。他们只要睁开眼睛，就能看见或感觉到沙子，炕上、灶上、饭碗里、汤盆里、头发上、嘴巴里，甚至鸡蛋里——煮熟的鸡蛋磕碎了，蛋壳里头都是沙子……房子常常在一夜之间就被沙子埋了半截，他们往往因流沙漫天而无法上学和出行。他们家家户户都很穷，孩子们大多都是吃着丁香籽长大的，甚至去掏吃过如今鄂尔多斯市的市花马兰花生在地下的白芽子。他们吃过羊的胎盘，也吃过甜菜渣子。他们从未去过远方，连这样的尝试都没有，因为爹娘早就告诉过他们，那漫漫的黄沙是走不透的。

就是这样的一块沙漠，如今成了世界的生态焦点，国际的治沙典范——

2012年6月，库布其沙漠生态文明已被列为联合国"里约+20"峰会的重要成果，隆重向全世界推广。

2013年9月23日，在联合国防治荒漠化公约第十一次缔约方大会上，"中国库布其治沙案例"被选定为大会官方宣传片，向来自190多个国家的3000多名与会代表循环播放，向全世界介绍了中国库布其的治沙实践成果和重现"绿水青山"的奇迹。

2014年4月22日，在第四十五个"世界地球日"里，"库布其沙漠治理区"被联合国环境规划署确立为全球首个"生态经济示范区"。

早在2007年，库布其沙漠中的七星湖国际会议中心即被确定为"库布其国际沙漠论坛"的永久会址，并于当年8月25日隆重举办了第一届论坛。此后两年一届,迄今已成功举办了6届。

事实是,总面积1.86万平方公里的库布其沙漠,截至目前的治理面积已达6000多平方公里,占总面积的25.3%,治理范围内的植被覆盖率达到50%以上,纵横穿越库布其沙漠的公路、铁路,也已达到18条之多。沙漠已全面趋于稳定。甚至已有人在笑呵呵地说:沙子再不能治了,再治娃娃们连玩耍的地方都没有了。

这样的成果也是可见的。据统计,原来肆虐无度的沙尘天气,在2005—2012年间就减少到了年均只发生2次,最近这几年,扬沙天气已是罕见的了。

鄂尔多斯人并不否认库布其沙漠曾经是西北风的主要沙源地,然而,他们也同时确定那只是"曾经"了,且将永远是"曾经"。今天以至将来,库布其沙漠都会以一个崭新的面貌存于世间,且再也不会令其逆转,那就是"中国西北的一道宏伟的绿色屏障"。

从1949年到2019年,刚好70年。

在这七十度春秋里,究竟发生了什么,才造就了今日的成功逆袭?

治沙。治沙。再治沙。

然后,与沙漠言和,与大自然言和。

如果说是人类的无知导致了库布其昔日的沙化,那么也正是人类的觉悟成就了它今日的辉煌。当人类放下傲慢,用实际行动来弥补过错,大自然还是肯大度原谅的。

# 治沙

|第二章|

持续向沙漠夺回赖以生存的空间。
农牧民们为改变沙进人退的窘境,

## 1

库布其沙漠的生态建设，早在20世纪50年代就开始了。

据一份1980年的《伊克昭盟植树造林成果汇总表》记载，在中华人民共和国成立之初，整个鄂尔多斯地区林地面积十分有限，前期遗留下来的天然林仅存67.38万亩，人工林更少，仅有5560亩。而且分布上过于集中，大多在居民区和寺庙附近。库布其沙漠上的绿色，也就可以想见了。

尽管当年还没有出现"生态"这个字眼儿，也还没有"生态建设""环境保护"之类的说法，但是面对满眼的黄沙，人们仍然本能地意识到人为干预的必要性，于是在1950年5月建立了东胜苗圃。当年10月，位于库布其沙漠中段的达拉特旗也建立了张铁营子苗圃。两者均属国营性质，其核心工作是育苗。东胜苗圃就是后来为鄂尔多斯的生态建设做出了卓越贡献的林业科学研究院的前身。

1952年，又在东胜成立了伊克昭盟林业分局，部分旗也成立了林业办事处。林业机构的建立，使中华人民共和国成立前遗留下来的天然残林得到了管护，并开启了群众造林的发动工作。时至20世纪70年代末，鄂尔多斯地区在相继建立的32个国营林场、苗圃、治沙站之外，已建立800个社办林场、队办林场，这使广大沙区群众也陆续参与到植树造林的行动中来。

不过相对而言，这30年中的"绿色使者"，仍以国营林场的干部、职工为主体，因为当年的群众造林还受着许多客观条件的制约，使苗木质量达不到要求，技术标准也上不去，以致所植树木的成活率不够乐观。而国营林场则拥有一支专业的造林队伍，终年以植树为主业，他们尽管还使用着最原始的工具，应用的也还是尚显粗糙的技术，但在年复一年的造林实践中，不断地摸索又积累经验，并使之渐渐地升华为"真知"。

在技术之外，更为重要的一点，还在于当年的国营林场和治沙站在建站之初，地点几乎都选在了沙丘高大、没有人烟的地方，他们的造林区域，也有90%以上都在生态相对更为脆弱的地方。也就是说，国营林场和治沙站的干部、职工，啃的是最难啃的骨头，这无疑对库布其沙漠的治理起到了骨架支撑的作用，更为这片沙漠的整体春归做了坚实铺垫。

库布其沙漠分布在鄂尔多斯高原北部，从西向东，横跨三旗：杭锦旗、达拉特旗、准格尔旗。其中东段的准格尔旗境内有一个名叫布尔陶亥的乡村。这个地方是鄂尔多斯中部地台的东部起点，库布其沙漠十大孔兑中尽东头的呼斯太河就发源在这里。准格尔旗境内的最大沙丘也分布于此，这里也就成了当年库布其沙漠最典型的不毛之地，至少是之一。也因此，布尔陶亥治沙站在此成立，并拉开了绿化布尔陶亥的大幕。

如今的布尔陶亥已成为沙漠里的一处风水宝地，很多颇具经济实力之人在此建了各式洋房。放眼望去多是茁壮的松树，那就是在20世纪70年代栽下的，开准格尔旗引种针叶树之先河，也为整个库布其沙漠大面积种植针叶树打下了一个基础。

当年治沙站的干部、职工，都是背上铺盖进到沙窝里去栽树的，吃住都在沙漠里头，且是在春季。那年月，库布其沙漠里的春天天气是非常糟糕的，大风刮得没完没了，吹得人睁不开眼睛，然而却是植树造林的黄金季节，所以人们只能忍耐。一忍就是一两个月，不能回家，不得见老婆娃儿。不是不想回，而是回不去，一是任务还没有完成，二是没有路，很难回。纵然如此，人们的精神头儿还是相当饱满的，他们甚至会一边栽树一边唱歌，他们管那歌叫"酸曲儿"。"酸曲儿"的唱词折射着当年沙漠里的行路之艰——

> 三十里明沙二十里水，
> 五十里的路上我来眊妹妹你。
> 半个月眊了你十五回，
> 因为眊你跑成了一个罗圈腿。

就是这样一代人，以这样一种乐观的精神，在盟、旗林业局的领导下，对库布其沙漠进行了最初的改造。其中，库布其沙漠边缘的农田防护林、农田防风固沙林，也在库布其沙漠所分布的三个旗区即准格尔旗、达拉特旗、杭锦旗境内得到了基础的建设。这项工程是以国家和内蒙古自治区于1975年所拨给的300万元的治沙经费为支撑的，那个时候国家还是百业待兴。面对如此有力的直接支持，伊盟人的治沙造林热情更加高涨，仅在1975—1978年，就造林400多万亩，并涌现出了一大批林业劳动模范。

到1978年底，整个伊克昭盟的森林面积已增加到603.2万亩（大部分天然灌木林面积未纳入统计），森林覆盖率达到了4.6%。如此之多的新增林木，有力遏止了库布其沙漠边缘地带的进一步沙化，虽然"沙逼人退"的局面尚未彻底终结，但"沙逼"的力度却已在渐行减弱了。

这是希望，更是鞭策。

"路曼曼其修远兮，吾将上下而求索！"

## 2

1978年党的十一届三中全会之后，国家启动了"三北"防护林工程。随着国家对生态建设的空前重视与大力投入，鄂尔多斯人的资源观念也发生了深刻变化，自此以一种全新的生态理念，以一套全新的发展策略，在库布其沙漠上展开了新一轮的治沙行动。

"三北"防护林工程上马以后,"三北"地区应运而生了 6 个机械化林场,其中就包括正式组建于 1979 年的伊克昭盟机械化造林总场。这是鄂尔多斯地区史上第一个大型国营公益性林场,场部设在达拉特旗的树林召。主经营区位于库布其沙漠中东段,东起准格尔旗十二连城乡三十顷地村,西至达拉特旗中和西镇官井村,东西长约 148 公里,南北宽约 14 公里,总经营面积 126.6 万亩,占全市国有林场、治沙站总经营面积的三分之一还多。这充分说明了当时的伊克昭盟党委和行政公署对库布其沙漠治理的重视程度。

直到 20 世纪末,20 年间,造林总场始终是奋战在库布其沙漠的主力,国家及地方的重点林业工程,如"'三北'防护林建设三期工程""黄河中游水土保持林工程""天然林资源保护工程""退耕还林(草)试点示范工程""西伊克昭盟自然保护区工程""六大基地工程"等,基本上都是造林总场完成的。

凭借着这些重大工程,造林总场在此前 30 年的绿化基础上,将库布其沙漠的生态建设推向了一个新的高度。无论是在管理方面,还是在技术方面,都根据具体的实际情况而陆续推行了不少的改革。

20 世纪 80 年代初,造林总场每年需要的苗条数量在 200 万株左右,而苗圃当时却只能生产 50 多万株。为提高苗木产量,总场很快实行了育苗奖惩制度,使育苗工人的工资与效益紧密挂钩,这有力促进了育苗职工的积极性。1984 年后,为提升树木成活率,又开始探索小段包工制,由专人抚育栽进去的树苗,也同样取得了实效。

在造林技术上,也相继取得了很多成果,诸如树种、规格、株行距、季节的适宜性、造林苗条长度、迎风坡沙丘的栽植部位、混交林的混交树,以及"前挡后拉""穿鞋戴帽"等一些基础的治沙经验与方法,都在日积月累又年复一年的摸索中逐渐总结了出来。这些经验与方法逐步推广出去，为沙区农牧民所借鉴，在提高总场造林效率的同时，也在群众治沙方面起到了引领示范作用。

就当年的科技水平而言，植树种草颇为不易，后期的林木管护则还要难上几分。这一点，在隶属于达拉特旗林业局的国营白土梁林场也有着鲜明的体现。

据白土梁林场副场长张俊生介绍，这个林场成立于1958年，是独立进行的以培育、抚育、经营、利用森林为主的基层组织，与王爱召镇、展旦召苏木、昭君镇、恩格贝镇、中和西镇、树林召镇6个镇（苏木）相邻，目前下设7个作业区，总经营面积20.946万亩，其中有林地5.83万亩、灌木林地10.2万亩、苗圃地2970亩、无立木林地5200亩、林业辅助生产用地1万亩、宜林地3.05万亩。林场位于库布其沙漠边缘，建场60年来，始终致力于防风固沙、治沙造林、保护生态和发展森林资源。

达拉特旗铜盖护林站的护林员田清云，感慨颇深。

早在1981年，田清云就开始从事这份工作，至今已经38年。归他管护的林地位于库布其沙漠北边，面积达4050亩，其中的树木数不胜数，此外还有灌木、沙柳等沙生植物。而护林员的重要职责之一，就是阻止人畜进入管护责任区毁坏林木、林地、林下植被、工程标志及设施，这直接关系广大农牧民的利益，所以做起来颇为棘手。

田清云说："我这半辈子干的净是惹人的营生，也就是得罪人的活儿，尤其在20世纪80年代，那时候放牧的老多了。我不能让他放啊，那小树苗刚刚栽到地里，羊一拱不就给拱死了吗？我就跟他商量，跟他说好话，说了两回了，他不听，第三次又把羊赶来，那我就不能让他了，我就把他的领头公羊给牵回来了，圈进护林站的羊圈里蹲'禁闭'。他就生气了，趁夜把我锁在屋里头，不让我出去，他扭头把羊牵走了。当年这种事多了。"

后来鄂尔多斯市政府下达了"禁牧"令,放牧的明显见少,但是仍有许多人会偷着放。白天太显眼,就改成了夜里放,几乎把羊都锻炼成夜视眼了,摸着黑也能迅速奔进林地里去。田清云也就只好跟着调整战略,几个回合下来,人家夜里也放不成了,就有人把怨气撒在了他在门前种的几分玉米地里,那玉米棒子还没熟呢,都给掰巴了扔了一地。说到这儿,田清云咧嘴苦笑,说:"我们吃这碗饭实在难哪,护不好树,心里疼得慌;护了,又得罪乡亲们。那沙漠里的每一点绿,都来之不易呀!"

在白土梁林场,像田清云这样的护林员有很多,如李振华、韩占世等人,都是有名的"护绿愚公"。他们在20世纪80年代的核心任务是防牧,90年代是防盗伐、防偷垦,进入21世纪之后,也要忙着防火、防虫。他们多年来普遍都是靠徒步或骑摩托车往来于护林站与林地之间,风里来沙里去的,每次一走都是几十公里,久了,就大多落下了腿疼的毛病,"疼得受不了"。然而,他们一提到沙漠里的树,就又是喜不自禁的了。田清云在当护林员之前,还栽过两年树,他说:"我当年栽下的树才手指头那么粗,现在都老粗了!"

白土梁林场副场长张俊生说,目前林场经管区域内的绿化覆盖率已经够了,工作重点也就随之调整,转变到了更新改造老化树木,大力营造生态林、经济林以及搞活林下经济上来。至今已完成种植樟子松8000亩、无刺大果沙棘7000亩、红枣1000亩、桑树800亩、枸杞200亩,并引种了试验油用牡丹、欧李等品种。探索实行了"两行一带""三行宽带""乔灌草立体种植"等新的造林模式,采用了"林粮、林药、林草、林果、林蔬"等相结合的方式,大力发展林下经济,时下已建成了沙棘套种紫花苜蓿2000亩,沙棘套种燕麦杂粮4000亩,桑树红枣套种艾草1000亩,樟子松套种南瓜1000亩,沙地枸杞套种防风、苦参200亩,并完成了5000

亩麻黄基地、3000亩沙生植物园、500亩红枣科研示范基地、1000亩桑葚采摘园的建设。

以小见大，由此也就可以想象，如火如荼的八九十年代，规模更大的造林总场的广大职工及其家属已在这片沙漠上种下了多少树，又成功养活了多少树。事实是，如今绵延在库布其沙漠北缘的"杨家将"（杨树）大多是那个时候栽下的。

库布其沙漠的生态复苏，造林总场等国营林场功不可没。沙区农牧民的力量，也在这一时期发挥了不小的作用。

改革开放之初，牧区的草场都由嘎查（村）、浩日商（社）集体所有和管理。到1981年，原伊克昭盟党委和行政公署已将生态建设作为最大、最重要的基本建设，并列入国民经济和社会发展规划或计划中加以实施，在陆续上马多项国家及地方的重点林业工程的同时，也较前期更为积极地鼓励和支持个人植树种草，率先推行了农村的"家庭联产承包责任制"和牧区的"双权一制"，把"五荒地"（荒山、荒滩、荒沙、荒沟、荒坡）划拨到户，并发给"林草建设证"，明确宣布"谁种谁有，长期不变，允许继承"。到1983年，又实施贯彻了"个体、集体、国家一齐上，以个体为主"的造林方针。

种种激励性政策的相继出台，使这片荒芜了多少个世纪的沙漠一时间出现了千家万户抢治荒沙的局面，掀起了一股个人植树造林的热潮，并相继涌现出一批以乌日更达赖为代表的防沙治沙先进个人。群众造林的热情，在这一时期空前高涨，直到进入21世纪之后，才渐被企业造林取代。也就是说，如今库布其沙漠中的满眼绿色，有一部分是一代代沙区农牧民的汗水所浇灌出来的。

据一份"九五"时期的统计资料显示，仅仅在1996—2000年，整个伊克昭盟累计人工造林436.59万亩，飞播造林188.34万亩，封山（沙）

育林 14.76 万亩，育苗 5.74 万亩，"四旁"（路旁、水旁、村旁、宅旁）植树 2041 万株，义务植树 2905.6 万株，抚育中幼龄林 165.78 万亩。

到 2000 年底，全盟森林面积已由 1978 年的 603.2 万亩增加到了 1587.96 万亩，森林覆盖率由 1978 年的 4.6% 上升到了 12.16%。20 年间，无数人的心血在数字上得到了显著体现。"沙逼人退"的生态状况已一度扭转为"人沙对峙"。

大自然是仁慈的，总会善待那些善待它的人。

## 3

一个世纪，100 年。

相对地球发展史来说，这个数字微不足道。

对于人类而言，则已经相当值得敬畏了。

于是在世纪之交，世人感慨万端，燃鞭放炮又敲敲打打地滑过了 21 世纪的门槛后又赫然发现，这个世纪的气象竟是如此崭新，似乎不振作一番就已对不起这个天地。于是，变化发生了，个人的、家庭的、集体的，无处不在变化，安静却又迅速。

库布其沙漠最本质的生态变化也同样发生在此刻。

局面一新，根源于国家恰恰在此时将"生态建设"与"环境保护"提升到了一个空前的高度，鄂尔多斯市委、市政府也恰恰在此时做出了一个庞大而系统的宏观调整，开始将改善生态与解决"三农"问题统筹考虑，相继在人口布局、生产方式、种养结构、资金使用等多个方面生出了新的思路，推行了新的做法，事实证明卓有成效。

作为一个系统工程，调整涉及面很广，这里首先聚焦于"封育搬迁"。

作为沙漠的一种治理手段，封育搬迁在业已过去的数个世纪里，被世界各国的治沙专家公认为是最有效的方法。在他们看来，大自然就像人体一样具有卓越的自愈机能，只要终止致病之源，它就会自行疗伤，自个儿把自个儿妥当修复。对沙漠而言，人类最需要做的，就是给它一些时间，使之能够安静地休养生息，然后，它自会还你一个崭新的葱郁容颜。

然而，尽管此举早被全世界的治沙专家公认为最有效，却也同时被全球的各国及各地政府公认为最难办，因为那意味着要将太多的农牧民迁出沙区，让他们离开祖祖辈辈栖居着的故土，让他们脱离甚至放弃早就熟悉的生产与生活方式，让他们舍弃至少是圈起自己的牛羊，自此不再漫山遍野地放牧，而放牧，在他们心里早已是天经地义的事情。

鄂尔多斯市委、市政府之所以能够做到这一点，也实在是悲壮的背水一战。

新世纪到来之前，鄂尔多斯连续经历了1998年、1999年、2000年三年大旱，其间草原一片片沙化、退化，树木一株株、一簇簇凋谢萎落，致使一代代人的经年努力很多毁于一旦，生态环境几乎重现困境。在那几年里，即将偃旗息鼓的沙尘暴重又抬头，一年竟有十几次之多，最高曾达到21次。

面对如此凄凉境况，当时的伊克昭盟党委与行政公署痛下决心，于2000年推出了《建设绿色大盟、畜牧业强盟的决定》，同时按照国家西部大开发的政策，实行了"退耕还林还草"的措施。尤其针对库布其沙漠所在的准格尔旗、达拉特旗及杭锦旗等地区，出台了"禁牧、休牧、划区轮牧、以草定畜"等一系列生态保护与建设的基本政策。

2001年，虽然经历了撤盟建市的变动，这一决定也仍被鄂尔多斯市委、市政府坚定不移地持续推行了，并且特别建立了严格的责任制度，市、旗区、苏木乡镇、嘎查村四级联动，层层签订责任状，任务明确，责任到人，保证了禁牧、休牧、划区轮牧和草畜平衡工作的顺利推进。

2002年1月1日,《中华人民共和国防沙治沙法》开始施行,这使全国的防沙治沙工作走上了法制化的轨道,也对鄂尔多斯的生态复苏之举起到了至关重要的促进作用。它不仅为政府政策的推行提供了法律依凭,更使广大沙区农牧民在生态建设与保护方面有了鲜明的法律意识。把生态工作提升到前所未有的高度,表明了国家对生态的重视程度。

2007年,为更有效地转移人口,鄂尔多斯市委、市政府又编制了一部在全国领先的《全市农牧业经济"三区"发展规划》,将沿黄河、无定河、都思兔河流域划为优化开发区,区域内推进人口转移,提高人均资源占有量,重点发展现代农牧业;将生态环境相对较好的西部草原和东部水土条件较好的河川流域及城郊划为限制开发区,区域内大力转移人口,适度开发,重点通过内涵式增长方式实现现代农牧业;将库布其沙漠、毛乌素沙地腹地,干旱硬梁区、丘陵沟壑区等不适宜人居的区域划为禁止发展区,区域内农牧民全部转移,进城进镇,从事第二、三产业,使这一区域逐步退出农牧业生产,依靠自然力量恢复生态。

2008年,为使这一发展规划顺利实施,鄂尔多斯市委、市政府又制定了《鄂尔多斯市人民政府关于进一步加快农村牧区人口转移的指导意见》,同时依托高速发展的工业,为转移到城镇的农牧民创造大量的就业岗位。此时人人都已认识到,农牧区人口向城镇的大量转移,已成为统筹城乡发展战略的重点和关键。

种种举措,成效卓著。

2007年,规划禁牧区10033平方公里的人畜就已整体迁出。到2012年,生态最不乐观的库布其沙漠西段的杭锦旗,也实现了全旗范围内的全年禁牧。

库布其沙漠的封育搬迁之伟业,至此全面实现。

在这场万众瞩目的绿色风暴中,先后有40多万沙区农牧民被转移。

其工作之巨、过程之艰、心下之痛，也就可以想见了。可是，除此还有别的更快更好的办法吗？

相对而言，库布其沙漠中东部的达拉特旗、准格尔旗因为素以农业生产为主，属于农牧业限制发展区，封育搬迁的措施是"拉网围栏"限制放牧，还不至于触及太多农牧民的痛处。最难办的就是西部的杭锦旗。这个旗区素以牧业为主，也由此成了生态最为恶劣的区域，全面的封育更为急迫，于是便被毫无悬念地划入了禁止发展区。这意味着搬迁速度更急，搬迁人数也更众，其中又有很多是久居沙漠深处的牧民，与外界一直缺乏联系，工作的开展就更加艰巨。

对于其过程，有一位令人信服的当地学者用了"波澜壮阔，惊天地泣鬼神"这十字来形容，其波折与难度也就可以想见了。不过，这位学者也同时郑重地指出，在这场"史无前例的轰轰烈烈的生产生活乃至生命的变革中，没有出现一例死亡事件，这不能不说是一件人间奇迹"。

从这样的描述中，既可反观出鄂尔多斯市委、市政府实施"封育搬迁"的决心与力度，亦可以看出杭锦旗政府落实这一政策的良方与优策。

实际上，杭锦旗政府在鄂尔多斯市委、市政府的支持下，为所有搬迁的农牧民都提供了"五个一"保障，即"提供一套住房，培训一项技能，找到一份工作，落实一份社保，发放一份补贴"，以此确保转移后的农牧民能够得到相对安稳无忧的生活。其中，补贴的发放办法是给每个进城的农牧民每年补贴4000元生活费，连续补至2028年，补贴期满稳定就业的，取消补贴；未稳定就业的，纳入城镇低保体系。

为将这份保障落到实处，杭锦旗政府整合了统战部、团委、妇联、发改委、扶贫办、民委等诸多部门的资源和力量，可谓事无巨细，尽心竭力。也正因此，"封育搬迁"这场绿色风暴所涉及的农牧民，才最终理解了政府这一决策的良苦用心，并纷纷给予了积极的配合。

鄂尔多斯市林业和草原局宣传办的负责人张燕说，始自2000年的封育搬迁政策，对库布其沙漠以至整个鄂尔多斯的生态转变而言，是一个很关键的节点。这之后的环境变化十分明显，原来手一摸哪儿就五指全是黄沙的现象没有了，全市的整体经济也直线上升了。

张燕至今还记得，有一年春节放假回家，看见爹爹（父亲的兄弟）突然把山羊全杀了，当时不明所以，也没细究的心思，待参加工作后了解到鄂尔多斯市的生态建设历程，才知道那时刚好在推行封育禁牧政策。她说爹爹从那之后就改为了圈养猪鸡，时下年收入颇为可观，也同样成了生态改善的受益者。

十几年的实践已经证明，鄂尔多斯市委、市政府这种忍痛疗疮的办法是相当有效的，广大农牧民在当年所承受的痛苦也是十分值得的。

时下的一个共识是：2001—2008年是鄂尔多斯生态建设史上投资大、速度快、效果好、农牧民得实惠多、成就引人注目的高速发展期，与过去相比，简直不可同日而语。始自2000年的"封育搬迁"，实已成为鄂尔多斯生态改观的一个重要拐点，全面的禁牧，禁出了一个史上空前的大发展、大跳跃。

在无数鄂尔多斯人的记忆里，禁牧前的沙区灌木大多会被山羊啃成光杆，成片的油油牧草瞬间也会被啃成干地皮。禁牧后，沙丘上的灌木全面开花，沙坡上的草木生机逼人。再抬头看，天蓝了，云白了，鸟儿也来了，一声声叫得那个迷人！

封育使万物并秀，令大自然渐渐恢复了原初的样貌，而这样的样貌由于人们从未亲见过，往往还会产生深深的讶异。比如库布其沙漠里有一种名叫沙竹的植物，许多年来始终都只有几十厘米的高度，封育之后的数年内，竟株株都蹿长到了3米多高，且根根粗壮。曾有资深的植物学家见了，竟也一时间不敢确认，直到仔细察看过它们的叶鞘、花穗甚至地下茎，才确定那就是沙竹无疑。一瞬间，惊喜的泪水盈满了每个人的眼眶。

在接下来的日子里，鄂尔多斯市的历届党委、政府始终都把防沙治沙工作摆在首要位置，坚持"既要金山银山，又要绿水青山"和"保护也是发展"的生态理念，继续以调整种养结构、人口布局、产业化发展等多种方式促进生态的修复，并终致"绿进沙退"。

2013年，鄂尔多斯市被全国绿化委员会授予"全国绿化模范城市"的荣誉称号。库布其沙漠东部的准格尔旗也因其植被覆盖率已高达75%而被水利部评定为首个"全国水土保持生态文明县"。

在一个崭新的世纪里，鄂尔多斯人实现了一代代孜孜以求的绿色目标。

鄂尔多斯的实践已经证明，当一个地区环境承载力脆弱的时候，以大力转移农村牧区人口为核心的"封育"之法，确实是实现人与自然重新和谐相处的彻底而又有效的途径，也同时证明了"沙漠不可治理"之说实在是不靠谱的。

## 4

在将"荒漠沙丘"变成"绿水青山"的伟大实践中，另一个与"封育搬迁"之举措同样重要的因素，还在于鄂尔多斯人对科学的尊重，尤其是科学的持续介入。

这样的事实，使鄂尔多斯人逐渐摸索出了一套既符合生态建设规律，又行之有效的生态建设模式，并最终实现了自己的"绿色中国梦"。库布其沙漠的治理史，实际上也是一部中国治沙科技的发展史，更是一部诸多科学家刻苦钻研的奋斗史。

这部奋斗史的书写，可以 20 世纪 70 年代为起点。据鄂尔多斯市林业治沙科学研究院院长刘朝霞介绍，那时中科院就已介入了库布其沙漠的治理研究工作，并取得了很多调查成果，为后来的科研工作奠定了必要的基础。

在此之后，由东胜苗圃于 1963 年改建而成的鄂尔多斯市林业治沙科学研究院，就一直致力于林业治沙的科学研究、开发及利用。半个世纪以来，林科院把提高造林成活率和保存率作为科技工作的重点和难点，不断加强林业科技研究与科技推广力度，抓住国家实施林业重点工程的机遇，重视科研与生产相结合，研究出一批适用于鄂尔多斯生态环境条件的科学造林成果，并开展了一些基础理论和国家重点科技攻关项目的研究，初步建成了林业科研体系和林业科技服务推广体系。同时应用"灌、草、乔结合，以灌为主"的植物配置模式，结合沙障设置、人工撒播、飞机播种、针叶树引种、灌木加工利用、抗逆品种选育、抗旱造林等进行治沙研究，陆续开展了 50 余项科研课题，取得了 30 多项重大科技成果。

其中的"流沙地建立飞播杨柴采种基地"研究，对以飞机播种形式治理流动沙丘进行了有益的尝试；"飞播造林种草治沙技术研究"新增了适宜混播的植物种，扩大了适宜飞播的范围，提前了播期，为飞播造林治沙技术在库布齐沙漠的大面积推广应用，提供了科学依据；"生物基可降解纤维沙袋沙障治沙技术推广示范"项目则采用新型的沙障材料，在库布齐沙漠建立了 300 亩示范区。这种新型沙障采用木薯、玉米等植物的淀粉制成，既可长期保持障体结构的相对稳定，又可在微生物的作用下完全分解为水和二氧化碳，杜绝了化学材料的沙障给沙漠带来的二次污染。通过示范，辐射带动了绿色环保型沙障材料的应用，促进了"以沙治沙"新技术的快速推广。

早在 2012 年就荣获了"草原英才"称号的刘朝霞认为，生态平衡是治沙科学研究的灵魂，新技术的应用如新的治沙材料、树种选择等，都是治沙科技所应突出解决的问题。库布其沙漠的治理，从技术手段到治理成效，在国际相关领域均处于领先水平，在国内外治沙实践中发挥了巨大的作用，引领着国内外治沙事业的发展。

此前经年，林业工人及农牧民虽说始终致力于植树造林，所掌握的必要知识却少而又少，这也成了他们奋战多年而未能彻底扭转乾坤的一个重要因素。一代代的林业工程师、科技人员和奋战在第一线的林业工作者都一直在努力。通过半个多世纪的持续实验和摸爬滚打，时至21世纪初，沙里造林的科技已臻成熟，在苗木规格、浸水程序、树种选择、栽植密度、混交类型、造林季节、平茬时机、树种更新等方面，都已取得了足够的科技支撑；远沙大沙的播种造林之法也屡屡被革新。种种科技成果被迅速分享，使治沙人的努力更富实效。

与科研工作者一样对科学保持了足够尊重的，还有鄂尔多斯市委、市政府。也正因此，在治沙进程中逐步应用了"分区实施、梯度推进"治沙方案，并最终形成了"南围北堵中切割"治沙战略，使库布其沙漠这条桀骜不驯的暴烈黄龙，渐露了温和容颜。

"南围"是指把库布其沙漠的南边围起来，防止沙漠的流动蔓延。这一地区荒漠化相对严重，干旱少雨，治理难度大，任务重，需要长时间坚持。

"北堵"是在库布其沙漠的北边建设锁边林带，阻挡风力，在减少内部沙区的扬沙现象的同时，也防止泥沙北侵黄河。锁边林带的建设，从20世纪七八十年代就已开始，先后依托"三北"防护林、天然林保护、退耕还林、碳汇造林（指在确定了基线的土地上，以增加碳汇为主要目的，对造林及其林木生长过程实施碳汇计量和监测而开展的有特殊要求的造林活动）、城市核心区百万亩防护林生态圈、京津风沙源治理、重点区域绿化、村村绿化等国家和地方的林业重点工程建设，采取人工、飞播、封沙育林、工程固沙等措施，现已营建起了长200多公里、南北宽3—5公里的乔、灌、草与带、网、片相结合的绿色防风固沙体系，达到了预期的目的。

"中切割"是指利用库布其沙漠的10条天然孔兑以及22条宽窄不等又纵横交互的穿沙公路，将库布其沙漠切割开来治理，以营造护堤林、护岸林、护路林、阻沙林带的方式，分段分片、由近及远地逐个击破。这也就相当于把一个西瓜切开来吃，既缓解了治沙的压力，还可借力于部分孔兑的水资源，同时以山洪淤地改造土壤，又增加了耕地，一举三得。

许多年来，库布其人与沙漠的实战经验在不断累积，科技人员与沙漠的实战理论也在不断进步，两者于过程中不断融合，并酝酿出了这样一个防沙治沙的伟大战略，形成了这样一份防沙治沙的系统方案。此方案是针对库布其沙漠独特的地形特点所设计的，符合地区自然规律和生态恢复的要求，并以实现交通、治沙的双赢为目的。作为一个系统有效的科学战略，它体现了鄂尔多斯人的智慧与务实。库布其沙漠的治理，也由此进入了一个点面结合、遍地开花的新时期，并加速了全面春归的进程。

每一届鄂尔多斯市委、市政府，都坚信科技是沙漠治理的关键驱动力，并积极推进科技在治沙实践中的实际应用。这使这个"灌木王国"早在2005年，就在全国率先提出了建设现代化林业的发展目标，并向此目标大步迈进。

到2009年，已成功开展了8.7万平方公里的全境航拍工作，由此采集到了全市的地形、地貌、地类等基础数据，掌握了全境的林业资源数量、结构分布及消长变化等情况。随后又用三年时间，把所有数据都矢量化了，使全市的家底尽在掌握之中。鄂尔多斯市也因此在2012年被评为"全国林业信息化示范市"。

这一历史性的变迁,把人们植树造林的工作效率不知提高了多少倍。过去鄂尔多斯一年完成约67平方公里的造林都很困难,现在一年完成1300多平方公里都颇为从容。技术革命所带来的效果和效率,往往是人们事先所无法预料的。现代化林业的信息系统建设,也对林木植被的后期养护及生态的全面复兴起到了不可估量的作用。

尽管时下的库布其沙漠已由"荒山沙丘"变成了"绿水青山",科技工作者肩上的重担却仍然未减分毫,实际上他们不仅要致力于将"绿水青山"打造成"金山银山"的研究,更要先回答至少三个亟待他们解决的问题。

一是治理那些自然条件恶劣的区域,有没有更好的方法和手段?人们的共识是,如今库布其沙漠中部的达拉特旗已无沙可治,因为其植被覆盖率已高达78.8%,东部的准格尔旗则完成得还要早一些,尚需治理的已只剩下了西部的杭锦旗。因为早年科技不够发达,人们只能先行选择那些自然条件相对较好的区段进行治理,以免浪费人力物力,尤其要避免打击人们的治沙信念。现在人们已将目标锁定了杭锦旗域内自然条件最为恶劣的远沙大沙,那么在啃这块硬骨头的时候,科技人员还能否提供一些更具效率也更为经济的方法和手段?

二是到底将库布其沙漠绿化到什么程度才算恰到好处?那个生态的黄金平衡点究竟在哪里?这同样是很关键的一个问题。如果数值过大,植被就会嫌密,域内的地上水和地下水资源等就会被过度消耗,既不利于生态的修复以及后期延续,也很可能会给子孙后代带来不必要的麻烦;如果数值过小,则又达不到生态治理的目的。对于这个临界点的寻觅,时下也并无可靠的经验可资借鉴,因为即便是国际标准,又或是已在他处取得成功的标准,拿到本土来也未必适宜,所以还是得靠科研人员去自行摸索，自行探明，哪怕过程中免不了要走一些弯路，这摸索的结果也是一定要出笼的，要为政府出台相关政策提供科学依据。

三是尽管库布其沙漠的植被覆盖率已越来越高，却也并不意味着事业的完结，恰恰相反，它似乎只是开始，随之而来的许多事情尚需科技来给出答案。比如在库布其沙漠的早期绿化中，乔木类的种植普遍以杨树为主，而杨树的生命只有二三十年，如今已大多趋于老化，面临着更新。更新之际，用什么来替代才是最妥当的？高效农业？经济林？草业？时下已基本放弃了高效农业，因为它太费水。那么经济林又选择哪些树种才是最符合生态要求的？即使恩格贝在这方面是个先行者，目前也仍然没能形成定论，还在持续地尝试中。又比如随着沙产业的快速发展，已有更多企业期待着科研人员能够拿出可靠的科研成果，让他们知道库布其沙漠中的既有植物，包括所有乔木、灌木和草本应当如何加以应用才是最好的，才能够确保经济的可持续发展，进而实现人们对沙生植物持久栽培及保护。

如此种种，显然已能让人意识到，目前对于库布其沙漠的生态治理技术，实际上早已不再局限于单纯的防沙治沙手段了，而是已经升级到了集沙漠化治理、水环境治理、土壤修复等于一体的多元化技术集群。对于科研人员而言，这应该是一个崭新的课题，无疑也是一个更为艰巨的挑战。

所幸，在数十年的治沙实践中，鄂尔多斯已造就了一大批沙漠治理的高级专业人才，而且他们显然是不畏挑战的，或者说，他们早已习惯了迎接各种艰巨的挑战。

实际上，科研人员对上述问题的研究早已着手，且屡有成果出来并得以实际应用。在以刘朝霞为代表的一大批科研人员看来，生态平衡是治沙科学研究的灵魂，新技术的应用如新的治沙材料、树种选择等，都是治沙科技理应突出解决的问题，因为绿化库布其沙漠并不是最终目的，最终目的是保护中华民族的"母亲河"黄河，还要同时带动沙区农牧民致富，所以"治""用"结合一向就是科研人员的原则之一。

我们有理由深信，在鄂尔多斯人将"绿水青山"打造成"金山银山"的进程中，科技必将一如既往地发挥出它巨大的力量。

## 5

令库布其沙漠最终实现质变的第三个因素，还在于鄂尔多斯市委、市政府率先突破了公益性环境保护的传统观念，调整战略，打开思路，及时引入社会力量，从而在21世纪逐步形成了社会多元投资生态建设的新格局。这一点虽然位列第三，却并不意味着它不够紧要，实际上，库布其沙漠生态建设的永续发展恰恰仰赖于此。

在过去，但凡提及沙漠的治理、生态的保护，人们都会习惯性地觉得那是政府考虑的事情，与民众无关，与企业无关。甚至政府本身也是这么个想法，认为那是国有土地、国家作为，无论如何也不能让别人沾边。然而，随着对库布其沙漠治理的日益深入，政府越来越明显地感觉到了一个现实问题：该如何使那些既有的绿化成果不断地巩固发展，永久地保持下去？难道只有单纯地投资这一条路吗？难道在接下来的若干年里，都只能靠国家和地方政府一味地"输血"吗？若果然如此，若只能如此，国家和地方政府又能坚持"输血"多久呢？

答案显然是不容乐观的。

鄂尔多斯市委、市政府由此意识到了另辟蹊径的必要性。

一个生态建设与保护思路的大转折就这么发生了。

一场大胆的改革亦随之兴起。在"封育搬迁"的同时，从2000年起，鄂尔多斯市委、市政府就开始把"五荒地"渐由农牧民家庭向企业流转，使之从过去的小打小闹转变为公司的大规模开发。同时陆续推出了"一矿一企治理一山一沟，一乡一镇建设一园一区"等生态保护建设政策，调动社会各界参与生态建设的积极性。在此激励下，先后有东达蒙古王集团、亿利集团、伊泰集团、鄂尔多斯集团等十多家大中型企业进入库布其沙漠进行开发建设，成为接力传承阶段性成果的实体力量，也成了治理沙漠的主体。

一个崭新的四轮驱动治理模式，即"党委政府政策性主导、企业产业化经营、农牧民市场化参与、科技持续化创新"，也自此成为鄂尔多斯市推进生态治理与保护的基本章法，突破了生态改造、生态建设与生态保护尽属公益性的传统观念，也打破了单纯靠国家及地方政府投入的传统"输血"模式，使国家、集体、个人攥成一个拳头，齐心协力，齐抓共管，齐头并进。全社会对于沙漠的认知，从此不同于以往。

勇于创新的鄂尔多斯人，以在库布其沙漠中摸爬滚打数十年的经验，提炼出了"市场化治沙"的概念，并迅速被实践验证——

"十五"期间（2001—2005），全市生态建设总投资达到了21.1亿元，其中国家投资16.1亿元、地方投资2亿元、社会投资3亿元，是"九五"期间（1996—2000）的23倍，是中华人民共和国成立以来历年投入的6倍。全市累计完成人工造林674.26万亩，飞播造林711.15万亩，封育340.71万亩，完成全民义务植树2951.88万株，"四旁"植树1520万株。

"十一五"期间（2006—2010），全市生态建设总投资达到了191.7亿元，其中国家投资21.7亿元、地方投资152.3亿元、社会投资17.7亿元，是中华人民共和国成立至"十五"末总投入的48.5倍。累计完成人工造林142.5万亩，飞播造林122万亩，封育194.96万亩，完成全民义务植树4570.88万株，"四旁"植树1774.8万株。由此扭转了长期以来治理速度赶不上沙化、退化速度的被动局面。

事实是，市场化治沙正是库布其治沙成功的关键。没有市场化，企业的积极性就难以发挥；没有产业化，也不可能把沙漠治理持续下去。正是市场化探索出了"企业建基地，基地联农户；企业对协会，协会联农户""企业建基地，农民土地入股"等多种长效机制，解决了"钱从哪里来""利从哪里得""如何可持续"等老大难问题，使"沙患变成沙利，风沙变成风景，黄沙变成黄金"，最终实现了"沙漠变绿、企业变强、农牧民变富"的共同目标。

参与库布其沙漠治理的十几家企业都是本土成长起来的，多数是靠其他产业发展壮大，然后用工业反哺农业，投资治沙，主要目的是发展林沙产业，力争走上可持续治理的路子，以此回报家乡，回报社会。这些企业的"当家人"，几乎都是"大漠之子"，沙漠情怀与生俱来，尤其对沙漠有着更为深透的认知，从而开启了"投入—输出"的新模式。

鄂尔多斯集团在库布其沙漠中部达拉特旗境内的恩格贝最早开始防风治沙，转化沙生植物，培育优质绒山羊种羊，让农牧民通过育种改良增加收入，为企业治沙带了个好头。

伊泰集团率先在库布其沙漠西部的杭锦旗境内试种万亩甘草，以林草药建基地，为人工直播、扦插、平移和育苗技术做出了成功示范。同时栽种防护林，带动农牧民利用沙漠增加收入，保护了杭锦旗梁外甘草的野生面积和驰名品牌，拓宽了农牧民增收渠道，奏响了向沙漠要效益的新乐章。

绿远生态开发有限公司在库布其沙漠腹地承包20万亩荒沙，已成功种植梭梭林（梭梭又称"盐木""琐琐"，是一种藜科、梭梭属植物，耐干旱，有"沙漠先锋"之称）2万亩，接种肉苁蓉8000亩，让沙漠里生金。

东达蒙古王集团经过20多年的实践，在库布其沙漠造林30多万亩，平均灌木林碳储量为143920吨，乔木林碳储量为81720吨，拉动周边地区农牧民植树种草也形成林碳储量约 140 万吨。用"上一个项目、带一流产业、兴一地经济、富一方百姓"的理念，创造了"生态移民、产业扶贫"的新模式。

亿利集团通过 PPP 模式，即采用政府政策性支持、农牧民土地入股、企业商业行动相结合的方式，探索出"生态+生意"的商业模式，让生态与生意相互促进、良性循环。经过 30 年的不懈奋斗，在库布其沙漠种植甘草 200 多万亩、肉苁蓉 30 万亩，开发了甘草良咽、复方甘草片等系列健康产品，研发了 1000 多个生态修复资源，取得了 100 多项技术成果，首创了 100 多个工艺技术包，带动当地 3 万多农牧民脱贫致富。

自党的十八大以来，库布其沙漠治理也进入了新阶段，在"荒漠沙丘"已变成"绿水青山"的前提下，人们开始致力于让"绿水青山"再变成"金山银山"的宏大目标。在实践的过程中，鄂尔多斯市委、市政府在发展沙产业、生态移民、禁牧休牧、生态基础设施建设等方面，均给予企业和群众以直接的支持，有效促进了资金、技术、劳动力等生产要素向生态领域的聚集，进而实现了三大转变，即防沙治沙主体由以国家和集体为主向全社会参与、多元化投资的转变，由注重生态保护与建设工程向科技创新支撑下的综合防治转变，由单纯注重生态效益向生态效益、经济效益、社会效益协同共进的转变。在这样的格局下，从党的十八大至今，库布其沙漠的修复面积已经超过了过去的 25 年之和。

库布其沙漠"绿起来"了，也"富起来"了。鄂尔多斯人以自己对库布其沙漠的治理实践，生动诠释了"绿水青山就是金山银山"的科学理念，同时也使"绿色"俨然成为一种遗传密码，融入了一代代人的血液里，成为鄂尔多斯人建设生态文明的源头活水。

# 头羊

[第三章]

寻觅碧草青青和开满鲜花的原野。
杭锦淖尔一只领头羊从盐场起步,

# 1

进入新世纪，库布其的治沙大军中又增添了一股不容忽视的力量——企业。精准地说，是企业已在经历了一番治沙的磨砺之后，汲取了教训，积累了经验，尤其转变了观念，超越了"人沙对立"的固有思想，意识到给沙漠披上绿装并非治沙的结局，使绿色能够长久地延续下去才是根本。著名的沙产业由此应运而生，在习近平总书记提出的"绿水青山就是金山银山"的和谐发展观的引领下，本土各大中型企业得以屡屡挥出重拳，令治沙行动卓效立见。

参与库布其沙漠生态革命的企业数不胜数，投身于家乡建设的企业家亦灿若繁星，各放异彩。其中最闪亮也最耀眼的那个，大家公认是亿利集团董事长王文彪。

对王文彪来说，永远难以忘记的一件事，就是他在远赴东非肯尼亚首都内罗毕，去领取全球环保领域最高荣誉的"地球卫士奖"之时，回首望见的母亲的身影。他看见业已80多岁的母亲，用手遮住花白的眉梢，遥望着他越来越远的背影，久久不肯离去。在母亲身后，是屹立于河套北边的阴山支脉乌拉山参差不齐的黛色。冬日的晴空中，一只鹰排云而上，融入碧霄。

内罗毕，非洲最时尚的城市之一，联合国在非洲的总部所在地。

2017年12月5日10时，由联合国环境规划署主办的第三届联合国环境大会在这里隆重开幕，"地球卫士奖"颁奖仪式是会议最为重要的内容之一。中国亿利集团董事长王文彪，在此收获了他人生中的又一个重要奖项——"地球卫士终身成就奖"。

"地球卫士奖"，即原"全球五百佳"，创立于2004年，是联合国环境规划署颁发的国际奖项，每年一次，旨在表彰对环境保护及促进提高环境质量做出特殊贡献的组织和个人。

时任联合国副秘书长兼联合国环境规划署执行主任埃里克·索尔海姆在颁奖词中说："两个多月前，我抱着质疑的想法踏入库布其沙漠，不完全相信文字图像中这里所发生的治沙奇迹。耳听为虚，眼见为实，当我站在一处高高的沙丘上向四周瞭望时，无边无际的绿色让我激动地落泪了。看到库布其的治沙成效很好，备受鼓舞，中国经验值得在全球进行推广。拓展人类的生存空间，我从这场治理沙漠的实践中看到了生命的希望！"

这并不是王文彪首次得到国际认可。

2012 年，在巴西里约热内卢召开的联合国可持续发展大会上，王文彪荣获了联合国"环境与发展奖"。2013 年，在纳米比亚温得和克召开的联合国防治荒漠化公约第十一次缔约方大会上，王文彪荣获了联合国首届"全球治沙领导者奖"。

站在内罗毕的联合国讲坛上，王文彪向世界承诺："治理沙漠是我终生的事业，只要世界上还有沙漠，我的治沙马拉松就不会停止，我将'绿水青山就是金山银山'作为永远的价值追求，从库布其出发走向'一带一路'，走向世界，努力让沙漠越来越少，绿洲越来越多，幸福越来越多。"

一个在库布其沙漠土生土长的"沙漠汉子"，究竟做了些什么，方如此无愧于这片源远流长的悲壮又美丽的故土？

在"中国梦"的感召下，在当地政府的大力支持下，王文彪与和他一样怀揣建设美好家园梦想的企业家，携手共度了漫漫 30 年治沙之旅。如何理解"库布其模式"背后的文化基因与精神密码？一代代治沙人曾经以怎样的努力创建了治沙的丰功伟绩，走过了再现库布其沙漠的春归之旅？

## 2

从库布其到内罗毕，不只是上万公里的空间距离，更是三十度春秋的治沙之旅。

王文彪治沙，始自1988年，源起于盐海子。

"海子"在鄂尔多斯的语境里，意指"水泡子"，杭锦旗的"盐海子"，也就成了"盐水泡子"的代称。中华人民共和国成立后，杭锦旗政府在盐海子组建了国营盐场，晒盐产硝，成了杭锦旗的一项重要经济来源。然而后来，盐海子就呈现了连续多年亏损的状况，各种方法想尽，颓势依然难挽。面对这种情况，杭锦旗委推出了一个果敢的改革方案——将盐海子承包出去，计划在一批锐意革新的有志者当中，选拔出一位最优秀的人才，担当盐海子的新任厂长，扶大厦于将倾，带盐海子走出困境。很快，盐海子厂长的公开竞选拉开了大幕。

众领导翘首以待。

令人失望的是，并没什么人有兴趣来迎接这个挑战。

或许人人都已深知那盐海子不过就是个大坑，谁跳谁遭殃。

门庭冷落中，时任杭锦旗办公室副主任秘书的王文彪，找旗长主动请缨了。

"说心里话，你为什么要去？"

"就是想实实在在做点事，没准能干一番大事。"

"难道在旗政府里就不能干大事了吗？你可是有前途的苗子。"

"我想到生产一线做实业，也尝试一下经商的滋味。"

"盐海子可是一个兔子不拉屎的地方，是个老大难企业，积重难返，你小子有本事能让它起死回生？还是不要一时冲动了，再回去好好想想。"

"我已经想好了，就让我去试一试吧！"

王文彪确实想好了。

作为杭锦旗工业系统的一个大厂,盐海子一直是王文彪负责对接的单位,他对其情况较为熟悉。在他看来,厂子之所以一蹶不振,根源就在传统计划经济体制的制约。他敏锐地觉察到经营管理的不善、企业目标的缺失等都会导致人心涣散,效益自然无法产生。等体制变了,让生产和每个人的利益紧密挂钩,最大限度调动起职工群众的积极性,就不愁盐海子走不出泥潭。何况国家眼下已创造出了这么好的大环境,多适合创业啊,只要认真肯干,没有焕发不出生机的道理。

王文彪要下海的消息,首先在杭锦旗政府所在地的锡尼传扬开了。

"锡尼"是蒙古语的音译,为"新镇"之意。活跃在中国历史上的匈奴即始兴于此,发展到秦汉,第一代匈奴单于冒顿,就在此建立起强大的草原帝国,囊括了黄河河套及阴山南北的广袤地区。1972年,考古学家曾在锡尼以东的阿鲁柴登发现了两座匈奴贵族的茔墓,出土了一顶1.3千克的金冠,为匈奴单于参加盛大典礼时所戴,全国仅此一件。锡尼以西的霍洛柴登古城,也是汉代西部地区的重要城池之一,曾发现了大型建筑、铸钱、炼铁、铸造兵器窑址等多处遗址,分布古墓葬千座以上。

在这块文化厚重的土地上休养生息了若干年的锡尼人,绝大多数都没看好王文彪的改弦更张。核心就是那盐海子累计负债500万元,现已到了倒闭边缘,近些日子一些职工甚至都打算卷铺盖走人另谋生路去了,他王文彪竟想扔了铁饭碗去接那烫手山芋,到底是一介书生啊!嘴狠点的,还会再加一句:他脑子是不是坏掉啦?

随后,消息散布到了王文彪的老家,位于库布其沙漠边缘的杭锦淖尔。

乡亲们大惊:"那娃儿啊,是不是犯了啥错误啊?"

接着是叹惋:"年轻人哪,犯了错误好好教育就成了呗,哪能把娃儿发配到盐海子去呀！"

再然后，窃窃私语就开始了。

王文彪的父亲王富贵，觉得自己的脊背从没这么不敢挺直过，母亲的心里也像揣进了一只蒙古兔，她盼着儿子回来，又怕他回来。

可他还是回来了，当真回来了，还脱掉了西装革履。

"娃儿啊，咱祖辈就出你这么一个国家干部，为啥又要瞎折腾？"

"我想带头致富，也当个'万元户'，好让您二老和奶奶享享福！"

"咱家是从穷日子过来的，也过惯了，不求你大富大贵，你快给我回去好好上班！"

面对父母的反对，王文彪有过犹豫，因为孝顺孝顺，顺是其一。然而对前程的憧憬，对未来的自信，还是使他紧紧握住了母亲的双手："就让我历练历练去吧，我还年轻，大不了从头再来！"

望着儿子期待又坚定的眼神，母亲叹了口气，摩挲着他的手掌，轻轻点了点头："前头的路是黑的，你稳着点走哇。"

挥泪辞别父母，在乡亲们复杂的神色中，王文彪奔向了大漠深处的盐海子。

谁也不承想，王文彪走向世界的第一步，已经从这里开始了。

## 3

库布其沙漠的腹地有一个名叫哈拉芒奈的湖，此湖就是盐海子，也叫盐湖，面积有18平方公里。

早在汉代的时候，人们就开始从这湖里取盐了，只需将湖水引至近畔，待仲夏南风一起，一天一夜的工夫，水汽蒸发尽净，地表就显现了一层白花花的盐粒子，"其色如玉"。接下来的历朝历代，也都拿盐海子当作一块宝，毕竟盐是百味之王，百姓缺之不可。

中华人民共和国成立后的 1951 年，杭锦旗委在此开办了盐场，职工有 60 多人，都是人工体力劳动，加之设备简陋，在很长一段时期里都被视为手工小作坊。尽管这样，却仍承担着供应内蒙古中西部地区几十万人吃盐的重任。也正因如此，盐海子的颓势尤令旗领导忧心，对王文彪的临危受命也寄予了殷切的期望。

多年以后，王文彪回想起上任那天仍有点兴奋，说那"也算很洋气哩，是杭锦旗少有的一辆 212 吉普车来接我赴任的"。

那一天的太阳早早就从地平线上跳出来了，没有云，刚一露头就普照了四方。阴山山脉的大青山呈现着黛灰色，似乎也较往日温和了许多。黄河一线宛如丝带，在沙漠边缘飘啊飘。吉普车从库布其沙漠南缘的杭锦旗政府大院出发，向大漠深处的盐海子疾驶而去。

车上坐着四个人。年长一些的是旗长，旁边是年仅 28 岁的王文彪。旗长执意亲自相送，他知道等待这个年轻人的不是安逸的办公室，而是难以想象的残酷战场。他好像担心这个年轻人一时吃不消。

"我耳朵里传进一些风言风语啊，说你不出三个月，就得哭着喊着地要回来。"

"那恐怕不会的。"

"当年哪，我也像你一样年轻气盛，不撞南墙不回头。现在可有打算了？"

"到那儿看看再说。反正，出水才见两腿泥。"

车窗外的阳光、一草一木都那么鲜亮、柔和。就连平日里熟视无睹的沙子，都闪烁着晶莹的光泽。那一路，王文彪一直都兴奋着。或者说，他有意由着兴奋无限度地蔓延，好压抑住心底里不时冒出的不安的情绪。

一阵骤风吹来,卷起的沙粒打上车身,噼噼啪啪一通作响,这标志着车子已驶入了沙漠,也意味着不再有路了,且有陷车的可能。车速明显地慢下来。坐在副驾驶座上的那位工友也下意识地搓了搓手掌,随时准备着下车取出后备厢里的铁锹去挖沙子。所幸,这样的事情不曾发生。不过,这段直线距离不过40公里的路程,他们却足足走了三个多小时。

在沙梁间分布着的内陆小湖俗称海子,此刻,盐海子徐徐映入王文彪眼底。盐海子的侧畔就坐落着盐场,一大群职工已拥聚在大门前,跷脚探头的,正准备着迎接他们的新任厂长。

王文彪不由得绽开了笑容,急着快些抵达,好伸出自己热切的双手,去握紧那一双双温暖的大手,从此拧成一股绳,使出冲天劲,一举把盐场搞活了,把盐海子闹热火!他甚至也像那位工友似的,下意识地搓了搓自己的手掌。然而,吉普车却骤然停了下来,它到底陷在了沙子里,恰恰在离盐场不足500米的地方,恰恰在众人翘首以待的时刻!

这是王文彪生平第一次被沙子给戴了个妥妥当当的"眼罩",也是王文彪生平第一次切身感受到沙子的冷酷。他觉得自己瞬间就怨恨上了沙子。

盐场大门前的职工纷纷跑过来,却已彼此都没有心情握手了,全顾着刨沙、推车,再把那不争气的轮胎从沙窝子里拔出来。亲热的寒暄,亲密的簇拥,全成了泡影。

待众人进到盐场大院,拍拍身上的沙尘,开始了第一轮的相互打量,王文彪便在众多老职工的眼里摸索出了失望,那一双双眼睛显然都在疑虑,还有猜测:弄这么个小年轻过来,能成啥气候?连沙子都不服,给了他个下马威!瞅着吧,不出三天他就得被沙粒子打回家去!兆头不对！

会议室里，当旗长向众人正式介绍过王文彪，响起来的也只是稀稀落落的掌声。悄悄瞄着这个小年轻尚显稚嫩的脸，似乎所有人都正在心底里暗叹：唉，盐海子算是没救喽！咱们空欢喜一场！

或许旗长也觉出了尴尬，临别时善意地给王文彪打气："放手干吧，档案和待遇都保留在旗里，不成的话，你三年承包期满后就再回来。"

王文彪咧嘴笑了笑，泪水却难以遏制地朦胧了双眼。

那一天，是1988年5月8日。

时年28岁的王文彪做梦也不曾想到，这一天将会成为自己人生中最重要的日子。在以后漫长的创业岁月里，他不止一次地提及并回忆起这个日子的许多细节。某个日子的重要与否，当时自己不知道，或许要等上很多年，才会意识到那个看似平常的日子却如此重要，竟然成为实现自己人生价值的一个转折点。

## 4

5月的北方大地，已经春意盎然，而此时的库布其沙漠腹地，却还难见一丝绿意。

王文彪坐在破烂的办公室里，向左看是一头毛驴，向右看还是一头毛驴。走出办公室，见几个工人正在不远处打扑克，还喝着啤酒，新任厂长的出现，并未使他们停止高声大气地呼喝，或者还得说，那吵声竟闹得更欢了。

呈现在眼前的是一排简易的办公室，十室九空。

再走到盐海子边上，见到两个塌陷的盐池，未见一丝整顿的痕迹。

传说中的盐海子，蒙着厚厚的一层沙子，生锈的生产设备也快被沙子埋掉了。由于多年来只管生产，不管治理，甚至破坏环境，盐场已被沙漠完全包围，而且还在不断被沙漠吞噬。一遇到大风沙天气，设备就停摆，生产就无法继续，好不容易生产出来的产品也都被沙土掩埋。盐场没有机器的轰鸣，没有鼎沸的人声，只有随风飞扬的沙尘和枯草。

王文彪在盐场转了一圈，意识到形势比他想象的要严峻得多。王文彪甚至有些懊悔了，自己怎么会来到这么个鬼地方，有可能会葬送掉自己一生的美好前程。

陪在旁边的同事介绍，这里可以说是一张白纸，甚至是一个负数。盐场现实的问题是"四无三缺"，即无路、无电、无水、无通讯，缺人才、缺技术、缺资金。特别是人员思想不统一，企业缺乏发展后劲。工业企业没有电，就像人没有血液一样可怕。只有一台柴油机发电，供附近的居民和工人照明，每天晚上一小时。大家都盼着盐场来客人，一旦有客人来要招待，需要用电，盐场就会延长发电时间，大伙儿就能多见一会儿亮光。

盐场生产作业很传统也很艰苦，几乎每天都在沙尘暴中做工。如果说王文彪从小伴着吹来的沙子长大，现在则是天天和沙漠滚爬在一起。他重新过上比小时候还难以忍受的恶劣生活，风肆意地刮起沙子，打在脸上像针扎，留下微小的血点。从早到晚，整天睁不开眼睛，连张嘴喘气都是一件困难的事。

沙漠的恶劣环境，不仅让盐场每年亏损500万元，而且因绕路增加的运费就高达1500多万元，紧紧卡住了盐场的脖子。生产设备也被埋了一半，盐海子18平方公里的盐湖被黄沙覆盖。

盐场的人们大多也已心灰意冷，对于新来的厂长，有人破罐破摔，有人冷眼旁观。其实大伙已在心里达成共识，这个盐场很快会变成沙漠的一部分，至于王文彪这个毛头小子，则可能是盐海子开发以来最后一任可怜而悲催的厂长。小子吔，那就瞧好吧！

王文彪意识到，此时的盐场已经虚弱至极，甚至奄奄一息，在激烈的市场竞争中没有一点还手之力。

在那个难耐的没有月光和星星的夜晚，王文彪心事浩茫，在工作日志上庄重地写下《孟子·告子下》中的一句话："天将降大任于是人也，必先苦其心志，劳其筋骨，饿其体肤，空乏其身，行拂乱其所为……"

鄂尔多斯草原上的牧羊老人知道，所谓领头羊，它一定是羊群中体格最健壮、跑得最快、听力最好、眼观六路、耳听八方、思维最为敏锐的一只羊。领头羊，它必须身先士卒，路上有陷阱它会第一个掉下去，前面有岔路它会凭经验做选择，因为它处境是最危险的，所以它是最有威望的。它的领导作用主要是靠规矩，如果方向错了，它会带领羊群转向，或抵达水草丰美的目的地，或回归牧场的圈舍。

王文彪就像杭锦淖尔沙漠边缘草地上长大的一只羊，一只要当领头羊的羊，从库布其沙漠腹地的盐海子迈开步子，去寻觅碧草青青和开满鲜花的原野。

## 5

新官上任三把火，王文彪上任的第一把火会怎么烧，盐场职工都在眼巴巴地看着。

有位老同志前来请示："王厂长，你看这第一步工作做什么？"

"治沙！"王厂长脱口而出。

这位老同志惊呆了："治沙？你疯啦？库布其沙漠这么大，就凭我们这百八十号人，沙没治好，反过来沙倒把我们给治了。"

王厂长说:"我想好了,挑一些责任心强、素质相对较高的职工,啥也别干,就种树!"

老同志摊开双手:"你说得容易,可钱从哪儿来?"

王厂长说:"咱盐场每卖一吨盐,就拿出5元钱。咱们一年四季在整个盐湖周围的沙漠边上种树种草,改变盐场的生存环境。"

王文彪斩钉截铁,决定从职工中选出27人组成林工队,专职清理沙子和种树。他交代给林工队的任务只有四个字:保住盐场!

为了使盐场不被风沙吞噬,王文彪和这27位员工与沙子较上了劲。因为风沙太大,沙子清理了又来,来了就再清理,坚持在盐海子周边种植杨树。在他看来,不制服沙漠,沙漠就会吃掉他们。被沙漠吃掉是死,与沙漠抗争也可能是死。既然怎么都是死,还不如放手一搏!

他的治沙决定遭到了几乎所有人的反对,大家都觉得他是不务正业。人们搞金融或者是做实业,赚钱的很多,都不知道治沙究竟要干什么。

他执拗地说:"我是这个厂子的一把手,我说了算!"

大伙面面相觑,没有谁能拦挡住这条吃着沙拌饭长大的温文尔雅又异常彪悍的汉子。沙子比较好清理,难的是种树种草,更难的是得种活。没有钱买树苗,他抵押自己的摩托车,借来一点启动资金,后来又从卖出的每吨盐中抽出5块钱,用来植树种草。条件恶劣,过程艰辛,买苗、挖坑、种苗、挑水、浇水,风里来沙里去。没有雨,被烤得发烫的沙漠,草种上去当天就枯萎,树栽下去也是隔几日就成了柴,要不就是被风吹倒了,有时还会被附近牧民的羊连根刨起。大家边种边灰心,王文彪就边种边鼓劲,边想办法。他和员工们此前也没有经验,柳树死了,他们就种杨树。在背风坡种不活,大家就换迎风坡种。种了10棵,只活了1棵,活了1棵也是胜利。没有人能告诉他们怎样才能提高树苗存活率,一切只能靠自己一点一滴地摸索试验。他还发动植树比赛，看谁种得多、种得活，奖杯则是空啤酒瓶。

他经常说："任何事情如果不去做，永远是零。不能好高骛远，只要能凭着一双手种活一棵树，沙漠就多一点绿。"

他们一边生产，一边植树，花了八年时间，在盐场周围种了两万多棵树，护住了盐湖。

盐海子的第一位大学生杜美厚，在这时候被王文彪委以重任，分管林工队。

杜美厚是1963年生人。小的时候，知道父亲的父亲是从陕西府谷到鄂尔多斯的。老家陕北府谷一带，地形地貌就是那种丘陵地带，没有可用于耕种的土地，不能种庄稼，只能在山坡上放点羊。包括陕北神木、山西保德黄河边这一带就向北逃荒。爷爷奶奶也一起逃荒过来，年龄也比较大了，靠父亲养活着。父亲兄妹四个，有三个妹妹。

陕北人那个时候向北逃荒，杜美厚的爷爷一直逃到了杭锦旗盐海子，靠捞盐生活。当时有一个地方国营盐场，盐海子也就基本上到了库布其沙漠的边缘。

杜美厚的父亲是1958年来到盐场当工人的，把家安在盐场附近的沙窝子里，算是定居下来了。杜美厚就是在盐场出生长大的，在那个地方连续度过了36个春节，36岁之前也一直没有走出沙漠，除了上学。因为是盐场送他上的大学，从内蒙古工业大学毕业后，1986年又回到厂里当工人，日后做技术员。这个技术主要是把液态的盐水通过自然蒸发变成固态的盐。另外，是把液态的芒硝水变成固态的硝。芒硝跟盐原来是融合在一起的，得把它们分离开来，做成食用盐或工业用盐。基本上都是食用盐，氯化钠含量在94%—96%之间。

过去吃青盐块儿，后来是精制盐，以前陕北府谷神木一带吃的盐，基本上都是来自于这个盐场子。过去盐很粗糙，有些就跟渣滓一样。从大池子里捞出来以后，基本上就卖颗盐。自己厂子也没有加工，最后变成化工原材料，把芒硝卖到化工厂。硫化钠是干什么用的？硫化钠也叫硫化碱，它是加工皮革用的。

杜美厚经历了盐场的改制，大部分时间从事技术开发，另外还做过一些企业管理工作，搞过化肥厂，但主要还是守在盐场。效益不是很好，沙漠没有治理，盐湖在下风向，经常受到沙漠的侵扰，是一种沙进人退的感觉。

王文彪承包盐场之后，先成立了七八个人的林工队，陆续增加到十几人，又增加到二三十人，一直发展到后来，种树的队伍逐渐壮大起来。开始时既捞盐又防风沙，种树保护盐湖，治理沙漠。后来王文彪从每吨盐的收益中拿出5块钱来种树，遏制风沙吞噬企业盐场，以保住这百十个职工兄弟们的饭碗。

他不担心盐的销量，即便盐场再破败，也是周边几十万内蒙古人食盐的唯一来源。但他想做得更好，于是请来专家深度研发盐海子里的产品，同时更新设备和技术，凭着产销湖盐、芒硝矿、原碱，盐场不但当年扭亏为盈，还赚了120万元。盐场超额完成承包指标，令杭锦旗领导和盐场职工们对他刮目相看。

党的十一届三中全会以后我国开始的"三北"防护林工程建设，号召亿万人民向沙漠进军，造林治沙，应对干旱、风沙和水土流失带来的生存危机。20世纪80年代中期，土地严重荒漠化的鄂尔多斯也试图通过市场化手段推动生态建设，允许单位和个人到农村牧区承包"五荒地"，搞开发性建设，后来更是明确要求立草为业，科学养畜，发展商品经济，走畜牧业的路子。

国家行为的这一大规模的造林治沙背景，王文彪心知肚明。在库布其沙漠还没有明显效应的时候，他不唱高调，也不是一开始觉悟就很高，在他看来，涉足种树治沙这件事，完全是他所处的现实环境所逼迫的。在依靠种树庇护已经被判了死缓的盐场的自觉行动中，他通过实践悟出了生态价值的意义。

就这样，一个烂摊子的老大难盐场，被王文彪从无情的沙漠手里夺了回来，企业扭亏为盈，走出了困境。在事实面前，众人服了，王文彪也平生第一次找到了从商的感觉。

此时，王文彪也不会想到，他这一脚踏进盐海子的商海，就再也没有回头。

1995年，在改革的风潮中，名不见经传的杭锦旗盐场脱胎换骨，转身改制为亿利化工建材集团。亿利人在王文彪的率领下，从此踏上了艰辛而充满希望的创业之路，开始描绘浩瀚的库布其沙漠生态治理模式的蓝图。

## 6

改革如同一场不期而至的春雨，给沉寂的大地带来了清新的空气，已憋闷了许久的人们猝不及防地苏醒过来，抖擞精神，起身去寻找抵达新生活的路标。久旱逢甘霖般的鄂尔多斯高原，也渐渐地活泼起来了。

此时，在库布其沙漠腹地的盐海子，却遭遇了一场百年不遇的大水灾。

沙漠给人们的印象，就是一片干渴的世界。非洲的撒哈拉大沙漠一连数年不会下雨，智利的阿塔卡马沙漠400年来只下了一场雨，被称为世界的旱极。然而，沙漠地区不仅有下雨现象，一些地方甚至会降下令人吃惊的暴雨。

气象专家解释，沙漠地区降雨是一种正常的天气现象。一般情况下，沙漠降雨量非常少，大部分地区降雨量不足400毫米。但当沙漠上空有大的降雨天气系统经过时，偶尔会遇到其他气流的阻截而放慢前进速度，或干脆停滞不前，从而将云中携带的大量水汽以降雨形式倾泻下来。

1992年8月12日晚8点，茫茫的库布其沙漠上空突然乌云滚滚，大雨如瓢泼一般狂泻而下，地面沙粒被粗大的雨点打得四处飞溅。沙漠里难得的降雨让一些员工满心欢喜，虽然风雨打得人睁不开眼睛，他们还是乐意站在雨中享受一番清凉滋味。

然而就在两个小时的倾盆暴雨之后，令人意想不到的事情发生了。只见漫天的雨水在平坦的沙漠腹地汇集成滚滚洪流，咆哮着淹没了盐场的拖拉机，淹没了厂房。遭遇猛兽般大暴雨的无情袭击，在盐场员工的记忆中还从来没有经历过。

在王钟涛的人生履历中，也是头一次遭遇这样惊心动魄的情景。

王钟涛，1992年刚从大学毕业，此时正和一帮同学从锡尼镇赶往盐化厂。路上有两个地方是泥沼。40多个同学从上午出发，一直到晚上8点多才到达目的地。

沙漠腹地基本什么都没有，虽然有人烟，但这里相对独立，连接外面的交通、通信条件都非常差。他们到了盐化厂，有一种与世隔绝的感觉。上班第一天的落寞情形，一直留存在王钟涛的回忆里，而有关盐场遭遇大水灾的记忆更是刻骨铭心。

盐化厂生产的芒硝是当时利润比较好的产品。这些产品全都是人工生产，职工用锹铲从湖里挖芒硝，几千吨、上万吨，一车一车地堆到湖边。

下暴雨的时候，王钟涛和大伙已经下班回宿舍了。因为没有电话，晚上8点多，分管这帮学生的车间主任急匆匆跑来，说出大事了，大水把好多芒硝给淹了。芒硝遇到水就会化掉。这种情况下，最容易集中找到的就是他们这些统一住在宿舍的大学毕业生。

大家急忙赶过去，车间里已经有好多水了，一个多小时的冲击，很多设备都找不着了。净化车间里有两台锅炉，还有一些其他设备，他们开始围绕这个车间搞防洪。没有其他东西，只能用打水的枪往外放水，拿袋子把煤装起来运走。到处都是水，已经没到他们的腰部以上。

王文彪从杭锦旗急忙赶了回来，带着大家狂奔在雨幕中，他大声呼叫着："大伙快跟我走！汽化厂正在安装新设备，不能淹了！"

由于水流湍急，沙袋根本无法垒砌，洪水很快淹没了净化车间。洪水打着旋儿往设备最高处冲，水柱离地面10多米高。从液压站一个非常高的地方泄下洪水，把车间两个大储水罐冲下去很深。

一定要抢救出设备！王文彪不顾一切跳进洪水中，一下就被洪水击倒。他扑腾着喝了几口水，向下沉去。几个小伙子见势不妙，携手跳进水里，几番沉浮才合力把王文彪拖救上来。

王文彪抹去脸上的水渍，再次带领员工跳入水中。他们手挽手，肩并肩，组成一道人墙，封堵决口，一点点抢救公司的财物。

王钟涛心想，王总作为一名国家干部，放弃了应有的公务员待遇，自己拼命去做企业，我们这些年轻的大学毕业生，为什么不能留下来和他一起干？不管说什么，也没有理由轻易放弃或者离开这里。王钟涛能坚持在亿利公司留下来，而且干得很出色，与大水灾中这些刻骨铭心的记忆不无关系。

当时王文彪的车停在一个地方，他和大家都忙于防洪，谁也没注意那辆车。11点多，洪水过去，王文彪突然想起要回办公室找一件东西，这时候一看他的车，已经被洪水冲击埋在泥沙里了。司机小宋心疼地说："怎么样也得把车弄出来。"

大伙儿用锹挖挖不出来，推也推不动。

20多个人合力抬车，有一个说话有点结巴的同事，突然发现一样东西，问道："这，这，这是什么？"王钟涛回头一看："坏了！你手里拿的是一个大灯。"最后，大家费了九牛二虎之力，终于把车给弄出来了。

他们用袋状的帆布装上沙子，垒成土坝，防止把房子冲垮。为了把帆布固定在土坝上，必须用柳树削得尖尖的木头橛子把帆布钉住，让雨水不至于冲到土坝上。土坝里还有硝，只要进水，坝一旦垮塌，硝就被水冲走了。

第二天，第三天，一个多月的时间，王文彪基本没有离开过现场。他每天都走在最前面，后面上百号人跟着他，拿着木头橛子不停地往下钉，一站就是十几个小时。没有大型作业机械，为了保护盐田和产品，公司所有员工不论男女老少无一掉队，人工背沙袋封堵汹涌的洪水。一天下来，所有人的肩膀都被磨破了皮，渗出了血。虽然连续作战，人困马乏，但大家毫无怨言，还不时相互开玩笑。

天有不测风云。一场百年不遇的特大暴雨带来的大洪水，将靠晒硝刚有起色的企业冲得几乎荡然无存。筋疲力尽的王文彪望着被洪水冲毁的原料，眼里噙满悲壮的泪水。四年的心血白费了！一时间，绝望的情绪笼罩着盐场，有员工失声痛哭。

王文彪烦躁地大声吼道："甭哭！哭能解决什么问题？"

员工们围拢过来，一双双热切的眼睛望着他们年轻的领头人。王文彪的心在滴血，企业可以没了，精神不能垮。

他目光坚定地对大家说："这点天灾算什么？咱们很快就能恢复生产。中秋节要到了，厂里准备买几百只羊，给每名职工发一只羊，大家说好不好？"

员工们一下子缓过神来了，响起一阵热烈的掌声。有人议论，以前过节也就给每个人发几斤羊肉，这次给每人发一只羊，看样子公司倒不了。

王文彪接着给大家打气说："船破了还有三千颗钉子，谁说盐场垮啦？大家放心回家过节。"

无论什么时候，家里的门都会为儿子敞开。母亲是王文彪心中最柔软的部分，也是他最坚强的后盾。虽然很多外面的事情母亲并不懂，但关键时候，母亲总和他站在一起，成为他最有力的支持者。

自从王文彪到盐场后，母亲便开始关心他的工作。一进门，母亲就问道："这些天工作咋样？盐场都还好吧？"

儿子回答道："还好！"

母亲又问："前几天那场大雨，盐场没事吧？"

儿子支支吾吾："没，没事儿。"

王文彪不愿把发生的一切告诉母亲。他已成为男子汉，应该为母亲和家人撑起一片天空，遮挡外面的风雨。他不愿母亲再为自己的事担心得睡不着觉。

王文彪问母亲："妈，你经常背着瘫痪的奶奶的时候，心里是怎么想的？"

母亲坦然地说："还能怎么想？继续过日子呗。总是想着，自己不能倒下去，我倒了这一家人怎么办？你咋想起来问这个？"

王文彪转换了话题说："随便问一问。"

几个月后，盐海子重新被挖出来，厂房被清理干净，设备重新运转起来，盐场恢复了生产。公司员工们的信心又重新树立起来。王文彪暗暗舒了一口气。这是他做盐场厂长以来面临的最大一次危机，总算过去了。从零开始的盐场，生产蒸蒸日上。

于是，王文彪请来专家，再度对盐湖进行研究和开发。有关科研机构给予支持配合，经过反复试验，终于研制出一系列化工新产品。随着新产品的顺利投产，盐海子越来越红火，产品一度曾经占到全国同类产品的三分之一，供不应求。此番举措，不仅结束了盐场近40年原盐单一的生产历史，也为亿利集团的做大做强奠定了坚实的基础。

曾经做过王文彪助手的奥宝平，经历了由盐海子化工到洁能环保产业转型的艰难过程。

1996年4月25日，19岁的奥宝平一腔热血，从杭锦旗出发奔赴新生活。他坐的班车几次陷到沙子里，大家一起推出来再继续走，走了四个小时沙路到达盐海子，他在正在建设中的硫化钠厂当上了一名工人。他们是第一批去的，总共有300多人。他们开始建厂房，安装设备。好家伙，那个风刮的，一刮就连着刮几天，基本上是顶着风沙干活。到6月28日，硫化钠厂正式投入生产，奥宝平在最后一个车间，是做包装的。

盐场的生产方式还比较原始，装袋完全要用人工，缝制袋子也需用手提的机器。建了职工宿舍，一个宿舍住8个人，大通铺。伙食还可以，月工资280元，后来涨到330元，够多的了。投产后学习邯钢按成本计件，有时候都可以拿到800元，效益一直都不错。

奥宝平从工人到班长，到车间副主任、主任，其间当过企业管理安全员，两年后就走上了管理岗位。再后来，奥宝平成了亿利集团最年轻的副总裁。

多年之后，被称为"沙漠王子"的王文彪，既是一只充满王气的老虎，更像一只温文尔雅、率领着成千上万羊群的头羊，他一直奔跑着，在沙漠中寻找绿草。

遥望云蒸霞蔚的天边，那风吹草低见牛羊的诗境在哪里啊？

# 筑路

— 第四章 —

修筑了一条通向外面世界的道路。
千军万马穿越沙漠腹地死亡之海，

## 1

"其实地上本没有路，走的人多了，也便成了路。"

人们熟知并经常引用的这句名言，未必适合沙漠。在沙漠里走过再多的人，脚下依然是沙漠，一场风吹过，足印也如同流逝的时光，不会留下什么明显的痕迹。

许多年中，栖居在库布其沙漠腹地里的农牧民，始终都过着这种没有路可通达外界的闭塞生活，外头的生活用品运不进来，里头的农畜产品也运不出去。这样的状况对杭锦旗的农牧民来说尤其严重，因为他们位于库布其沙漠西部"勺子头"的区域内，那儿的沙漠绵延更广，宽达60公里左右，这使他们即使想去最近的镇上买点东西，也要全副武装地徒步或者骑骆驼跋涉很远的路，一去一回至少得花掉两三天的工夫。

一直以来，杭锦旗政府都在筹谋着修路，修了路，好脱贫。随着时光的流逝，已有越来越多的人认识到了杭锦旗贫穷的根源，那就是"亏在水上，慢在路上，误在电上，穷在工上"。就连脱贫的途径也都琢磨透了，即"水当家，路先行，电启动，工致富，科教兴旗"。

然而，也一直以来都只能存在于筹谋的层面，当年的杭锦旗实在太穷了。

杭锦旗位于鄂尔多斯西北部，与"天下黄河富河套"的巴彦淖尔隔河相望，南邻鄂托克旗、乌审旗，东与东胜区、达拉特旗、伊金霍洛旗接壤。黄河自西向东流经全旗242公里，位于其间的库布其沙漠横亘东西，自然划分为北部沿河区和南部梁外区，紧靠黄河南岸的沿河属冲积平原，梁外属于荒漠和半荒漠草原。

这个旗拥有深厚的历史，也有着比全国人均土地面积高出15倍的土地，却因大多数土地都是寸草不生的沙漠而相当贫困。当年即使是旗政府所在地的锡尼镇也还在靠着柴油机发电,境内仍有近2000辆"二饼子"木制牛车在服役,整个旗区也仅有61公里的国道。贫穷,即使限制不了人的想象,也定然会制约人的行动,哪怕是事关全民生计的重大事项,也只能无奈地暂且搁置。

然后,到了1995年。

就在那一年的12月,《锡尼镇—乌拉山镇扶贫开发公路工程可行性研究报告》出炉,这为杭锦旗第一条穿沙公路的全线立项与投资提供了合理依据。杭锦旗人欣喜若狂。

锡乌扶贫开发公路建设工程指挥部随即成立,穿沙公路的勘测设计工作全面开展起来,负责人是时任杭锦旗交通局副局长的白富华。在《杭锦旗穿沙公路建设大会战纪实》中,可以见到这样一番情形:

> 白富华带领公路段副段长、工程师吴有清、交通系统的8名技术人员,以及旗电视台的一名记者,对穿沙公路全线进行了勘测设计。勘测队员手拉测绳,肩扛塔尺、仪器、木桩,顶烈日,扛沙包,起早摸黑,忍饥受渴,利用29天时间,一步一个脚印地走过了柠条沙柳林,穿越了荆棘、沼泽滩,最后赶着毛驴闯进了死亡之海——库布其沙漠。烈日当头如火烤,烫沙灼脚无法行,就连摄像机都因高温停止工作。在饮水严重不足的情况下,大家唱着"下定决心,不怕牺牲,排除万难,去争取胜利"的歌,冒着生命危险,完成了全线的勘测设计外业任务……

1997年6月16日,开工仪式在穿沙公路55公里处举行,随着一声"开工"的命令,锣鼓齐鸣,推土机破土动工。

万众瞩目的穿沙公路正式开建了。

这是杭锦旗的第一条穿沙公路，建了将近三年之久。

近三年里，杭锦旗政府举全旗之力，相继组织了七次大会战，每次都是人数破万。参加者有领导干部、农牧民群众、机关企事业职工、在校师生，年龄最小的是八九岁的小学生，最大的是70多岁的老人家。工地上，漫山遍野的红旗招展，彩旗飞扬，人山人海，驼嘶马鸣。机车声、铡刀声、铁锹声四处作响，宣传车往返巡回，医疗队不停穿梭，为伤病员发放药品、包扎、输液……场面宏大得几乎含蕴了一丝悲壮。

近三年里，公路在一天天延伸，绿色也在一日日跟进，道路竣工之际，大漠深处也已筑起了两道堪称"绿色长城"的护路带。为着这两条各宽500米的护路带，杭锦旗人在道路两侧总共栽植杨树、柳树9万株，羊柴500多万株，设置沙障3.2万亩。有人统计过，如果把为这条穿沙公路栽下的沙柳一节一节接起来，能绕地球十几圈。

近三年里，杭锦旗政府想方设法地筹措建设资金。首先是集中力量办大事，号召社会各界干部群众捐款，又从每年的扶贫资金、计委以工代赈资金、林业及水利资金中抽出一部分来，还有向沿路九个苏木乡镇的民工建勤（公路修建用语，指公路两侧的农民按规定每年出一定的义务工，对公路进行养护、修理和改建等工作），再加上向银行的贷款，累计筹得资金1000多万元。同时积极争取盟委、内蒙古区委和区政府的支持，催要已经划拨的资金，申请内蒙古计委立项，并想方设法招商引资。

穿沙公路在修建过程中，引起了社会各界的广泛关注。

1998年4月10日，杭锦旗政府召开了新闻发布会，国家、地方各级新闻记者40多人云集穿沙公路施工现场，通过深入采访，内蒙古以至全国的各大新闻媒体集中报道了这一壮举，使杭锦旗人的穿沙故事一时之间传遍了神州大地。随即，热心的人们纷纷慷慨解囊，其中一位10岁的小学生，也把自己计划买自行车的200元钱支援了穿沙公路的建设。

杭锦旗人为穿沙公路的建设付出了常人难以想象的艰辛，还有无数的血泪与汗水。穿沙公路的漫漫路基，也同时凝结了祖国大江南北太多人的支持与帮助。

1999年10月8日，亘古无路的浩瀚大漠库布其终于辟沙成途。

穿沙公路南起杭锦旗政府所在地锡尼镇，北达巴彦淖尔盟乌拉山火车站，与110国道、109国道及京兰线（北京—兰州）相通，穿越库布其沙漠50多公里。穿沙公路以其雄伟的气魄、浩大的工程、人与自然搏斗的壮举而驰名海内外，被誉为"黄金通道""大漠奇迹"。

穿沙公路的开通，大大降低了运输成本，带动了地区第一、二、三产业的发展，促进了旅游资源的开发。库布其沙漠里10万农牧民的生产和生活因此大为改观。为修建穿沙公路而在库布其沙漠开展的大规模生态建设，其成果也同样引人瞩目，被誉为"穿沙生态"。

穿沙公路实是一条经济发展、社会进步、生态改善的跨越之路。

没有穿沙公路，就没有库布其的今天。

或许还得说，杭锦旗人收获的不只是一条改善当地群众生产生活条件、促进产业发展、脱贫致富的公路，他们还同时收获了熠熠发光的不屈不挠、敢为人先的"穿沙精神"，树立了敢想敢干、战胜一切艰难险阻的坚定信念，并使之成了泽被后代的最大财富。

事实是，杭锦旗域内这第一条穿沙公路的成功修建，给了鄂尔多斯人以巨大的启发和勇气，使其在接下来的日子里，又在全市范围内相继修筑了三纵两横的五条穿沙公路，从而全面激活了库布其沙漠的大动脉，打通了梗阻200多万各族群众心灵相通的障碍。

截至目前，纵横穿越库布其沙漠的公路、铁路已达22条之多。

## 2

作为库布其沙漠第一条穿沙公路的直接受益者，亿利集团对这条路的建设高度重视。包括总裁王文彪在内的全体亿利人，也为这条路的修筑付出了较常人更多的心血。实际上王文彪也早有修路的心，与杭锦旗政府可谓不谋而合。

王文彪年轻敢干，可谓初生牛犊不怕虎，在盐海子产品遇到大漠阻隔而出路不畅的困境面前，就已经决意要修一条穿越大漠的公路了。

为此他深入沙漠做调查。可是怎么才能进到沙漠里呢？一位员工出主意，开着盐场的链轨拖拉机试试。王文彪觉得链轨拖拉机的链条是软的，接地面积大，对付沙漠没问题。可事实告诉他，链轨拖拉机在沙漠面前那么不堪一击。十几米高的沙丘挡在面前，链轨拖拉机爬沙丘时翻了下来。他不甘心，连闯了几次，都是连人带车从沙丘上翻下来。缄默的沙漠好像在以这种方式拒绝这位闯入者。

王文彪决定实施第二方案，组织骆驼队进沙漠。终于进入沙漠腹地，他被震撼了，大漠浩瀚，朝日浑圆，如诗如画。此时的沙漠宁静而坦然，仿佛在无声地召唤着他，在大自然面前，人显得那么渺小。

这次调查，给王文彪留下难以磨灭的印象，沙漠里难得见一棵树，放眼望去不见一丝绿色。看不到任何动物，连一只兔子都没有，难怪人们说这是个兔子不拉屎的地方。

走上半天或一天，未必能看见一个人。令王文彪吃惊的是，在如此荒凉的沙漠中，竟然生存着零散的牧民。他们常年吃不到新鲜蔬菜和鲜活的食品，购买柴米油盐等生活必需品，得到百十公里之外的商店。

住在沙漠腹地的牧民格什道格陶说，因为没路，他只能骑马或骆驼去购物，来回一趟要走两三天，一次得购半年用的生活用品。

## 第四章 筑路

当地人盖一座像样的砖房，只能通过羊拖马拉，从上百公里之外运回建筑材料，每块砖的造价比外面高出两三倍，一幢近百平方米的砖房，总造价高达几万元，相当于一个中等城市的房价。没有大夫，没有医疗保障，人们看病只能骑马、骑骆驼出去找医院。如果是急病，后果可想而知。若走不出去，只能活活等死。妇女生小孩儿，如果出现问题基本就没命，四五天才能走出沙漠，即使找到大夫，黄花菜都凉了。没有路，要想上学，孩子就得找寄宿学校，很小就要远离家乡、远离父母。走不出沙漠，读不了书，在沙漠里是普遍现象。

王文彪回想自己童年读书的遭遇，与这些孩子的经历相比有过之而无不及。如果穿越库布其沙漠的柏油路建成通车，则一通百通。

1995年6月，伊克昭盟亿利化工建材集团公司组建成立，并成为伊克昭盟盟旗经济一体化的示范企业。盐场改制为亿利集团公司后，产品生产增长很快，由最初的年产几万吨发展到1996年的几十万吨。新问题随之而来，这么多产品怎么运出去？

很多人知道从盐海子到外面有铁路的地方，也就是乌拉山铁路边，直线距离六七十公里，但当时没有直达的路，只能绕道走，要走大约500公里。运输车辆要过黄河，当时的浮桥应该有10年了，由铁制的浮箱两行并排，供汽车通过。到了冬季黄河结冰以及春天开河的时候，浮桥还都得撤掉。这导致运输成本特别高。

王文彪算了一笔账，一吨盐总共就卖几十块钱，而因为运费使一吨盐的成本增加60多块钱，几乎和售价相当。实际上，产品的一点微薄的利润几乎全部消耗到了路途上，毫无利润可言，而且还要亏损。

他着急上火，整天在盐海子周围转悠。林工队折腾了几年，在盐湖周围种了不少树。但他发现这种小打小闹地治沙完全是一种徒劳，根本解决不了问题。沙漠越来越大，风沙越刮越猛，运输道路多次被流沙阻断，运输花费的时间越来越长。最后，这种经营运输模式实在持续不下去了。

他愁啊，盐场的生产环境好转了，产量稳步上升，但好不容易挖出来的盐和芒硝，却越来越多地垛在仓库里运不出去，企业又一次面临停产。

在如此困境面前，亿利集团的出路究竟在哪里？

此时王文彪觉得已不能停留在思考层面，而要切实付诸行动了。

他把盐场的骨干们召集起来开会，开门见山地说："自从我做了这个盐场的厂长，尽管发展得不错，有几十种产品，但由于沙漠阻挡，没有路，没有电，没有通信，甚至没有喝的水，在这样艰苦恶劣的环境下，要想发展越来越难。有一个想法，能不能把库布其沙漠切开，修一条路？"

"修路？在沙漠里怎么修路啊？那可是死亡之海，从没有人进去过。"大家用不可思议的眼光看着他。茫茫大漠，千年黄沙，一脚一个沙窝子，沙丘起伏落差十几米，差点儿破产的小盐场有这能耐？修路不比种树，技术、资金、养护，门槛一个比一个高。

有人分析得更具体："修路没有技术，不可能修好，修通路怎么养护路？盐场规模不大，要修一条路得花很多钱。刚刚有起色的小盐场能否承担得起如此重任？钱从何而来？"

王文彪推心置腹地说："你们的担心是对的，这种风险意识我也有。但不做就是等死，盐场就得解散，各回各家。做了，才有希望。盐场是国有企业，怎么能解散呢？我灰头土脸回去，没办法给组织交代，也没办法给家人交代。我们还有别的办法吗？我们的企业连关门的资格都没有。"

一位老员工指着他的鼻子说："几百年来没有人敢干的事情，你王文彪能干成？我看你小子不是得意忘形，就是脑子出了毛病！"

不光盐场的员工，包括家人都一致反对。种个树都花了八年，这路要修到何时？就算修通了，又怎么维持得下去？在沙漠修路，不是没有人想过，而是想过试过但都失败了。沙是移动的，路今天刚修好，明天可能就被埋掉，遇到沙丘的移动，修多少就埋多少。

同事韩美飞认为修穿沙公路心里没把握。韩美飞和王文彪既是老乡，又是同学，原来在一所中学做校领导。现在韩美飞负责公司一个大项目的土建施工，一年时间工厂就建起来了，但产品却很难及时运往天津港。

王文彪提出修穿沙公路，不只是韩美飞，盐场的老领导都认为风险太大。

要在茫茫沙漠上修建一条公路，首先挡在面前的拦路虎就是资金。王文彪对这个问题的决策还是比较果断的："就这么干，出了问题我负责！如果不这样做，我认为这个企业不可能活下去。不制服沙漠，沙漠就会吃掉我们。被沙漠吃掉是死，与沙漠抗争也可能是死，既然怎么都是死，还不如放手一搏，干他一场！"

赌一把，胜算有多大？他自己觉得是胜败各半。他们没有这种技术，没有经验，尽管他出生在沙漠的边缘，对沙漠比较了解，但确实没有进过沙漠腹地里边。

更多的质疑声传到王文彪耳朵里。他想，只有想不到，没有做不到。不尝试，怎么能知道不会成功？不会安于现状的王文彪耐心做大家的思想工作，大会小会上谈，私底下与员工交心，越来越多的人站在了他的身后。大多数员工还是动心了。是啊，没有路就没有收益，没有收益盐场只能倒闭，大家也只能回家蹲着，一家老小喝西北风。

大家只是恳切地看着他说："王总，难啊！难于上青天！"

万事开头难，但如果不行动，就永远不会有进展。亿利集团组成了沙漠修路工作组，在进沙漠调研之后，拿出了修路的具体方案。当财务把核算结果放在王文彪案头时，好似给他当头泼了一盆冷水：修路资金至少需要7000万元。

但王文彪坚定地要修这条路。他用愚公移山的故事应对质疑，给自己鼓劲：愚公能移山，我为啥就不能把路修成？很多人说他是说疯话，他说："这就对了，你要是不疯，要是不用非常手段办非常之事，还是老一套，那就只能坐在这里等死。"

然而，钱是硬道理，一文钱难倒英雄汉，7000万元在哪里？

盐场总共加起来也没有多少资产，一年的收入只有4000多万元，要拿出这么多钱修路，比登天还难。王文彪阴沉着脸转来转去，厂房里产品堆积如山，设备处于半停产状态。

一位工人抖搂着双手询问："王总，怎么办啊？"

不修路死路一条，修路又没有钱。进退两难的王文彪一咬牙，决定筹钱，亲自跑金融机构贷款。

金融机构的负责人像听天书一般，惊诧地问道："什么？要在沙漠里修路？钱放出去打了水漂，这风险我们不能担。"

银行不傻，一口回绝。好话都说尽，王文彪就差跪下求人，仍毫无效果。躺在简陋的招待所里，王文彪闭目沉思，一条又一条求钱的路被堵死，还能有什么办法？

恰恰在此时，杭锦旗政府的修路大计开始运作了，王文彪转眼看到了生机。

## 3

在公路建设的近三年时间里，亿利集团领导和员工们同吃同住同劳动。

俗话说，要致富，先修路。路有了，意味着过富裕生活的日子就不远了，而只有行动起来，梦想才能成为现实。大家的心气儿就特别高涨，干活也特别卖力。看着人声鼎沸的场面，王文彪很高兴。然而，从梦想到现实的道路，从来都不是一马平川的。

工程启动的第二天，王文彪一早赶到修路现场，面前的情形让他高昂的心情猛然一沉：修好的路基不见踪影，满眼都是漫漫黄沙。6米宽的路面，沙子堆得老高，车从这面走不到那面。

有人叹息："一夜之间，黄沙就把路基盖住了，昨天的血汗都白流了。"

身边的人焦急地问："王总，现在怎么办？"

王文彪毫不气馁，果断下令："重新推路基！"

又问："再被沙子盖住，咋办？"

回答说："那就再推！"

修路的材料运输主要靠骆驼，材料在几十公里以外，骆驼走得特别慢。大家在等材料进来的时候，公路又变成了沙漠。他们推了埋，埋了推，一晃三个月过去，路却毫无进展。

有人开始埋怨，沙漠里修路怎么可能？这不是胡闹吗？有人开始质疑，多少钱都撒进沙粒里了，连个水花都看不到。在沙漠的打击面前，一部分人的信心动摇了，不和谐的声音越来越多地传入王文彪的耳朵。他虽然表面不动声色，实际却心急如焚。

王文彪对员工们说："这是一场人和大自然意志的较量！谁先投降，谁就输！我们的企业不能关闭，我们没有输的资格，再难也要坚持！"

库布其沙漠号称"死亡之海"，一夜大风就能移动数座几十米高的沙丘，区区一条羊肠小路如何幸免？绝大多数人没有任何退缩和怨言。条件艰苦，环境恶劣，大家还是相信王文彪说的这条路一定能够修得出来。

王文彪问计于民工施工队。众人你一言我一语，有个在沙漠中生活摸出一点经验的老汉提出，用柳条插成网格形状，就能把沙子固定住。

抱着试一试的想法，王文彪下令先这样干，结果第二天路基果然安然无恙,赫然躺在一拢环绕的黄沙之中。很快,打方格的修路方式在队伍中推广开来。

到了年底,终于修成了整个路段的路基。

按照规划,穿沙公路两侧须植树种草,以防沙子再度侵袭。

这规划是杭锦旗扶贫办邀请市林工队做的设计,第一次规划时也是扶贫办主任白永学亲自带队,一行人的车子还曾陷在漫漫黄沙里。最初的设计是西侧林带宽 200 米,东侧的背风坡林带宽 50 米。方案出来后,大家却都觉得有点窄,旗里领导尤其担心,说:"你们可弄准成了,一定要把沙子固住,否则咱这路可就白修了。"那些年,人们真是都被风沙刮怕了。于是几经研讨,为保险起见,最终将西侧林带宽度扩展到 500 米,东侧扩展到 200 米。

从第二年春天起,人们就开始在路基两侧建设防护林带,在柳条方格里种树苗。不料,夏天的沙暴狂风一过,树苗全都没了影踪,只好次年继续种。适逢 8 月,进入雨季,下了点雨,黄沙不再飞扬,加上网格固定的作用,路基终于没有再遭黄沙掩埋的命运。

兵来将挡,水来土掩。有难题大家一起想办法解决。他们在沙漠里流血流汗,与沙漠为伴,与风暴共舞。路,在他们的脚下一点点向前延伸。到年底,路基终于全部铺上了砂石子,也算取得了不小的进展。

穿沙公路的修建进入第三个年头的春天,王文彪惊讶地发现,凡是树活了的地方,高高的沙丘不见了。原来树长高后,沙丘被固定住无法移动,风一吹,沙丘的沙子落入低处,填平低坑,沙漠变平了。以前他们修路,必先用铲车将沙丘推平,耗时耗力,原来只要种树就能达到好的效果。他们迅速调整工作重心,全线直接在沙漠里种树,同时硬化路面。

对于穿沙公路的建设,每一个奋战在第一线的杭锦旗人都做出了常人难以想象的付出。修路要先打路基,用土或石料按照路线位置和技术修

## 第四章 筑路

筑路面基础。在沙漠里打路基，比平常铺路基要困难得多。推土机打头阵，把十几米高的沙丘推平，推出路面，工人们再紧跟着打路基。没有好机械，大型的75马力推土机就是最好的，又不能拿推车推，进度很慢，几乎全是靠人和推土机完成。

没有亲身经历过，不知道其中的苦。库布其黄沙漫天，酷热难熬，平均气温在40℃左右，不要说干活，就是站在那里也让人难以忍受。晚上住帐篷，又特别冷，早晨起来身上盖了一层沙。工人们只能带来一些简单的生产用具和生活用品，每天啃着干巴巴的干粮。带的水喝完了，就在沙漠的湿地就地挖井取水，有人形容这些经历像上甘岭。

吃饭更成问题，一日三餐都是馒头和沙子一块儿进嘴，一张嘴，沙子自然而然就进去了。馒头啃光了，就得现做饭，可在沙漠里怎么生火做饭？

生活在沙区的人自来就有以苦为乐的精神。很快，工地里流行起一种做"羊肉面"的办法：把穿在身上的羊皮袄当面板，随便和点面粉，从沟里捡块长条石头当擀面杖，把垫着羊皮袄擀薄的面片煮熟后，就成了一顿没有肉却带着羊膻味的羊肉面。

1999年10月8日穿沙公路竣工那天，王文彪在通车庆典仪式上语声哽咽："65公里的路，修了将近三年啊！在沙漠里修路，我们修成了！"

现场许多参加修路的干部、职工和群众都忍不住落下激动的泪水。

世世代代被沙漠围困的库布其人终于有了一条通往外界、与外界同步前进的坦途。

穿沙公路的修通，使库布其沙漠10万农牧民的生产和生活也因此大大改善，贫瘠到绝望的荒漠希望正被重新点燃。为了这条路，无数人都脱了几层皮，冬天顶着严寒，舔着嘴唇裂开流出的血，夏天顶着40℃的高温光着膀子，一锹一锹地往前干。这条路建成，对王文彪的所有质疑和嘲讽都被风吹散，一路的艰辛也都得到了回报。

就在穿沙公路即将建成通车之前，一位蒙古族老大娘遇到了正在公路边巡察的王文彪，她领着两个孙子跑到面前，虔诚地说："来，过来给这位带头修路的叔叔跪下磕个头，要不是这位叔叔，你们可能一辈子也走不出这个沙漠。"

滴滴汗水粒粒沙，这条路背负着库布其沙漠几代人的梦想。

王文彪感慨地说："这是我最大的慰藉，也是我这一生梦寐以求的事情。我就出生在库布其沙漠，我的童年曾经过着与他们一样的生活，我也深受其害，深知其苦，但我同时也深深地爱着这片土地。"

这是他做企业多少年来最想掉眼泪的时候。

## 4

这一大片黄河河套之南的大漠，形似与神似的弓弦，终于在这一代人手中射出了一支胜券在握的利箭。亘古以来，第一条穿越库布其沙漠的公路，像一条生命的大动脉，为数十万人带来了改善生计的途径。

大路朝天，笔直的穿沙公路利箭一般越过浩瀚的库布其沙漠腹地，从盐海子直指黄河边，抵达阴山山脉的乌拉山口。它像大漠母亲平坦的胸膛，接受着子民们的抚摸，把封闭了很久很久的人们送到了外面的世界，又迎回到故土上来。外面的世界很精彩，也让天地间的福气降临到往日的"死亡之海"，让这块世外荒漠成为富饶大地的一部分。

穿沙公路一经修通，便开始发挥它的社会效益和经济效益。不仅为盐场每年节省1000多万元运费，还将产自库布其沙漠里质优价廉的湖盐、芒硝、硫化钠、低铁硫化钠等无机化工产品很快运了出去，迅速占领内蒙古、上海、天津、辽宁等地的市场，远销俄罗斯、澳大利亚、新西兰等国家。其中，硫化碱的市场占有率一度达到世界第一。

在沙漠修路也许是简单的，难的是把路保护好，不受风沙的侵袭和掩埋，所以，必须坚持长期防沙固沙，种草种树。

为了保障穿沙公路畅通无阻，拦挡风沙的侵扰，要给公路穿上绿色防护服。有了路，现代机械得以开进沙漠，绿化得以更好地实施，同时路得以保护下来，绿化和道路就这样一起衍生，一起扩展，绿色在沙漠里蔓延开来。

2000年，亿利化工建材集团公司更名为亿利资源集团公司，进入国家520家重点企业行列。

经过十多年的探索，王文彪发现心里一直为之兴奋的，竟然是心中那条隐约浮现的绿色经济带。他的兴趣和志向，显然不怎么在化工原料上，而是隐约摸到了荒凉沙漠的一条生机盎然的绿色命脉。

路，在沙漠中不断延伸，似乎没有尽头。

从王文彪动意修路治沙开始，30多年后，他从未逃离这片生养他的故土，而是又开始沿着这条路走出去，把治理沙漠的经验推广给荒漠化的地区，给全球提供了一条生态修复的必由之路。这条路，是库布其沙漠重返生态绿洲的大血脉，也是通往外面世界的精神通道。

# 绿风

| 第五章 |

连绵的绿色屏障为大漠披上衣裳。由黄河锁边林到人进沙退的壮举，

## 1

20世纪80年代中期,中国农村普遍推行的家庭联产承包责任制的政策逐步深入人心。在内蒙古自治区,最早实施包产到户的地区是鄂尔多斯,较早实行"五荒地"到户的也是鄂尔多斯,鄂尔多斯同时推出了"谁造谁有、长期不变、允许继承"的造福于民的政策。

在库布其沙漠,农牧民先是在"五荒地"上用栽种的树苗圈出地块,中间再慢慢治理。见缝插针,你种我也种,因而后来在许多地方,各家林地都呈现着犬牙交错的状态。

群众身上蕴藏着无穷的创造力。对于生存与发展,老百姓是最切身的实践者和利害判断者。

1986年,鄂尔多斯达拉特旗官井村村民高林树,清醒地意识到顺应自然、改造环境才能改善生活的道理,自觉自愿地从80多公里外用3只羊换回一驴车沙柳苗条,带着家人开始在承包的沙地上种沙柳,成为村里种树第一人。坚持了五年,高林树一家人种活了近千亩树苗,通过林下种草养羊,成了村里第一个万元户,也成了库布其沙漠的名人。多年持续下来,官井村33万亩沙地种树19.2万亩。有一年春季,仅沙柳苗条一项就卖了110多万元。

从1993年至2000年,鄂尔多斯市480家国有企业陆续完成改制。其间,率先实行了全面禁牧政策,推广舍饲圈养模式化养殖。这种在全国领风气之先的改革之举,有力推动了库布其沙漠的治理进程,而在这一地域参与治沙的当地企业就有80多家。政府主导下的社会团体力量与农牧民渴望过上好日子的热情融合在一起,拧成一股绳,是缚住沙漠苍龙的好兆头。

这一天,王文彪把一份资料交给集团几位同事,说:"科技泰斗钱学森早就给出了绿化沙漠进而开发沙产业的办法,也就是多采光、少用水、新技术、高效益。这对我们来说就是最好的指导思想。我们对沙漠要进行一次认知革命,不再守着金饭碗要饭吃!"

还有一份材料,中国沙漠化防治专家刘恕认为,绿化沙漠发展沙产业有四条标准,一要看太阳能的转化效益,二要看知识密集程度,三要看是否与市场接轨,四要看是否保护环境、坚持可持续发展。

几位同事疑惑地看着王文彪,他们这位风风火火、思维超前的领头羊又有什么新点子?未来的亿利集团将走向何方?对于库布其沙漠,作为一个方兴未艾的民营企业还能做些什么?

大家还没有看透,库布其沙漠绿化行动才刚刚开始,万里长征才走完了第一步。

王文彪迎着黄河边徐徐吹来的风,快步走在沙路上,回家去探望老母亲。

他想起自己18岁那年,黄河因大量的泥沙淤积断流了,下游的老百姓守着黄河却喝不到黄河水。政府组织各村出劳动力,把黄河里的沙挖出去,保障河水流畅。他刚高中毕业,也去参加劳动,担那么两筐沉甸甸的沙子,感觉到腰都被压得发出了嘎嘎的声音。

他想,也该为治理黄河做点事情了。给黄河沿线的沙漠披上锁边的绿衣裳,进而发展沙漠绿色经济产业,这一宏伟规划开始在头脑中萌发。

在此之前,王文彪就已经开始尝试沙漠治理的方法了。

逢山开路,遇水搭桥,几乎可以用来形容盐场林工队最初的十年。这期间的治理是被动的,完全靠输血,从企业的利润中抽钱来治沙,目的就是让企业活下去。

穿沙公路修通了,在路两旁种树,目的是固沙护路,但面对一望无际的1.86万平方公里的库布其沙漠,究竟以什么模式治理,需要规划得很具体。治理沙漠需要广阔的视野、长远的目光。在漫无边际的沙漠，种一棵树，造一片林，很快就会被风沙穿透和淹没，树苗被连根拔起。如何让这种徒劳无功的事情不再发生？如何真正让沙漠变成绿洲？

化整为零，各个击破。2500多年前的春秋时期吴国军事家孙武，无论如何也不会想到，他的《孙子兵法》会被后人用来治沙。在库布其沙漠自然条件较好的四周种树，相对比较容易。要想彻底治理浩瀚的大漠，征服庞大而不可一世的"黄龙"，首先要控制住沙漠四周，逐步潜入腹部，先易后难、先外后内进行修复。

古代先贤遗留的传统文化经典，为王文彪打开了治沙的思路，一个宏大的战略规划逐渐在他脑海里呈现出来：先沿黄河岸建立一条长长的锁边林，锁住风沙；然后大规模进军沙漠腹地，通过在沙漠里修筑多条纵横公路，以路划区，分而治之，并沿路通电、通水、扎网格，大规模种树、种草、种药材。把大沙漠化整为零，分片种植。星星之火，可以燎原，最终茫茫大漠便成为绿洲。

王文彪的这个大胆设想，得到了鄂尔多斯市和杭锦旗政府领导的赞许。改变固有的观念，实践出真知，在库布其沙漠的治理认知和实施蓝图中，这无疑是一个关键性的步骤。

2000年开春的一天，王文彪在集团班子成员会议上提出，已征得当地各级政府支持，由亿利集团牵头，围绕黄河南岸大规模植树种草，既保护了母亲河，又能挡住刮来的风沙，同时种植甘草，大力发展医药产业，获取社会效益和经济效益的双丰收。这个工程的名字已与当地政府沟通过，就叫"防沙护河锁边林"，打好生态经济的基础。

但在大部分集团班子成员的心目中，穿沙公路修成了，公司挣钱上市了，这下该回头好好发展实体企业了。结果，王文彪说想在库布其沙漠公路两侧和靠黄河沿岸都种上树和甘草，这岂不是不务正业吗？

专业人士算了笔账，初步实施黄河锁边林工程，至少要投入几个亿。集团大部分班子成员质疑，这几个亿从何而来？

王文彪自信地说："几个亿就把你吓住了？还是那句话，办法总比困难多。修穿沙公路的实践经验证明，有政府的政策主导，有社会力量的支持，符合农牧民的切身利益，下决心去干去闯，就没有迈不过的坎儿。"

大家面面相觑，一瞬间都傻眼了。一如当年的修路前夜，人们想不明白，一个以盐场为资源的化工企业，为啥非要和黄河边的沙漠较劲，白白地又要扔很多钱到无底洞？

班子成员全都狐疑地看着他，眼前的领头羊吃了豹子胆，竟然要在黄河边上做文章？作为民营企业，我们应该主要考虑自身的生存和发展，如何适应市场化要求，扩大再生产，提高经济效益，获取更多的利润。治沙成本那么大，企业效益再好也拿不出那么多钱，大批资金投入进去，不能在短期内给企业返回利润，沙没治好反而把企业掏空了，我们吃什么喝什么？

一位年长的副总开口说："黄河边的沙漠那么长，是咱一家企业能保护的？王总，你真是异想天开，胃口太大了！"

其他人都倒吸了一口凉气，沉默不语。

王文彪被这么一激，反而来了精神，理直气壮地说："沙漠不是没有价值的荒凉之地，沙漠就是资源，遍地都是钱，就看你敢不敢去捡！试想一下，库布其沙漠绿化后，环境改善了，种植沙柳和甘草等沙生植物，开发养殖、天然药业和生物能源产业，将产生巨大的经济效益。这样既能治沙，又能发展医药和生物能源产业，一方百姓致富了，社会效益也就在其中了。我们亿利人不要鼠目寸光，要放眼长远，做长久打算，才能把事情做大做好。"

然而，任凭王文彪说破嘴皮，在亿利内部同意他这个发展沙漠事业战略的人仍寥寥无几。

会议气氛一度尴尬而紧张，吵得一团糟，谁也说服不了谁。王文彪拿出企业一把手的裁决权，拍案定夺。一部分领导班子成员尽管内心不赞同，但出于尊重王文彪，勉强同意他的做法。也有两位高管不赞同这一决策，说如此下去，企业就完蛋了，当场提出辞职，拂袖而去。

老资格的同事与他推心置腹，善意地嘲笑他："沿黄河边的沙漠造林，你这是想树想疯了？我看你是被修路的成功冲昏了头脑，这是要把亿利往死路上领啊！你不会是在利用刚刚有了起色的亿利的财力给自己捞政治资本，想在仕途上获取一官半职吧？但你不能拿大家的利益来做赌资！"

王文彪顿时陷入痛苦的思考中。这么多人反对，难道自己错啦？如果决策失败，后果会怎样？历来都是沙进人退，要改变这种千百年形成的局面，变成人进沙退，是不是天方夜谭？从历史上看，人类与沙漠的斗争大多以失败告终，难道自己不明白吗？

认知的革命，不是轻而易举就成功的。这些阻力，没能挡住王文彪一心营造黄河锁边林的决心。如果想在五年时间就收回投资，还要让沙漠变绿、天变蓝、水变清，天底下没有这样的好事。治理沙漠周期长、规模大、投入多、见效慢，如果没有非凡的耐心和坚持，肯定做不成！一味想着失败，想着退路，更干不成事。

面对如此窘境，王文彪擦干眼泪，还是坚持自己的主张，表示可以自己出钱买树苗，但一定要植树种草，治理沙漠。王文彪最终一锤定音，平息了内部的争议。

但是，外界接连不断传来的质疑和非议又让他始料不及。一些领导和周围的人有点不理解，在背后指指点点："这个向来不安分的家伙是不是在做什么政治文章？是不是在做一些沽名钓誉的事情？是不是想用治沙的名义向国家套取资金？俗话说，无利不起早。这家伙如此拼命地要跟沙漠较劲，一定有什么不可告人的目的。"

面对质疑，许多人会犹豫甚至放弃，但王文彪不会。既然认定这条路是对的，再苦再难也一定要走下去，只有这样才有成功的希望和把握。就种树而言，种一棵树不难，种一天树不难，种一年树也不难，但如果说种个二三十年树，种个几千平方公里树，就是比较难的一件事情，就是要坚守。如果失败了，最多也就是投资收不回来，绿化了大面积的沙漠也是好事善事一桩。

王文彪决定成立亿利沙漠项目部，企业和治沙两条路同时发展，依靠政府的政策主导，与农牧民进行市场化合作，大面积推进绿化工程。

黄河锁边林是治理沙漠启动整体产业战略中的重要一步。黄沙是从那里刮来的，是治理沙漠的源头。王文彪坚信，发展沙漠产业的企业战略是有前瞻性的，只要让大家理解构想中的企业长远发展战略，形成永不懈怠的亿利团队精神，一往无前，就能抵达梦想的彼岸。

## 2

春寒料峭的时节，黄河锁边林工程上马了。骑手一旦跃上马背，就会风驰电掣般勇往直前。

北雁南归，黄河河套"几"字形大拐弯处的流凌，在冰消雪化中涌动着莲花般的冰块和春水，以不可阻挡的磅礴气势顺流而下，由北向南一路奔向晋陕大峡谷。

作为亿利集团领头羊的王文彪，在开春的时节里心情不错。他在心底所描绘的绿化沙漠的蓝图，在一笔一画地变为眼前的现实。

毕竟，有了20世纪90年代的积累和奠基，新世纪之后的沙漠治理进入了充满希冀的发展期。这时，恰逢西部大开发战略逐步实施，生态环境建设取得新突破，努力实现西部地区经济又好又快发展成了重要的目标。

这个大背景促进了内蒙古自治区和鄂尔多斯市政府的"五荒地"修复规划开始修订和实施，沙漠治理的政策得以调整，逐步由开始的以农牧民家庭为主转变为企业公司市场化运作。在国家生态建设补贴政策的激励下，先后有全国大中小上百家企业闻风而动，积极投身治理沙漠工程与开发建设，千军万马以浩浩荡荡的气势，挺进库布其沙漠和毛乌素沙地。

于是，由鄂尔多斯市和杭锦旗政府主导的治沙工程，在领军企业亿利集团的带动下，沿库布其沙漠穿沙公路、黄河沙梁一带，拉开了栽树种草的序幕。这需要有一种蚂蚁啃骨头的勇气，一种愚公移山的胆识，以火热的心和冲天的干劲，才能持续向夏日滚烫而严冬冰凉的沙漠迈进。

在当地各级政府的号召和运作下，由亿利集团具体实施种树治沙的消息不胫而走，好像夏日雨后的一股清新的风，一时间吹到了库布其沙漠小镇村庄的不少角落。

沙区的农牧民为此议论纷纷，有翘首期盼的，也有观望的，甚至有质疑的。杭锦淖尔的农民高毛虎，较早闻到了气息，便跃跃欲试。

高毛虎是王文彪的同乡，起初却并不关心亿利人在想什么。他放养着几只羊，种着5亩沙地，得空了趁着天气好，和媳妇走上一整天，到最近的镇上去打工，一年赚上个2000元维持低水平的普通人的生计。

高毛虎穷惯了，从小就一日三餐靠亲戚接济。妻子也是穷苦人家出身，小时候饿得捡过死羊头，等着沙漠外面找媳妇的人来沙窝子，像捡牛粪一样把她娶走，好在她遇见的是沙窝子里老实勤快的高毛虎。但生活似乎失去了任何变化的可能，就像茫茫大漠，一道荒沙梁连着一道荒沙梁，看不到青青绿草和盛开的鲜花。

沙漠里多了一条公路！沿着这条宽敞的公路去镇上，只用一个小时就到了。在镇上,高毛虎听人说,有个叫亿利的企业正通过村里干部找人承包沙漠种树。他不关心为什么要在沙漠里种树,他就关心一个问题,结算工钱是不是及时。与亿利项目部交涉后,他十分满意,便在政府的协调下,把自己的地流转给了企业,还冒险承包了4000亩沙漠来种树。

生活变化之大,让高毛虎蒙了。自己这个打工仔,一下子成了每年雇200多人干活的包工头,一年能赚十几万元,而且结账从来都很及时。高毛虎也为亿利集团带来了意外之喜,他无意中发明的气流植树法,也就是用水管在沙地冲一个深坑,插进一株树苗,竟然比以前锹挖植树提高工效60多倍,而且成活率接近100%。

从21世纪开始,亿利集团同时雇了100多个像高毛虎这样的工头,大规模推进了种树种草的工程。

有人说:"不得了,这个王文彪,一定是种树种出魔怔了。"

也许是风凉话,也许是赞许之辞。

在杭锦旗政府的主导下,亿利集团牵头,与当地农牧民通过市场化合作,在修通穿沙公路的同时植树护路,种植了近20万亩以甘草、沙柳、胡杨树为主的生态林,一道长65公里、宽8—10公里的绿色长廊铺设在了荒漠之上。甘草经过深加工后,每年为亿利集团带来几百万元收益,农牧民从中增加了收入,带动了当地的经济发展。

亿利集团在沙区大面积种植甘草、肉苁蓉等药用植物,既能防沙固土,又具有较高经济价值,从而形成健康产业,再带动农牧民进行市场化参与。植树造林的主力不再是原先盐场的27个人的林工队,而是逐步发展到200多个民工联队。政府政策性引导,企业负责种苗供应、技术服务、订单收购三到户,农牧民负责提供沙漠土地和种植管护,收到了明显的效果。

四年后,黄河流经库布其沙漠的干流两岸,形成了一个长240公里、占地200多万亩的生态园区，种满了甘草、沙柳和胡杨树。为此，当时年利润不过2亿元的亿利集团，在内蒙古各级政府的支持和协调下，通过多方筹措和融资方式，为创建生态园区先后投资10亿元。仅雇用当地农牧民和周边民工就超过10万人次，为群众脱贫致富提供了条件。

王文彪从内蒙古巴丹吉林沙漠引种来1000棵胡杨树，引种难度大，成活率很低。10年后，当他看到这些硕果仅存的枝繁叶茂的胡杨树茁壮成长，激动得无以言表，有一种再造生命的快感。

王文彪曾说，如果用沙漠中的一种植物来形容自己的话，他会毫不犹豫地选择胡杨树。它是世界上最古老的一个树种，生命力极其顽强，有着活一千年不死、死一千年不倒、倒一千年不朽的说法。胡杨树的根系可长到10米以下，只要10米以内有水，它就能存活。胡杨树倒了以后，根系仍然牢牢地扎在沙漠里，固定住一个沙堆。

一个人的精神比什么都重要，亿利人最大的财富就是艰苦奋斗、百折不挠、开拓创新、不辱使命的精神。这种精神，始终激励王文彪无悔地坚守着。

其实，王文彪就像库布其沙漠里的一棵小树，在春夏秋冬的季节交替中，长成了一棵大树。这棵大树，召唤着连绵的草色，向无边的天际弥漫开去。

## 3

亿利集团副总裁尹铖国是王文彪造林治沙的少数支持者之一。对于锁边林的建设，尹铖国也费了一番脑筋。他首先考虑把这条线先用防护林围起来，锁住风沙，再把种树种草的项目推进到沙海深处去。这样稳扎稳打，步步为营，种植成果才能得到有效保护；不然，你在前面植树种草，极少数觉悟不高的农牧民依照传统习惯会在后边砍树当柴烧，割草喂牛羊。同时，还要有一支庞大的强有力的养护监管队伍，在实施保护条例的前提下，耐心细致做好群众工作，让生活在沙漠里的农牧民逐渐树立生态意识，明白这条关乎每一个人得益的生命线是需要精心呵护的。

王文彪把这条防护林带的项目放在中心位置，交给尹铖国分管。他认为这是保护农业灌区生态基地非常重要的措施，农作物不再受到沙害，沙漠再不往黄河里倾斜，而且造福子孙，意义长远。

规划看上去很美，但具体实施起来并非易事。一场艰苦卓绝的沙漠之战已经拉开序幕，好戏还在后头。

亿利库布其沙漠生态项目部是 2000 年 7 月组建成立的。第一步，在哪里种树？要先踩好点，做好详细规划。沙漠腹地的无人区，步行异常艰难，车子根本进不去，偌大的七星湖一带，几十年都没进去过一辆车。

尹铖国第一次开着吉普车进入七星湖，陪着旗委书记、旗长、旗人大常委会主任、旗政协主席和分管农业的副旗长等到沙漠腹地踩点。在汽车的轰鸣声中，沉睡千年的七星湖苏醒了。

2001 年，规模宏大的黄河锁边林工程正式开建，大规模的沙漠治理行动全面铺开。

库布其沙漠北缘、黄河的南岸 240 多公里的长度，仅仅围起来就用了两个多月。从起点区域开始，全部拉起了钢丝网，每隔 50 米立 1 根水泥柱，以 240 多公里长的区域作为治理范围。

围栏建起来了，里边还散居着 640 户蒙古族牧民，他们祖祖辈辈以放骆驼和马牛羊生活。在沙漠边缘的黄河边上，有他们固定的土地和房子，也只是临时居所。在一些丘陵沙地里也长一些星星点点的草，他们经常把羊赶过去放牧。要让他们离开自己习惯了的栖息地，就像让羊羔子离开母羊一样，是撕心裂肺的难忍。

尹铖国和王瑞杰等人组成搬迁工作组，给牧民一户一户、一个人一个人做工作，苦口婆心地进行说服劝导。牧民居住分散，他们一天接着一天跑。有的语言不通，得有人一句一句做翻译。一天接着一天说，嘴皮子都快磨破了，目的是说服沙漠里的牧民，听从政府和亿利集团的安排，落实生态保护措施，同时给牧民一些相应的补偿。终于，这些牧民一户不剩地从沙漠里搬迁出来了。牧民也为整个沙漠治理、大面积种植做了很大的贡献。

开始准备一段时间后，面临着完善穿沙公路修建和相应的绿化护路困难，有的项目负责人说，进入腹地的路不通，树苗进不去，根本无法加快工程进度。

办法总比困难多。王文彪和尹铖国带着一行员工，经过周密测量，从穿沙公路边上开通了一条路，用碾轨车把沙子推平，拉来一车车黏土碾轧到沙地上，洒上水再轧，路面干了以后就变硬了，植树的车辆就可以进到沙漠深处了。

到2004年，陆续建成了五条穿沙公路，一条路接着一条路，纵横交错，全长450多公里，多条道路在沙漠里延伸，通往四面八方，像库布其沙漠肌体中的血管，流动着生命的气息。由此，他们找到了修路、固沙、绿化、产业同步发展的广阔新路。

尹铖国提议，生态工程要动用亿利集团的全部力量，每个下属企业都要下达一定的造林绿化任务。集团公司召开了全体人员大会，专门部署生态建设事项，宣布考核和奖惩办法，把绿化治沙任务落实到下属各个企业。

但仅仅依靠亿利集团员工在完成企业中心任务的同时，在面积辽阔的大漠上植树种草，几十个春夏秋冬也种不完。1000平方公里，面积太大了。于是，他们就从外面雇了2000多人，一起在沙漠里植树造林。树苗沿着大小道路运进去了，人也都进去了，区域也划分好了，新的棘手问题又接踵而来。

眼看一群又一群人马开进沙漠植树，周围一些农牧民串联起来，把五条进入绿化区域的路口全部封死了，致使进去种树的人出不来，外边的人也进不去。这是怎么回事呢？

原来，即便是寸草不生的沙地，每一面沙坡，每一条沙沟，每一道沙梁，也都是有主儿的，是早在改革开放之初就以"五荒地"的名义承包给了当地农牧民的。所以，即便是基层政府已与企业达成了使用土地的共识，也需事先取得拥有承包权的农牧民的首肯。而这首肯也属实是事先取得了的，但农牧民没想到还要在里面植树种草，且是这么大的规模，就误以为树苗种下了，自己的草牧场也就要被人家给占了，于是就组织了起来。

事情就这么陷入了僵局。

杭锦旗政府闻讯后，立即组织各部门的工作人员全员下乡，在各村村支部书记的配合下，分头给那些带队封路的村民做思想工作。

后来因植树造林的突出成就而被誉为"沙漠玫瑰"的敖特更花，当年就是这些村民中的一个。当2019年春再度提起这事时，她赧然地笑了，说："那时候的脑筋不转轴，真就以为这帮人要霸占我们的草场了，直到村支书和政府的人赶来，给我上了一堂课，我才想通了。"

从她的追忆中可知，所谓的"上课"十分简单，不过就是村支书和她的几句对话——

"不让种树，路你让修吧？"

"路当然让修了，况且也修上了，我还义务出过工呢。出了六次呢！"

"你为啥让修路呢？"

"为了走出去呗！"

"那你可知道,要是不让种树,不出一个月,路就得让沙子给埋了,你就永远走不出去了。"

……

敖特更花说:"当时听村支书这么一说,我就立马明白了,也赞同了。"

然后,她喊回了自己村里的农牧民。

再然后,在别人既不反对也不种树的时候,她就出去种树了,而且中午还给植树民工做饭。很快地,她就以自己出色的组织能力与实干精神,与亿利集团建立了合作关系,成为一个响当当的民工联队队长。

当年其他农牧民的思想工作,基本上也是这么个做法,同样很快就取得农牧民的理解。

绿化治沙工程便又得以向沙漠纵深推进了。

亿利集团选调的几十名专职治沙员工,常年奔波在野外漫天风沙中,与荒凉寂寞而凶残的沙漠较劲。流了多少汗水,吃了多少苦头,只有他们知道。

当初治沙护路只是靠网格种草,沙子还是上了路,效果不好而且成本又高。王文彪听取了员工的建议,开始采用种树护路的方法。他对全线下达命令,树可以挡风,树根可以系住流动沙丘。于是,选择了20多个树种,反复试验,看哪个树种成活率高。

轰隆隆的推土机把沙丘推平后,人工插上网格,挖出大坑,种上了沙柳树。望着挺拔密集的沙柳,想着不久的将来这里将是一片绿色,大家脸上漾起满足的笑容。可不久后,沙柳没有一棵成活,全部死掉了。

刚开始的时候,植树造林既费力又费钱,靠铁锹用手工挖深坑种树,一棵连一棵种植得密密的,认为越密越能锁住沙漠。投入了大量劳力,不仅无法大面积快速种植,而且成活率只有10%。

他们再也无法忍受一次次死苗的折磨,又没有找到现成的教科书可以借鉴，逼迫着自己在实践中摸索，怎样用低成本、高效率的科学方法推进绿化工程。

这个难题，在一段时间，一直困扰着实现大漠绿洲梦想的库布其治沙人。治沙的灵丹妙药在哪里？

为此，他们不仅需要付出智慧和血汗，甚至需要付出生命的代价。

## 4

一天晚上9点多，负责绿化治沙项目的王瑞杰给尹铖国打电话，说有一拨种树的民工在沙漠里没有回来，被沙尘暴刮得找不着了。

尹铖国急了，问："大概有多少人？"

王瑞杰上气不接下气地说："有七八十号人。"

尹铖国心里发慌，当时风非常大，而且很寒冷。他立即出门，把周围所有的人叫到一起，编组分头去找。找不到目标，就开着吉普车向大概方位的沙漠里行驶。沙漠里没有电，黑压压的一片天地，唯独汽车可以照明，每人拿着手电筒扯着嗓子喊，呼喊声瞬间又被风沙吹散了。

11点多钟进到沙漠深处的植树方位，忍受着夜里刺骨的寒风，在周围来回寻找了两个多小时，终于找到了一些失散的人。他们也不知道自己在哪里，找不着方向。有的就在沙丘下面背风的地方休息，想等天亮再走。实际上这非常危险，人有可能被冻坏，也有可能被流动的沙子把大半个身子埋进去。

他们继续扯着嗓子喊叫，有人就听着了，有人看见汽车和手电的光亮。就这么在一片笼罩着恐惧的气氛中折腾了整整一个晚上，终于把所有迷失在沙漠里的民工给救了出来。

有一年春天，王文彪的助手奥文祥乘坐飞机贴近沙漠旋飞，进行飞播作业。突然，飞机发生意外故障，在半空中失去了动力，刹那间坠落在沙沟里。往往，厄运是在你丝毫没有觉察的情况下降临的，你把性命交给了飞行器，就得听从命运的安排，你是绝对无助的。幸运的是，在这次坠机事故中，奥文祥除了一些肌肉擦伤外并无大碍。周围的人都安慰说，是上天在保佑我们这些绿化沙漠的人，做好事善事的人。

治理沙漠，主要是以植树种草为主的生物治沙和以设置沙障为主的工程治沙，二者相得益彰。在沙障的基础上栽种植物，在沙障范围内飞播造林。比起人工栽种，飞播造林速度快、成本低，播种的全是适沙性的沙生植物。像沙蒿，发芽率特别快，降水量几毫米就能够发芽，羊柴、花棒都是非常不错的适应飞播作业的植物品种。

用人工种树，开始采用传统的方法，用铁锹挖坑，把高干杨树、沙柳栽种进去，费工、费时、费力。后来摸索总结出一种科学的栽种方法，用气流法植树，工效特别高。过去都是在沙漠低凹的地方种树造林，沙漠的风蚀量每年是40—60厘米，插穗长度如果低于这个标准，种进去之后一年时间，树苗就会被风吹倒，连根给吹出来。随着技术的改进，成活率和保存率大大提高，加快了对整个沙丘造林的进度。

他们期待把沙漠治理好，先让沙漠尽快绿起来。库布其沙漠上吹过的不再是漫天风沙，而是翠绿清新的风，再从种植到沙产业开发，后续的产品加工利用，通过科技增值进一步拉动防沙治沙，形成一种良性循环的生态模式。

对沙漠的认知革命，是从实践中逐步获得的。在库布其沙漠，一片片水墨一样洇染开的绿色，渐渐覆盖了辽阔的黄沙。在事实面前，长久深埋的心结逐步被解开。

造林治沙是一场认知革命，需要通过实践来改变大多数人固有的落后观念。同样被改变观念的还有韩美飞。

王文彪由承包盐场起步，企业经营扭亏为盈，却把相当一部分精力投向治沙，对此，韩美飞并不支持，他是第一个站出来反对的人。因为是王文彪同乡，在领导团队中年纪又长几岁，大家曾推举他来说服王文彪放弃治沙的想法，一心一意经营企业。经过数次推心置腹的交谈，韩美飞知道自己怎么也说服不了王文彪，于是改换策略，以软抵抗手法缓冲这位领头羊的所谓一意孤行。

曾有一年年初，王文彪和大家开会商讨治沙事宜。中间休息，一些中层干部在厕所里偷偷议论，如何阻止王文彪治沙的盲动之举。

韩美飞拍着胸脯说："你们听老哥我的没错。王总想治沙，可以，但具体执行靠我们，咱给他打几个折扣，就可以减少集团的经济损失。他要投资800万元治沙，咱只用300万元，其余500万元用在企业的扩大再生产上，这也是对王总好。"

韩美飞说得信心十足，忽然发现面对他的同事们脸色陡变，一位平时爱和他开玩笑的老弟还偷偷使劲冲他挤眉弄眼。韩美飞猛地一扭头，发现王文彪正站在自己背后，一脸严峻的神情。

王文彪是个直肠子，很生气地说："老韩，你不想干，我可以换人！"

话是这么说，但他是不会换掉韩美飞这个搭档的。虽然在企业发展的途径上见解不同，但他们大的目标是一致的。

在绿化治沙的具体操作中，韩美飞依然我行我素，对王文彪的要求打了折扣。有一次开会，韩美飞汇报种树计划3万亩。

王文彪伸出右手，五指分开，不容分说地强调："50万亩，少1亩都不行！"

韩美飞没招了，只得答应。他知道蒙不过王文彪的火眼金睛，踏踏实实地雇了大量民工，一年种了53万亩，超额完成任务。

王文彪赞许道："这就对了。"

对于这位老兄长,王文彪也有偏爱。一次,集团开会前,王文彪和韩美飞走了个前后脚儿。王文彪关切地问:"老韩,你现在一年挣多少钱?"

韩美飞舒心地说:"全部下来十一二万吧。"

王文彪扭头冲身后的集团其他成员说:"你们嚷嚷收入低,看看人家老韩!大款一个!"

亿利集团成员和员工的薪酬是与业绩紧密挂钩的。王文彪显然说的是反话,话中有话。韩美飞听了,觉得自己是跳进黄河也洗不清了。同事们肯定猜测他在向老总哭穷。

王文彪没再说什么,不久,韩美飞发现自己的工资账户上收入开始猛涨,第一年20万元,第二年30万元。

身为库布其绿化治沙一线统帅的韩美飞,在此期间,培养了一大批种树种草的急先锋,推进了生态项目的实施,功不可没。

当初,集团副总王瑞丰也不同意王文彪转向治沙的谋略。他诚恳地说:"亿利一年利润只有2亿元,却要拿出几千万元治沙,企业首先要有效益才能生存下来,总不能靠贷款去治理沙漠,不能治沙治得现金流都断掉了。"

王文彪一向尊重这位从创业起家时就和自己一起干的同事,便耐心地说:"沙产业虽然回报周期长,但可以做成很多大事情。老兄你就支持我吧。沙漠大有文章可做,企业大有利润可为。建起沙漠绿色经济后,其他企业很难复制,企业发展具有很强的可持续性。这是企业做大做好的必由之路,也是一件为世人造福积德的事情。"

王瑞丰并没有认可他的话,但被他的执着和真情打动,最终投了赞成票,亿利集团开进库布其沙漠种树种草的项目得以顺利实施。

治沙的宏图,得靠成千上万基层员工一笔一笔去描绘。他们整天在恶劣的环境中辛勤劳作,是最能吃苦耐劳的。

沙漠纵深处，车子进不来，树苗只能靠人肩扛，每走一步都很困难。栽一棵树，只有深挖一米以上才能见到湿土层。他们挖坑、放苗、填土、浇水，栽下一棵棵希望之树。然而春天栽下的树苗，刚到夏天就被风沙吹得无影无踪，钱打水漂了。

屡战屡败，在考验着库布其治沙人的韧性与耐力。人与自然的对峙，是异常冷静而严峻的，谁也不会轻易让步。

## 5

荒漠的日子是苍白的，沙漠里的小花也有春天，不知哪一个角落里会开放出一朵美丽的花朵。

员工从沙漠里回来，给王文彪送来一瓶不知名的插花。王文彪珍惜地把它放在窗台上，为简陋的办公室平添了几分靓色。

他不思茶饭，脑海里一直在琢磨如何才能在沙漠里种活沙柳。成片枯死的沙柳搅得王文彪心神不宁。看来，土地里种树的方法并不适合在沙漠使用，死搬硬套是行不通的。他的目光从窗外远处荒凉的沙漠收回到室内，落在盛开的那瓶插花上。

鲜花正开，芬芳馥郁。王文彪忍不住俯下身子凑近那朵鲜花。突然，他停下来，两眼直勾勾地盯着插花的玻璃瓶。

王文彪开始四处寻找废弃的酒瓶。王总这是准备改行当废品王了！有人半开玩笑。他掂了掂手中的废酒瓶，笑而不答。他找来一堆废酒瓶，灌满水，把杨树苗插进瓶中，种到沙漠里。风一吹，有些瓶子从沙漠里露出来了。但是，没有被吹出来的瓶子，几天后树苗竟然发芽了，沙层以下长满了根须。

一丝新绿，给了这些种树人天大的惊喜。就用这种办法种树！王文彪大手一挥。一瓶水可以保证树苗一年半的水分营养。这样，树的成活率一下子提高到了70%。

在库布其，每年都会有春季种植大会战，来自四面八方的民工参加绿化沙漠行动。劳动是异常辛苦的，但劳作之余，也有片刻的休息时间。不经意间，一个改变沙漠种植的发明就诞生了。

在沙漠腹地的种植区，大家正围坐在一起吃饭。民工队长高毛虎狼吞虎咽地吃完饼子，喝了几口水，没事似的拿起水管在沙地上冲出一个深坑，随手插进去一株树苗。感觉挺有趣，就又冲出一个深坑，再插进去一株树苗。他就这样连续做着冲坑插苗的机械运作，绕着那些休息的民工围了一个大圆圈。

大伙儿并不感到这有什么稀奇。这只是高毛虎在无意中做的一个顽皮游戏。但令人没想到的是，过了几天，他栽下的树苗竟然全部成活了！

监管工地的技术人员开始以为高毛虎是在偷懒。殊不知高毛虎给了他一个启发，原来这样水冲植树，不但速度快，而且种苗成活率高。

消息很快传到王文彪的耳朵里，他二话没说，带上几个技术人员赶了过来，兴奋地说："老高，你给咱再演示一下。"

"原来只是闹着玩儿的，没想那么多。"高毛虎憨憨地笑了笑，一边说一边用水管冲坑插苗。

王文彪顿时瞪大了眼睛，好像哥伦布发现了新大陆。他转身对技术员说："咱们的空瓶插柳还有很大缺陷，成活率不高。你们回去好好做一下科学实验，这沙坑冲多深，苗插进去多深，才能保证树苗有更高的成活率。"

这种启蒙于普通群众的智慧，经过沙漠研究所的科技攻关，确定可行，并将其命名为"气流植树法"，8—10秒钟就能栽一棵沙柳。如果两人配合，每天可种植20多亩沙柳，较以前锹挖植树效率提高了60多倍。

更重要的是，它的成活率能达到85%以上。

沙漠种树不再是不计成本地密集种植，得强调科学种植和成活率。一亩地种植多少棵沙柳最有利于吸收水分？他们摸索出了一整套可行的办法。棵与棵之间间距多少，也都搞得一清二楚了。这样，种一亩沙柳只需花费180多元，较过去先扎网格再种植的方法，每亩可节约成本1800元左右。

"太好了！"王文彪大为振奋。终于找到了锁住沙漠苍龙的良策！

有了这项新技术，可节省生态投资5亿多元，提高植树效率数十倍，为大规模治沙绿化找到了科学途径。

他们种了好多树也死了好多树，资金有限力量也有限，几度陷入了窘境。这个发明完全是被逼出来的。建立在科学性基础上的气流植树法迅速在库布其沙漠传播开来。从此，结束了在沙漠里盲目种树，死了再种、种了再死的传统笨办法，过去一年种几万亩，现在一年可以种几十万亩。

普遍推行气流植树法之后，提高了效率，大片大片的绿色在向荒凉的沙漠渗透，呈现出一派赏心悦目的景象。

有想不到的事，没有做不到的事。想到了才能做得到，想不到那也只能是白纸一张。

起初，王瑞杰来到亿利集团时，公司的处境很困难，但总算迈过了一个又一个的坎儿。王文彪决定修穿沙公路，王瑞杰一直负责施工，两年完工后又开始治沙。他困惑于茫茫的沙漠怎么个治法，确实无从下手。这么大的库布其沙漠，一个人能治多少沙，亿利集团能治理多少？

王文彪多次呼吁，坚定了信心，并且点了王瑞杰的将，由他带领三名人员打先锋，走向所谓鸟飞不到的"死亡之海"。王瑞杰带领人员实地考察，从无到有，从小到大，采取措施和办法，吹响了大面积绿化治沙的号角。

那一年,"非典"闹得人心惶惶,王瑞杰坚持带领管理人员,调动众多民工栽树种草。集团公司给他下了紧急通知,要求三天内必须全部撤离。但政府给的特别通行证只能在一个范围活动,外地民工不让进村,便在过去生产队的场里给搭了草棚子住宿。王瑞杰走不了,每天得指定人值班监视,逐步把民工们疏散了,他才最后撤离。

王文彪的决心很大,之后逐年给王瑞杰增加任务,加大力度,一年要种植十来万亩。到了2006年大面积种植的时候,一下子上了几千名民工,空旷的沙漠里聚合起喧腾的人群,好不热闹。

工地战线长,规模大,遇到解决不了的难题,王瑞杰就给王文彪打电话诉苦,王文彪知道他是拐弯抹角地要钱,也一定优先给予安排,支持一线的工作。亿利集团资金再困难,也不欠民工的血汗钱,民工们也相信亿利的诚信,保质保量完成任务。

## 6

早在2001年初,王文彪到美国出差,看到西雅图的沙漠里杨树亭亭玉立,当地依靠这种树发展造纸产业,效益很可观,他不由得双眼放光。

库布其沙漠和西雅图处于同一纬度,应该可以种这种杨树。他计划沿着黄河种上200多公里长的100万亩速生杨树丰产林。先种1万亩,看长得怎么样。王文彪决心一试。

从山姆大叔那里空运回来的这批美国杨树,每棵树苗长20厘米,价格4.5元。他让员工把这些杨树沿着黄河岸种下去,结果却令他十分失望。几个月后,多数杨树都枯死了。因为生长于异地美洲的树种被移植到亚洲蒙古高原的沙漠里不服此地的水土,气候也不适应,栽下去是成活不了的。

这次试种，花费了从企业拿出的1000多万元。

王文彪不无愧疚，心疼地说："失败是成功理应付出的代价，在沙漠种树的尝试不能因此而罢休。"

多年后，只有低凹潮湿处的一片草滩上的几棵美国杨树幸运儿侥幸顽强地活了下来，在风中噼啪作响，似乎标识着一次曾经有过的失败经历。

一方水土养一方人，一草一木也是同样道理，有自己的生存环境和领地。又经历过几次引种失败后，亿利集团开始转向培育本土沙柳、甘草、樟子松、胡杨等沙地植物。

沙漠中的胡杨是一个传奇，一个神话，一个诗情画意的树种，也是一个植物自己流泪凝结为固体，也让多少人跟着流泪而铭记在心的生命。

王文彪的眼里也曾是酸楚的泪，动情地呼唤着："归来吧，胡杨，我的胡杨！"

王文彪最爱的沙漠植物，不是沙柳，不是甘草，而是胡杨。在许多场合，他都会提到大漠胡杨的品格。在他眼中，胡杨象征着坚忍、坚守、坚持的顽强精神，这也是亿利人坚守沙漠的精神内涵。在库布其沙漠，有很多亿利人深爱着胡杨和它的精神。

据说，库布其沙漠曾经生长过胡杨，因为人类不合理地砍伐和地表水量减少而绝迹。

2005年，亿利集团成功引种了200多株胡杨，已经繁殖分蘖为1000多棵。到2013年，亿利集团开始扩大种植达1万株，成活率较高。

胡杨是生活在沙漠中唯一的乔木树种，它见证了中国西北干旱区走向荒漠化的过程。虽然已退缩至沙漠河岸地带，但仍然被称为沙漠的生命之魂。在沙漠中只要看到成列的或鲜或干的胡杨，就能判断那里曾经有水流过。

当年栽种在草甸子里的几棵美国杨树,得益于湿地的水分,幸运地长大了。它是不死的强者,为那些来到异国他乡却不服水土而夭折的伙伴招魂,或是为这里蓬勃兴旺的草木同类起舞歌唱。不久的将来,库布其沙漠出现大片大片的美国杨树林,与天高地阔的沙漠相映衬,必将是另一番大漠胜景。

## 7

关于库布其治沙的规划,王文彪的治沙底线是不容碰触的。

亿利集团挺进库布其大漠伊始,就清晰地划分出库布其三区一带发展规划,即西部为生态修复与保护区,中部为生态过渡区,适当开发旅游及人居小镇建设,东部为生态产业经济区,一带为沙漠绿化带。

2008年国庆节后,王文彪兴致勃勃地下去检查。他无意中发现,有人在树林里建了一座房子,树被砍掉了。

一股怒火直撞顶门,王文彪冲着身边的沙漠生态公司总经理王钟涛说:"发生了这么严重的事情,你们这么多人待在这里都发现不了,要你们这么多人干什么?干不了别干了,你回家吧!"

王钟涛赶紧解释:"这是和集团一位领导打过招呼的。"

王文彪批评说:"给谁打过招呼也不行,沙漠生态区里绝不能开这个口子!否则千辛万苦种下的植被就保不住了。"

"这怎么能怪我?我真的无能为力。"王钟涛委屈的眼泪唰地下来了。

过了两天,王文彪气消了,派人把王钟涛从家里叫回来,说:"生态区里决不能开口,这是硬线!谁说都不行,包括我!你按照这个命令执行。"

"王总,放心吧。我保证以后再不会发生这种事情了。"王钟涛彻底了解了王文彪的治沙底线。

当地一个企业为了搞现代农业，把亿利集团的一大块治沙林地推平了，集团班子得知这件事非常震惊。正值时任国家林业局局长贾治邦到库布其视察，亿利负责人便反映说："绿化面积很大，防止砍伐、防火问题，单靠企业人单力薄，管不过来。如果能有森林警察就好了。"

贾治邦局长很重视，当即拍板说："给你们配。"

在国家政府部门的支持下，很快成立了林地派出所，随即制止了这一破坏沙漠成果的行为，帮亿利集团守住了这片森林。

在宏观政策方面，政府很给力，每年的飞播规划等项目，尽可能地帮助企业。林业部门领导一直很重视企业治沙，他们尽其所能给予政策支持，全力保护来之不易的生态建设成果。

如果没有生态底线思维，库布其的治沙成果是很难保住的。造林千日，毁于一旦，就是这个道理。

10多亿人民币投资，10多万当地农牧民参与，242公里长的柏油路，200多万亩甘草、沙柳、杨树组成的经济生态林，四个春夏秋冬，防沙护河锁边林工程初战告捷。

与此同时，分布在达拉特旗境内的库布其沙漠，也完善了北缘锁边林的建设。北缘锁边林的建设起步还要更早些，1981年就开始了。

1980年，达拉特旗成立了全旗唯一一个少数民族苏木"展旦召"（"苏木"为蒙古语，指一种介于县与村之间的行政区划单位），派一位名叫杜占林的蒙古族干部担任了党委书记。杜占林1934年生于库布其沙漠边缘的一个小村庄，也是一位地道的大漠之子。

展旦召面积350平方公里，库布其沙漠横穿其南部，当年除了沙多，其他一穷二白，尽管守着滔滔黄河，也始终过着缺水的生活。杜占林到任后进行了大量调研，分析展旦召的穷根就在于土地沙化和水土流失，并发现从1949年到1980年的30年里，沙漠已向北移动了1500米，不仅吞蚀了大片土地，还威胁着黄河河道的安全，由此认定发展展旦召的唯一出路，就在于有效控制沙漠的北移。控制之法，自然是植树造林。

当1981年的春季来临，杜占林就怀揣着从信用社借贷来的3万元启动资金，带领全苏木的农牧民举家出动，全面开始了治沙造林的征程。展旦召的很多老人至今还记得当时的场景，大人小孩、男女老少全动员出来了，扛苗的、挖坑的、栽树的、浇水的，热火朝天。炽热的沙漠把大家的脚底烤得像牛蹄，手上也很快就磨出了血泡，却没有谁退缩。仅那一个春季，人们就栽植了30多万株的沙柳和高秆栽子，由于后期的精心管护，树木成活率很高。

当年冬天，达拉特旗政府对展旦召的植树造林情况进行了验收评估，专门拨付了4万元经费。伊克昭盟的时任盟长格日勒图也曾派相关人员来此参观并评估其治沙造林情况，并筹集了11万元款项，用于支持这项事业。

在杜占林任职于此的三年时间里，展旦召共栽植乔灌60余万株，种植沙打旺、羊柴等15000平方米。之后，随着国家"三北"防护林工程的进展，展旦召造林的力度也不断加大，自北而南地向沙漠纵深推进。后来，展旦召境内这条长达20公里的防风固沙林，也被称作"锁边林"，它有效稳定了境内的流动沙丘，阻止了沙漠的北向蔓延。

库布其沙漠和黄河毗邻，相距也就三四公里，黄河一直都在遭受沙漠的威胁和侵害，下游时常断流。如果没有锁边林工程，估计得拿很多的投资去固沙，而且收效甚微，这是多年前的教训所证明了的事实。

此番壮举，把风沙锁住了，沙尘暴少了，防沙护河锁边林不但锁住了流向黄河的沙，而且使库布其沙漠的生态得到进一步修复。大面积的经济生态林不仅为企业带来了最初的回报，也带动了当地1万多农牧民摆脱贫穷，走向富裕。

好多人在问："你们亿利治理沙漠到底为了啥，背后有什么不可告人的目的？"

王文彪总是面带微笑，很平静地说："什么也没有，很简单，就是想把沙漠治理好，让当地老百姓过上好日子。"

修路，绿化，一切都是为了让更多人过上好日子。

过好日子要有钱，要能创造钱，而不是一直投钱。如何又能治沙又能赚钱？治沙工程越大，形势也越发严峻，如果不能创造经济效益，生态治理就是个无底洞，多少钱都填不满，就算填起来也没意义。王文彪对这个问题的思考也很深。

以前护路治沙打方格用的是沙柳，但这个法子成本很高，每亩地要1000多元。修路花了7000万元，但护路花的钱眼看就超过了这个数字。企业是要盈利的，不然就无法生存下去，辛苦挣的钱不能白白丢还给沙子，于是他想到了甘草。

王文彪从小在沙漠边缘长大，也常到沙漠中挖野生甘草，卖了换取学费和贴补日常花销。他知道甘草的经济价值，但没有联想到这种在库布其沙漠生长了千百年的植物，会给自己描绘的宏伟蓝图带来多少色彩。

一次走访蒙古族老牧民，蕴藏在民间的生存智慧让王文彪重新发现了甘草的潜在价值。

他找到了一本发黄的《本草纲目》，废寝忘食、如饥似渴地阅读钻研，似有一丝光亮在字里行间闪烁。塞外黄河的梁外有甘草。梁外，也就是自己身处的库布其沙漠。本地所产的甘草，耐寒、耐旱、耐风沙、耐贫瘠，它的根是一种名贵药材，茎叶是优质牧草，不但可用于发展医药产业，还可通过根瘤菌固氮作用改良沙漠土壤。

哎呀，真是眼前有宝识不得，纵然上下求索，原来自己是端着金饭碗讨饭吃。资源就在脚下的沙漠里，财路也就在眼前这一望无际、波浪起伏的沙海里。如若大规模地种植人工甘草，该是怎样的一个富得流油的前景啊！

王文彪像发现了大宝藏，快速就将种植甘草推广，还创新研发出种植新技术，让竖着长的甘草变为睡着长，让一棵甘草的绿化沙漠面积从0.1平方米扩大到1平方米，并很快见了效，获得了治理和效益的双丰收。

20世纪90年代初，王文彪提出了库布其沙漠经济学。这个沙漠经济学实践的核心是，把沙漠的问题变成机遇，把沙漠的负资产变成可以产生生产总值的绿色资产，让沙漠治理行为本身就能产生经济效益，让经济效益的产生推动更好的沙漠治理。就好比种甘草治沙就是在赚钱，而种甘草赚钱也就是治沙。就好比修路和绿化，再来一个良性的大循环。

库布其一扇通往崭新世界的门打开了。曾经被他视为敌人的沙漠，因此成为他眼中的聚宝盆，他跟沙漠的关系也从对抗变成了合作。路修通了，乡亲们的日子怎样才能富起来呢？如果让农牧民都种甘草，既能让更多的沙地被绿化，又能赚钱摆脱贫困，岂不是一举两得？

奥文祥出身农村，是恢复高考制度之后的第一批大学生，系统学习过造林治沙专业知识。亿利巴拉贡建甘草基地，奥文祥是负责人。为了切实解决水源地等棘手问题，奥文祥经常彻夜难眠，风沙吹裂了嘴唇，烈日灼伤了皮肤，起早贪黑地在基地现场转悠，一年多时间穿烂了6双鞋。

奥文祥和同事们用麦草堰渠，在汛期用混流泵把浑浊的黄河水引到地里，沉淤覆沙。水跑了，他们连衣服鞋袜都顾不上脱，冲上水口用身体堵缺口。雨季来临，他又组织雇用农民在渠背、堰子、坝坡播撒了五谷固土，同时营造了乔灌结合的速生防护林，仅用两年的时间就完全控制住了流沙。

土地尚未改造成熟，直播甘草育苗十分困难。奥文祥和同事们第一次大胆采用人工扦插甘草苗的方法，使明沙梁产出了品质上乘的甘草，创造了 82 万元的产值。进入夏季栽植的树木，由于采取了入窖延期和植物源保水的措施，成活率达到了 86%。

在荆棘丛生的前行道路上，他们重新看到了希望，这里大有文章可做。他们就以这个作为突破口，在沙漠大规模种甘草。不但护住了路，路边的甘草还为企业带来了几百万元的收益。

亿利集团发动当地农牧民大规模种植甘草，公司集中收购。公司发展起了以甘草为主的沙漠绿色中药材种植、加工和经营业务，还成立了沙漠健康产业研究所，形成了完整的产业链。

王文彪诗意地说："一根草，长出了一个沙漠经济学。"

# 沙缘

|第六章|

孵化出洁能环保产业的广阔前景。
一棵野生甘草长出了沙漠经济学,

## 春归库布其

### 1

库布其治沙模式的最终成型，根源于各级党委、政府方向明确的政策性主导。在中华人民共和国成立后的70年间，为了激励人民群众及社会各界力量参与到生态治理当中，从国家到内蒙古自治区，再到鄂尔多斯市以及各旗、各级政府相继出台的奖励性政策不计其数，如禁牧休牧给予各种补贴等。各级党委和政府一张蓝图绘到底，荒漠不绿不罢休。

在中国各个荒漠化的地区都有各自的政策，也都得到了半个多世纪的延续，也同样激励了那一方方水土的一代代民众，使之像鄂尔多斯人一样，数十年如一日地致力于生态建设这项伟大的事业。也就是说，鄂尔多斯人并不孤独，亿利人也并不孤独，像他们一样与沙结缘的同道中人，实际上遍布了祖国的大江南北。

在内罗毕，与王文彪一起荣获了"地球卫士奖"的，还有河北塞罕坝机械林场的三代造林人。作为第一代造林人代表的陈彦娴在内罗毕登上了领奖台，当她把沉甸甸的奖杯捧在手里，这位业已73岁的老人瞬间泪眼婆娑。

塞罕坝机械林场位于河北省承德市围场满族蒙古族自治县北部的坝上地区，属内蒙古浑善达克沙地的南缘，地处内蒙古高原与大兴安岭余脉、阴山余脉的交接处，境内是滦河、辽河的发源地之一。

这个地区与库布其颇为相似，史上也曾是一处水草丰沛、森林茂密、鸟兽繁集的天然名苑，辽金时期尚有"千里松林"之称，时至清代也还是著名的皇家猎苑"木兰围场"的重要组成部分，从康熙二十年到嘉庆二十五年（1681—1820）的140年间，康熙、乾隆、嘉庆三位皇帝曾在木兰围场"肄武绥藩"105次。

然而，这以山地棕壤、灰色森林土、风沙土为主要土壤类型的地方，也渐渐遭遇到了荒漠化的命运，到新中国成立之际，已是"黄沙遮天日，飞鸟无栖树"了。

国家和当地政府开始着手治理，为此于1962年成立了塞罕坝机械林场。林场原属林业部，1968年划归河北省林业厅。自成立之日起，塞罕坝机械林场的干部职工们就拉开了"战天斗地"的大幕，在浩瀚的荒漠沙地上植树种草，誓把沙地变林海。历经半个多世纪的艰苦奋斗，他们的誓言实现了，迄今那个地区的森林覆盖率已高达78%。

2018年6月30日，联合国副秘书长兼联合国环境规划署执行主任埃里克·索尔海姆曾到此参观访问，了解过塞罕坝林场的发展历程、攻坚造林成效以及50多年来取得的巨大生态成就，他深感震撼，当场表示："塞罕坝林场建设者通过三代人的不懈努力，终将荒原变为林海，证明退化的环境是可以被修复的，这对中国及世界其他国家来说都是一种激励。"

事实是，在内岁毕召开的第三届联合国环境大会期间，在当地时间2017年12月5日那一天，在联合国环境规划署颁发的全部6个奖项中，来自中国的机构与个人就获得了3个，其中亿利集团王文彪、塞罕坝机械林场的建设者分别荣获了联合国环保最高奖项"地球卫士奖终身成就奖""地球卫士奖激励与行动奖"。

"中国"的字眼由此被大会主持人一次又一次提及，中国的环保成就也因此在现场引起了一阵又一阵的掌声、欢呼声。这使来自全球各国的专家学者钦羡不已，又心悦诚服，纷纷表示"中国展现了环保领域的全球领导力"。

这是联合国和世界对中国绿色发展理念、中国生态文明建设的高度肯定，从中折射出自中华人民共和国成立以来的70年里，国家和各地政府在生态政策上的英明与果断，在生态投入上的力度与持久，在生态战略上的卓识与智慧。这是中国政府的荣誉，也是全体国民的荣誉。

不过，中国人作为生态建设者的代表，也并非第一次在联合国发声了。

早在 1996 年 2 月 5 日至 16 日，获选 1998 年"中国十大女杰"的王果香就曾作为中国唯一一名非政府组织代表、也是中国首次被邀请的非政府组织代表，远赴日内瓦，应邀出席了联合国国际防治荒漠化公约第八次政府间谈判会议。

出席此次大会的非政府组织代表有 25 位，其中仅有 4 位被安排了发言，王果香排在第一位。在世界各国的代表面前，王果香信心十足地做了《基层妇女在执行联合国防治荒漠化公约中的作用》的发言：

> 我的家乡地处沙丘，长期靠天吃饭，村民生活贫困，前些年许多村民迁徙他乡。男人到外面打工，村里多是妇女和儿童，在这种情况下，除了号召妇女们联合起来，生产自救，没有别的路可走。经过十几年的努力，我们在沙地上栽种防风固沙林，开发水浇地，发展果园，改造沙漠，改变了家乡面貌，沙地面积曾占 80% 的环境状况有了很大改观，森林覆盖率由过去的 12% 提高到现在的 21%。村民们盖起了新房，过去搬走的又陆续搬了回来。

随着同声传译的结束，满场报以热烈的掌声，人人都对这位来自库布其沙漠的中国共产党的基层女干部以及她的家乡人坚持不懈治沙治穷的精神致以深深的敬意。

王果香 1954 年出生在位于库布其沙漠北缘的达拉特旗树林召乡，1987 年担任树林召乡副乡长后即分管林业，领导群众治沙造林。到 1995 年，已使全乡的森林覆盖率由 1987 年的 12% 提高到了 21%。1996 年，联合国开发计划署电视部还曾就王果香改造树林召的经验拍摄成电视片，于 1996 年 6 月 17 日在 143 个公约签署国同时播放，在"第二个防治荒漠化和干旱世界日"当天，给了世界一个大大的惊喜。

对于中国人的治沙精神，联合国早有体会，世界早有体会。2017 年的再度相见，他们又看到了中国人的治沙精神的精进，就像作为塞罕坝第一代造林人代表的陈彦娴所说的那样：

> 在今天的中国，"绿水青山就是金山银山"这一重要理念家喻户晓，它通俗而深刻地讲清了人与自然的关系，而塞罕坝的故事印证的也正是这样一个绿色道理。还有许多像塞罕坝一样的绿色奇迹，正在让古老的中国更加生机盎然……

确实，党的十八大以来，在习近平生态文明思想的鼓舞下，在各地政府的有力引导下，"生态"概念已愈加深入人心，使越来越多的中国人认识到人类只有遵循自然规律，才能有效防止在开发利用自然上走弯路，人类对大自然的伤害最终会伤及人类自身，这是无法抗拒的规律。同时也使越来越多的中国人投身到生态建设中来，去追求人与自然的和谐。作为中国传统文化中最重要的内涵，"天人合一""道法自然"等观念已得到国人空前的关注，尤其是身体力行的实践。

说到底，生态中国的建设离不开国家和政府做坚强的后盾，也离不开每一个个体的共同努力。相信在这样的完美的结合之中，中国会更加和谐美丽，和谐美丽的中国也将赢得世界更多更热烈的掌声与喝彩。

有必要补充一句："塞罕坝"是蒙汉合璧语，意为"美丽的高岭"。而且，时下的塞罕坝机械林场域内也分布着七处湖泊，也同样命名为"七星湖"。塞罕坝与库布其实在存在着很多精妙的巧合，包括"地球卫士奖"。

## 2

亿利人从未孤独过，在王果香之外，另有一批"大漠之子"与他们一样尽心竭力地改造着库布其。从沙漠走出来的人更理解饥渴的含义，或许也正因此，很多在沙漠里成长起来的库布其人，都纷纷回过头来反哺这片沙漠。

其中最卓越的代表，当数恩格贝的王明海。

恩格贝位于库布其沙漠的中段，属达拉特旗境域。

1989年，时任鄂尔多斯羊绒集团党委副书记、常务副总裁的王明海来到了这片沙漠，欲在此筹建绒山羊的种羊场。当时王明海想要1万亩地，达拉特旗的人说，1万亩太少，弄个十几二十万亩吧，这地方白给也没人要。实际上达拉特旗真的想白送，可王明海不肯，因为律师说，土地这个东西不能白要，白要的将来都无效，法律上站不住脚。终了是王明海硬塞给旗政府8万元，拿到了30万亩的土地。鄂尔多斯集团的种羊基地就这样落实了。

当年这浩瀚无垠的30万亩沙漠，放眼处皆是连绵起伏的沙丘，没有水，没有电，没有路，仅有的一点人类文明的痕迹，不过是半掩在黄沙中的两三间不知遗弃于何年何月的茅草屋。

库布其沙漠中的10条孔兑有2条穿越恩格贝，并在王明海进入之初，就给了他一个下马威。

当时王明海首先想到的是修路，早晚得修啊。路修得差不多了，忽地来了一场暴雨，暴雨过后，山洪沿着其中的一条孔兑滚滚而来，滚过连绵的沙丘，再滚入滔滔黄河。第二天一早重现瓦蓝的天空，只见那片昨日还平平坦坦的沙地已被赫然撕开了一条巨大的豁口！或许说豁口已嫌轻了，得说"深沟大壑"，因为那豁口深约20多米，长达14公里！

仅仅在一夜之间!

在沙漠里,大自然的力量时不时地就会令人瞠目结舌。

耗时费力修下的一段路由此全面报废。别无他法,接着重修。

就是在这样的自然环境里,王明海建设着他梦想中的绒山羊基地。

路终于修好了,接下来就种草。草长出来了,风也起了,风一吹,"吱"的一下,刮得连草根都不剩了。由此认识到没有树就长不住草,于是又种树。

种草时王明海找了时任伊克昭盟草原站站长的云生才帮忙,种树时又找了时任造林总场场长的杨政清出谋划策。这两个人一个是搞草原的,一个是搞林业的,闹不到一块去,经常各持各的一套理论,不分白天黑夜地辩论个没完。王明海就在旁边听,从中偏得了许多在沙漠里植树种草的必要知识,亦使他对那满眼的黄沙以及繁复多样的沙生植物产生了最初的了解。

然而五年过去,鄂尔多斯集团虽已在恩格贝陆续投入了600多万元,却迟迟看不到期待中的效果,失望之余便决定放弃,也算是及时止损的一个果断之举。这意味着王明海将终止在沙漠里的苦日子,回到集团继续当他的副总裁。

王明海也想让生活回归正轨。可是夜里,当他在煤油灯下陷入苦思的时候,赫然发现——他爱上治沙了!他觉得沙漠治理是挑战人类极限的一种行为,他竟不知不觉迷上了这种挑战。他不信自己治不好这片沙漠,他不服那口气!

1994年,鄂尔多斯集团正式撤出恩格贝。

王明海留了下来,以个人名义与鄂尔多斯集团签订了为期15年的承包合同,并经伊克昭盟公署批准,成立了恩格贝生态建设示范区,仅以一己之力,开始了对这片沙漠持久性的生态改造。

当年好多人为之动容，达拉特旗政府、伊克昭盟党委还特别成立一个领导小组，专门帮助恩格贝的建设，在农林牧方面都给想办法、出主意。后来盟改市，市和旗的领导换了一茬又一茬，但这个小组始终都有继承，也一直都有组长负责。

有一年，王明海从外地买回来一批樟子松容器苗，一株 0.55 元，整整 10 万株，卸下来满满一大片。然而拉回来才发现地还没有平整好，又没有足够的劳动力，眼瞅着短时间内根本没法栽进去。那么小的嫩苗禁不起日晒风吹，人人都急得不行。组长及时汇报给了市里，市里领导得知这个情况，立即组织了市直机关的干部职工来恩格贝义务植树，那也还是忙活了 20 多天才全部栽了进去。

就这么连帮带扶摸爬滚打的，王明海历经 20 多年的卓绝奋斗，果然不负众望，硬是以"大漠之子"所特有的那种"不信邪，不畏难，不怕苦"的精神，把那 30 万亩的荒漠绿化了 21 万亩，使恩格贝成了沙漠里的一处蓊郁绿洲。

如今再进恩格贝，宛若误闯了桃花源。人们说这就对了，因为"恩格贝"的本意就是"平安、吉祥"，而且在并不久远的以前，它确实是一块水草丰美之域。

显然，王明海已将恩格贝的本意落地为实了，并在库布其沙漠中最早燃起了一把希望的火炬，预示着这片浩瀚沙漠终将全面再现它原本的面貌。

时下的恩格贝已成了国家 AAAA 级旅游风景区，并且是"爱国主义教育基地""青少年教育基地""中日友好基地"。在更早的 1997 年，还被国家环保局命名为"国家生态建设示范区（试点）"。2000 年，内蒙古自治区人民政府已将其定为"自治区级生态示范区"。2010 年，当鄂尔多斯市政府接收恩格贝时，这块土地上的绿色价值已达 6.8 亿元。

多年之前，王明海就被人们誉为恩格贝的"第一公民"，并被冠以"沙漠王子"之称，还有人将他视为治沙人的"带头大哥"，以及将恩格贝带入了联合国的"国际名人"。这个出生在达拉特旗王爱召乡的"大漠之子"对此不以为然，称自己不过是"脑子一根筋"罢了。

## 3

恩格贝的脱胎换骨，在王明海之外，还与来自全世界的无法计数的志愿者相关，更与一位令人尊敬的老人密切相关，这位老人就是日本的"沙漠之父"远山正瑛。

远山正瑛曾任日本鸟取大学的农学系教授，是日本沙漠绿化实践协会会长，也是著名的农学专家和治沙专家。1935年时就曾留学中国，研究农耕文化和植物生态，却无意中对中国西部的茫茫大漠产生了强烈印象，并由此萌生了治理沙漠的宏愿。1937年中日战争全面爆发后，远山正瑛黯然回国，开始在他家乡的鸟取沙丘上进行沙漠的治理实践，并取得了成功，因此被誉为日本的"沙漠之父"。其卓越的建树早在20世纪70年代就已被毛泽东获知，中日邦交正常化之后，毛泽东曾通过他人向远山正瑛发出过邀请，邀他到中国来治沙。

1972年，远山正瑛退休，开始进行中国的沙漠绿化研究。

1980年，远山正瑛来中国访问，本着"绿化沙漠是世界和平之道"的崇高精神，开始与中国科学院合作。回国后即成立了日本沙漠绿化实践协会，并亲任会长，开始在甘肃、宁夏等地区进行沙漠绿化的尝试，但苦于实干的人不多，效果并不理想。

1990年，应内蒙古自治区政府之邀，远山正瑛来到恩格贝参观考察，在那里遇到了正带着100多人苦战黄沙的王明海，顿时引为同道中人，觉得自己终于找到了一个跟他一样的实干家,便以"恩格贝沙漠开发示范区总指导"的身份,留在了恩格贝,并成立了中国沙漠开发日本协力队。

这一年,远山正瑛已 83 岁高龄。

时至 1994 年王明海承包恩格贝之际,一棵杨树苗的成活还需要至少 5 元钱,尽管倾尽了自己做"软黄金"生意时的多年积蓄,王明海也仍然常常陷入资金上的窘境。为筹措治沙款项,远山正瑛通过日本媒体大力宣传恩格贝,还陆续发起了恩格贝"百万株植树工程"活动,以及"每人每周省下一顿饭"以支援恩格贝等号召。他屡屡慷慨激昂地振臂高呼:"作为对侵略中国的一种补偿,日本应该支援中国的建设事业,请相信恩格贝一定会变成绿洲!"

在他的影响下,相继有 1 万多名日本志愿者参加了中国沙漠开发日本协力队,千里迢迢自费来到中国,在恩格贝的漫漫黄沙里栽下一棵棵常青之树。这些志愿者当中,就包括日本著名的政治人物,前官房长官、大藏大臣,《净化日本》的作者武村正义。

1995 年,在远山正瑛的帮助下,恩格贝实现了第一个植树 100 万株的宏伟计划。

1998 年,又如期完成了第二个植树 100 万株的计划。

2001 年,第三个植树 100 万株的计划也顺利完成。

从 1990 年到 2003 年,远山正瑛在恩格贝待了整整 13 年。其间每年的 3 月到 10 月他都会驻扎在恩格贝,以几乎每天都至少 10 个小时的时间来植树种草。其余的日子,老人也是在日本为恩格贝尽心募捐。

鉴于远山正瑛为中国沙漠治理及恩格贝建设所做出的巨大贡献,时任国家主席江泽民曾会见了老人。中共中央政治局原常委宋平也曾给予远山正瑛极高的评价,并指出一定要把恩格贝建设成发展沙产业的样板、基地和中日友好的象征之地。

2004年2月27日，这位1907年出生的世纪老人病逝于他的家乡日本鸟取市，享年97岁。尽管这位可敬的老人已经离去，但他耗尽心力在恩格贝栽植的340多万株白杨，迄今依然生机盎然。

在很多张远山正瑛的照片里，老人都是一身工装，一顶遮阳帽，一双高筒雨靴，腰带上挂着修理树枝的剪子，左臂上戴着红地白字的"中国沙漠开发日本协力队"的袖章，嘴里也多数时候都衔着一支燃着或尚未燃着的烟卷。在少有的几张身着正装的照片里，老人身上洋溢着的就是儒雅的学者风范了，一双眼睛睿智深邃。

远山老人说过这样两句话，今日听起来仍旧令人怦然心动——

"现在地球病了，需要有人拯救！"

"我希望各国都降低军费，把这些钱用来治沙、植树！让士兵们到沙漠来栽种绿色，栽种和平，这才是全人类未来的希望！"

恩格贝人都习惯于称老人为"远山"。王明海视远山老人为"恩格贝的精神导师"，言其在"保护地球的生态方面是个先知"。老人则称自己"只是恩格贝最好的劳力"。

远山正瑛以自己的崇高思想和巨大贡献获得了许多荣誉：内蒙古自治区授予他"荣誉公民"称号，中国政府授予他"友谊奖"，联合国授予他"人类贡献奖"……而在他生前，1999年，原伊克昭盟行政公署即为老人在恩格贝建造了一尊"绿色使者"的铜像，铜像基座上镌刻着这样一段文字："远山先生视治沙为通向世界的和平之路，虽九十高龄，仍孜孜以求，矢志不渝，其情可佩，其志可鉴，其功可彰。"

远山老人始终视恩格贝为第二故乡，其骨灰便也遵老人遗嘱一分为二，一半安葬于日本老家，一半漂洋过海，安葬在了恩格贝，并在恩格贝建立了远山正瑛纪念馆。这使恩格贝的浓浓绿色仍然得以在这位老人的殷殷注目中与日俱增。

远山老人走了,被老人激励起来的志愿者却仍在陆续到来。

恩格贝生态示范区新闻中心主任刘慧介绍,很多人都说,"志愿者"这个名词,很可能就是那时在恩格贝创造出来并从这儿传播开去的。

当年恩格贝在远山正瑛的宣传下,很快就具有了国际知名度,并成了全中国以至全世界志愿者的竞相奔赴之地。

"绿墙"可为此作证。

"绿墙"也常常被人称为"功勋墙"或"名人墙",记载着自1989年起,相继来恩格贝植树的志愿者的姓名。上面有横跨中国30多个省、市、自治区以及香港、澳门特别行政区的志愿者的名字,也有来自日本、德国、澳大利亚、美国、法国、英国、以色列、韩国等近万名国际志愿者的名字。他们中有声名远播的世界级显赫人物,也有默默无闻的普通劳动者;有九旬老人,也有几岁孩童。目前的绿墙已长达百余米,大家深信,它还将继续延长,实际上它也始终都在不断延长着。

许多年来,恩格贝已悄然成了世人的一处精神家园,在绿化自身的过程中,也使很多迷茫的灵魂在此重新找回了生命的意义。曾有一个吸毒的人,绝望之中被父母领来恩格贝,并在此认识到了什么才叫"活着";曾有一个炒股蚀了本的人,在万念俱灰之际得知恩格贝并赶来了,就此打消了自杀的念头,抄起铁锹,扛起树苗,在植树的同时,也把自己的根深深扎在了恩格贝……这片号称"死亡之海"的浩瀚大漠,竟有意无意中给了很多人以绝处逢生的一个机缘。

恩格贝以及库布其沙漠的春归,有鄂尔多斯人的努力,也有全国人的努力,甚至是全世界人的努力。恩格贝以至库布其的满眼绿色,实在是来自太多人的培育,也是太多人的期待。

## 4

像王明海一样，多年来始终耕耘在库布其沙漠中段的另一位"大漠之子"，是赵永亮。

赵永亮是达拉特旗生人。"达拉特"是蒙古语，意为"平展的地方"，实际上这片土地却并不怎么平展，而是素有"五山二沙三分田"之称。其地势南高北低，南部属鄂尔多斯台地，是起伏很大的丘陵山区，中部是库布其沙漠区，只有北部的黄河冲积平原区才堪称平坦。

库布其沙漠里的 10 条孔兑中的 2 条，即哈什拉川、母花沟，均在达拉特旗境内，2 条孔兑之间有一个地方叫风干圪梁。从风干圪梁再往南走上几里地，就是盐店乡的召沟村。1958 年冬天的一个夜里，赵永亮就出生在这个村子里。

那时候召沟村还没有电，人们又不舍得烧煤油，家家户户都习惯了摸黑，一到晚上，整个村子都黑乎乎的。赵永亮的父母渴望着光亮，就给这个长子取了"永亮"这个名字。过两年又生个男孩儿，索性叫了"永明"。

穷人的孩子早当家。1971 年，年仅 13 岁的赵永亮便被迫弃学，到盐店供销社当了临时工，为供销社赶猪送羊。三年后，他已练就了神奇的"相羊"本领，但凡一头羊站在那儿，他只需眼一瞧，再手一掂，就可判断出能出多少肉，误差不过半斤。

1975 年，赵永亮参加了自治区绒毛专业技术培训，1979 年被评为"自治区绒毛专业技术标兵"，并获"全国新长征突击手"称号。1980 年，山羊绒已成了炙手可热的商品，赵永亮这个对羊相当敏感的人，便被鄂尔多斯集团破格录用，到 1988 年，已成了集团最年轻的副总裁。1990 年，赵永亮以副处级身份"下海"经商，此后即以山羊绒产业为根基，建立起了东达蒙古王集团，涉足煤炭、房地产、物流等诸多领域。到 2012 年，集团已以 56 亿元净资产位居内蒙古前三强，他也被公认为鄂尔多斯的商业奇才。

早在 27 年前，赵永亮就将目光投向了库布其沙漠的治理，且再未挪开。迄今已累计投入资金 66 亿元，治沙 300 万亩，改良沙漠 100 万亩，建立了 4 个企业研发中心与研究院，打造出五大循环经济产业链，带动了 12 万农牧民脱贫致富，这使他的东达蒙古王集团成了鄂尔多斯市在沙漠治理中投入资金多、时间长、科技含量高、产业链完善、辐射面广、带动力强、取得社会经济效益多、综合贡献较大的沙漠治理企业和社会责任型企业之一。

在治沙途径上，赵永亮以典型的沙生植物沙柳为切入点，自种并带领沙区农牧民广泛种植，以此衍生了一套完善的沙产业链条，为库布其沙漠的治理开辟了一条新途径，也为发展沙区生产、提高沙区人民生活水平提供了一个新方案。作为这套沙产业链条基地的风干圪梁，也由此一改无水无路无植被、荒无人烟鸟不来的传统面貌，转而以"风水梁"之名，成就了一个生态移民扶贫新村。

风水梁的居民以本地那些居住在恶劣环境中的农牧民居多，另有部分来自河北、山西、浙江等全国 12 个省份的人。人们几乎个个都是为着脱贫或创业而来，也果然都以自己勤劳的汗水，相继在这个新兴的小镇实现了自己的梦想。

风水梁的獭兔养殖户樊存和刘巧凤一家，原在王爱召镇德胜泰村种地，连自家地带承包地，几乎年年都种 100 多亩，夫妇俩虽然勤勉，却因多属靠天得收成的河头地而致生活日渐困顿。后来三个孩子陆续上大学，家庭支出大增，加之妻子生病，背上了十几万元的债务。一筹莫展之际，听说养獭兔能挣钱，便于 2008 年忍痛辞别故土，来到了风水梁。

风水梁不仅有东达蒙古王集团为养殖户统一建造的兔舍和住房，而且有全程的技术指导，尤其还有令人安心的保销售政策，会回收养殖户出栏的所有獭兔，且是当场付款结算。在这样的创业氛围里，到2016年，樊存一家的生活已发生了根本性的变化：大学毕业的三个孩子中的两个，已经成家立业，小儿子的婚房也已置备妥当，樊存夫妇俩也为自己买了新楼房。樊存说："搬到风水梁养獭兔是我做出的最正确的决定，仅仅八年时间，我家便从负债累累到腰包鼓鼓了。"

类似这样的事情，在风水梁比比皆是。中共达拉特旗风水梁园区工作委员会书记张钊认为，獭兔产业通过十几年的实践，已可以确定它是群众致富比较快的一个途径。

目前，风水梁已成为中国内生城镇化与产业扶贫的典范。这种"生态扩镇移民、产业拉动扶贫"的新模式，也被学者引为"无土移民"的一个成功案例。2015年，国务院扶贫办将这一扶贫新模式选为典型案例在全国推广，并于2017年授予赵永亮的企业"全国企业扶贫贡献奖"。

多年来，赵永亮以自己独具特色的治沙模式，在富裕了农牧民的同时，更为企业自身注入了持续治沙的能力。可持续地治沙，显然太关键了，这也正是赵永亮深感自豪的。在他看来，治理沙漠决不能以绿色画句号，而要智慧地向沙漠要效益。也就是说，变绿只是手段，发展绿色产业才是目的，唯如此，才能达到裕国富民的宏大目标。同理，生态移民也不是只在沙漠里头做文章，而是要在沙漠的二、三产业上找出路，在产业链上谋生存、求发展，只有聚焦绿色生态产业，才能真正搞活沙区人民的生产与生活。

赵永亮说，我们国家在十七大提出了建设小康社会，十八大提出了全面建成小康社会，作为一个企业家，能为国家小康社会的建设添块砖瓦，实是最令人欣慰的事。

事实也的确如此。赵永亮以行之有效的治沙行动，实践了习近平总书记提出的"绿水青山就是金山银山"的发展理念，为鄂尔多斯乃至全国沙区全面实现小康提供了可资借鉴和推广的成功经验。

如今，赵永亮头上的光环数不胜数，如中国光彩事业促进会副会长、中国沙产业协会副会长、内蒙古政协常委、享受国务院政府特殊津贴的东达蒙古王集团董事长、2012年度CCTV"三农人物"等，不过他最引以为荣的，还得说是风水梁的"村长"之衔。

在鄂尔多斯，像王文彪、赵永亮这样的企业家还有很多，且各有创新，比如绿远生态集团董事长訾德清，多年来专注于梭梭嫁接肉苁蓉的沙产业，同样取得了让沙漠生金的引人注目的成果。

在鄂尔多斯，与企业家们一道执着于生态修复的，更有一大批党政机关的公务人员，他们或任职于市委、市政府和旗委、旗政府，或工作在林业局、交通局等相关企事业单位，如今有的已经荣休，有的还在任上。无论在哪里，他们都为库布其沙漠的生态建设以及沙产业的规划发展等事业做出了各自的卓越贡献。

了解过这些人的作为，便莫名地有了一种鲜明的印象，那就是他们几乎人人都有一种近乎胎带的沙漠情怀，既深刻，又深沉，这使他们并不会直白地说出我有多爱沙漠，而只会让人从他们的工作经历中去感受，去发现。这种表现像极了人类对母亲的那种爱，自然而然，隽永深厚。

实际上，多年间摸爬滚打在库布其沙漠里的人，无论是企业家，还是政府工作人员，大多是沙区的儿女，也大多在小时候就参与过植树造林，每天早上把沙柳等苗木背到沙漠里，再一株株地栽下去，并期待着它能成活，以便为家乡固一点沙，挡一点风。这种特殊的成长经历，以及饱受风沙之苦的记忆，并未使他们怨天尤人，而是使之拥有了一种自救的心理基础，并悄然对沙子、林子怀有了一种由衷的亲近之感，虽不可思议，却也不由自主地与日俱增。

当他们长大成人，渐次成为社会的主力，便在这种感情的驱使下自发地联结起来，整合起方方面面的力量，形成一个个强大的同盟，共同致力于这片沙漠的生态革命，经过一代又一代人的持久努力，取得了令国际瞩目的巨大成就。这令他们自豪，觉得自己在职期间或在有生之年里，做了自己想做的事情，也做成了自己应该做的事。如果库布其沙漠有灵性，想来也会为拥有这么多深爱着自己的"大漠之子"而骄傲的。

## 5

俗话说，一个篱笆三个桩，一个好汉三个帮。

在亿利集团也有这么一群人，在使亿利百业兴旺的同时，更染绿了库布其沙漠。这些与王文彪同心同德共创宏业的人，大多是"大漠之子"，对沙漠怀有一种近乎天生的难解情缘。

尹铖国是王文彪的地道老乡，也出生并成长于黄河岸畔的杭锦淖尔。

1991年，尹铖国放弃铁饭碗辞职下海，组建了杭锦旗梁外甘草资源开发总公司，带领团队实施了"企业＋基地"的甘草产业发展模式，不断取得实效，公司实力与日俱增。

接下来的几年，尹铖国的甘草公司已发展为杭锦旗四大企业之一，并荣获了内蒙古自治区授予的"优质道地药材示范基地""绿色产业示范基地"等荣誉称号。

20世纪90年代末，正值亿利集团的初创时期，慧眼识珠的王文彪便向尹铖国抛出了绣球，邀他加盟。由此并购重组杭锦旗甘草公司加盟亿利，尹铖国也自此成了王文彪的得力助手，在一个强有力的平台上，翻开了他以甘草为途径治理库布其沙漠的崭新一页。

韩美飞也是库布其土生土长的"大漠之子"，他是1953年生人，于

1995年进入亿利集团领导层。

1995年6月26日,是韩美飞第一次来到盐海子的日子,他还不知道来到沙漠企业能有多大前景。当时盐场还没有精制盐,生产的是从海子里挖出的毛毛盐,由于风沙大,影响了产品质量,里头有沙子,人吃的时候硌牙,一斤盐只卖一毛二。做出的精细化工产品,质量也不稳定。

韩美飞见条件如此艰苦,就有点感觉不好,着实不想来了。在场的旗委书记说:"你呀,韩美飞,你已经回不去了,调令已经给你下发了。"韩美飞瞬间情绪低落,好像是上了贼船,由不得自己做主了,只好骑驴看唱本走着瞧了。

韩美飞自此忙了起来。当看到大片大片的沙海变成一望无际的绿洲了,韩美飞觉得自己当初"上贼船"是上对了。

探索和拓展库布其沙产业的中坚力量,是王文彪早在盐场创业之初就开始着意培育的,并陆续吸纳了一批"七〇后""八〇后"的新生力量,这批忘年交的后生一直铁了心地跟着他干,使亿利集团像一条丰沛的河流,始终都在向大漠深处涌动。

这批年轻人也大多是"大漠之子"。

2001年10月进入亿利集团的郝亮舍,就是在这片沙漠里长大的,尽管搬过好几次家,却也没能离开库布其。王文彪在杭锦淖尔当民办教师的时候,郝亮舍曾是他的学生,还当着班长,这令王文彪对他印象深刻。2000年的一天,两个人在机场偶遇,王文彪便向这个昔日的弟子发出了召唤。当时郝亮舍在开发办工作,并兼着政府办的副科级秘书,前程无限。也因此,他突然舍弃公职而加入亿利集团的行为,曾在周围引发了一场不小的震动。

到亿利后,他也后悔过,但一直走下来,郝亮舍发现自己当初的抉择是对的。加快库布其生态绿化和沙产业的步伐,推进库布其沙漠治理模式走向全球，自己也贡献了一份力量，他为此感到满足。

2003年进入亿利集团的孙永强，从小生活在库布其沙漠北缘的永兴村，祖籍也在陕西府谷，是爷爷的上一辈人"走西口"过来的。他在杭锦旗第二中学（亿利东方学校前身）读完了高中。高考落榜，先在家里弄了个批发部搞经销，后到亿利集团当临时工。两年半后转正，加入了第三期治沙工程队伍。

当时治沙种树，先是大规模地动用铲车把沙丘推平，在防风林起来之前，风一吹沙丘又起来了，成本很大，且效果甚微。后来就不推沙了，用风向数据植树法，在迎风坡种一半树，沙顶上不种，实行的是日薪劳务制，也不看成活率。再后来管理方式改进了，把林地承包出去，亿利出地出苗木出技术，到秋天再出钱买活树。孙永强见证了这一过程，认为此举非常英明，因为把农牧民植树种草的热情真正发动起来了。

如今孙永强所在的项目组，属于沙漠生态事业部库布其公司。200个民工联队和人数更众的农牧民、贫困户在当地或去外地出劳务的事项统归这个部门协调，并随着技术输出对联队进行培训。这些民工联队最初只服务于库布其，如今也随着亿利走出去了。

为扩充知识型的员工队伍，王文彪早在盐海子创业初期就开始在杭锦旗范围内的应届高考落榜生中打主意了，他决定每年都按分数线由高到低地从中挑选出50名学生，由集团出资保送到内蒙古工业学院学习，两年后学成实行定向分配，回到盐海子来创业。1992年，以1分之差高考落榜的苏和平，就这样幸运地成了保送上大学的学生中的一员。

苏和平是1973年生人，家在杭锦旗乡下。

1994年，苏和平和与他同期的49名同学如期毕业，回到盐场。苏和平很快成了车间的技术骨干，并参与了库布其第一条穿沙公路的建设。在接下来的把沙地变成租用地绿化治理、建造洁能环保工业区、兴建PVC

基地的进程中,苏和平和他的团队也都参加了。他们用汗水浇灌出了一片片绿色,绿色又送走了一片片沙漠。他们眼见着风沙渐渐减少,到最后只能听见从绿色中传来的风声,再也看不见风沙了。这带给了他们极大的喜悦和成就感。

如今,苏和平已成为亿利洁能产业领域的骨干。他常常感叹,是亿利改变了自己的人生轨迹。他觉得自己也是亿利植下的一棵树,根在盐海子,根在库布其。

同样是"七〇后"的张永春,则是通过 IPMP 国际高级项目经理 B 级认证的专业技术人才,现担任洁能基地商务部经理兼乙二醇项目副总经理,在亿利洁能行业大显身手。

张永春 1996 年从内蒙古工业大学化工系化工专业毕业,正赶上双向选择分配政策实施的初期,他投出去两份简历,一份伊化公司,一份亿利集团。在亿利召他面试之际,他已收到了伊化公司的录用通知,但还是去了。王文彪对他挺满意,说:"不错,专业对口,英语、计算机证书都有,还考到了驾照,老家又是杭锦旗的,咱们是老乡,来吧!"张永春如实说了情况,王文彪并未不悦,反说:"去试试吧,如果水土不服就再过来,好马也吃回头草。"

不到一个月,张永春就掉头投奔到了亿利集团的旗下。

张永春被分配到了技术开发处,在杜美厚等人的带领下,开始了他的成长之路。他参与和经历了亿利集团旗下富达公司一到三期的硫化碱设计、建设、试车和生产项目,完成了降低硫化碱碱泥含碱量等多项技术课题。这些项目的如期建成投产,有力推进了亿利洁能产业的拓展,硫化碱的产销量还一举成为国内的老大。

当亿利集团成立了总工办、设计室和技术中心,张永春也被调入,参加了盐碱硝分离、硫化碱技改、甘草深加工等多项设计、施工和试车。

紧接着，亿利集团与上海华谊、神华集团合资成立内蒙古亿利化学工业有限公司，筹建国内一次性投资规模最大的乙炔法PVC项目，张永春被任命为公司综合计划处副处长，从此由技术岗位走上了综合管理岗位。之后，又担任了电石和污水处理项目部经理。

这些年来，从小项目到大项目，从技术到商务，从单一管理到综合管理，对张永春来说每一步都是挑战。所幸他成功迎接了挑战，并对未来充满了信心。他一直深记着爱因斯坦的一句话：在一个崇高的目标指引下，不停地工作，即使慢，也一定会获得成功。

就这样，一批批满怀激情的"大漠之子"，持续而又执着地向库布其沙漠挺进。库布其在他们的智慧与汗水中，绿了一块又一块，富了一处又一处。

# 深耕

|第七章|

科技创新培育了绿色经济沙产业。
海市蜃楼呈现出七星湖边的风景,

## 1

　　立足库布其,放眼全世界,身在中国,胸怀人类。王文彪已经不满足地域性或国内范围的沙漠论坛,在国家相关机构和各级政府的主导和筹划下,亿利公益基金会接手承办在联合国框架下的库布其国际沙漠论坛。

　　道图嘎查村,在杭锦旗独贵塔拉镇的沙漠深处,在蒙古语中有着"歌的故乡"这样美丽的含义。七个小湖,远远望去,排列如天上北斗,七星湖因此而得名。随着库布其沙漠经济产业的逐步壮大,总结推广治理沙漠的科研成果,深入探索国内外生态文明的路径,亿利集团在大漠腹地的七星湖边建起了科技馆和沙漠博物馆。

　　王文彪通过在全球视野中的考察,认为脚下的库布其沙漠应该成为人类治理荒漠化的一个典范。他思谋着把世界各国从事生态研究的专家邀请到库布其来做客,共同探讨扩展人类生存空间的重大命题,以唤醒人们认知自然、与自然和谐相处的美好心灵。

　　想到做到的王文彪,上下求索,殚精竭虑,也许在别人眼中是异想天开,却在他的努力奋斗下实现了这一愿望。首届库布其国际沙漠论坛如期开幕,论坛是在七星湖的科技馆和广场的帐篷里举行的。是的,作为国际性的活动场所,有点简陋,有点草台班,也有一点不大体面。得有一座接待联合国领导人和国际论坛嘉宾的酒店和一座可容纳上千人开会的会议中心,保障国际论坛的实效和影响力。当然,这些设施必须是现代规格的、高水准的,不能有失国格。

　　同时,作为库布其沙漠经济不可或缺的生态旅游设施,让天南海北、五湖四海的更多人前来做客,畅游内蒙古鄂尔多斯神秘而美丽的风光,在沙漠和湖水与现代建筑的反差中体悟库布其治沙人的创新精神,共享生态建设的时代成果,何尝不是一个深谋远虑的决策。

俗话说，在沙漠里造高楼，无异于空中楼阁，等于痴人说梦。要把宏伟的蓝图变成现实，在世世代代生存于这片沙地饱受沙患的人们看来，似乎比登天还难。好在发展壮大的亿利集团有一定的实力与勇气，只是敢不敢有大作为，有没有超前的新思维，冲破墨守成规、人云亦云观念的种种樊篱。

那么，由谁来担当建造七星湖酒店和国际沙漠论坛会议中心的重任呢？

俗话说，打虎亲兄弟，上阵父子兵。王文彪掂量再三，觉得自己的胞弟王文治最合适。王文治早在新世纪伊始年仅29岁时就走马上任，挑起了亿利达旗高分子公司经理这副担子。高分子公司在前两年的生产经营过程中受产品单一、市场疲软等不利因素的困扰，背上了沉重的包袱，企业几乎处于半停产状态。员工们评价王文治，虽然脾气不好，但心好，管理有方。

王文治说："脾气不好是我的缺点，但在企业管理上必须严格，我宁可做个恶人，也不愿做个罪人，这是个责任心问题，也是个良心问题。"

2000年，高分子公司实现利润136万元，圆满完成了任务指标，王文治被评为优秀企业经理。

这一天，等待王文治的是一个比高分子公司难度更高的位置。胞兄王文彪一人信任他还不行，得有亿利集团决策层绝大多数人心服口服的赞成。

一开始，为库布其国际沙漠论坛建造的七星湖酒店的定位就是超越迪拜。社会上的人都不相信，说库布其不可能建酒店，也建不了超五星级的酒店。特别是工期，从开工到竣工使用，只有371天。

亿利集团董事会给王文治下达指令后，任何人都不相信在一年多能完成如此重大的任务。很多人都在观望，认为这是不可能的事，连王文治自己心里都没有一点把握。弄不好，不光丢自己的人，董事长王文彪的人可是丢不起。如果搞砸了，人们会怎么说，是任人唯贤还是任人唯亲？

王文治压力重重。

当初七星湖酒店选址是在沙漠里面，机械进不来，水进不来，是靠人工铺设道路，把砂砾垫上后机械才能进来，是靠一点点移进来的。工期非常紧，沙漠腹地离城市远，没有任何基建材料。酒店标准是超五星级的，所有的材料在内蒙古周边都没有，都是从上海、重庆等南方运过来的，基本上都是空运。先运到包头，再通过公路运输到这里，肯定也会有损耗。

在酒店建成的前一周，王文彪带着所有的董事下来视察。看完后晚上在小镇开会，看这个酒店的进度在沙漠论坛期间用不上了，做了第二套预案，准备在北京开会，开完会来这儿参观。事先并没有告知王文治，他没有参加会，在一线紧张调度。听到这个消息，王文治心急如焚，包括他们这个指挥部团队，觉得丢不起这个人，不能输在冲刺的关键时刻，拿出吃奶的劲儿，拼命也一定要按期交付使用。

所有的后期工作也就花了一周的时间。王文治团队所有人在沙漠论坛前的一个月里，每天晚上仅仅睡两个小时。

到了倒数第六天晚上，开始全面调试使用，虽然已经检查完了，但王文治担心第二天有领导要来，万一这套系统出漏洞怎么办？凌晨1点又开始排查，分两个班，一个班是副总带队，另一个班是常务副总牵头。

凌晨4点，王文治赶到调试现场，走到二楼西边走廊时，听见有人在打呼噜，心想是施工方的民工累极了，就走过去准备把人叫醒，让去工棚里面休息。他一看，却是常务副总，从上到下满身都是灰尘，头枕着工作服蜷曲在那里睡着了，鞋子在旁边放着。

还有一位副总，以前得过病，心脏搭过桥，来之前主管另外一个区域。到了这儿，每天仅仅睡一个小时，长时间连轴转，体力上也坚持不下来了。

王文治让他休息,他怎么也不肯,把他喊回去,他躺不到一个小时自己又悄悄地来了,带着民工队伍在清理现场。

有一位工程部部长,为很小的几个配件,近两周基本上白天晚上不休息。马上就要调试,为把两个配件发到黄河对面的火车站,他自己驾车去取,中途车翻了,幸好人没有伤亡,总算交差了。

2011年7月3日,七星湖酒店在日夜不停地紧张装修后如期交工,迎来了中国库布其国际沙漠论坛的国内外贵宾,保障了正常接待。

七星湖酒店的设计,出自澳大利亚设计师马克之手,主体装修由上海建筑设计院操刀,主题是为联合国环境规划署国际沙漠论坛提供会址。它的风格有点像非洲或阿拉伯的样式。雄伟壮观的外观与浩瀚秀美的大漠风光相得益彰,完美吹起了迪拜风,被称为"沙漠小迪拜"。连设计师马克也没有料想到,他想象中的沙漠酒店在中国人的手中会建造得如此完美。

## 2

社会劳动生产力,首先是科学的力量。

固定资本的发展表明,一般社会知识,已经在很大程度上变成了直接的生产力。大工业把巨大的自然力和自然科学并入生产过程,必然大大提高劳动生产率。科学技术是生产力,是马克思主义的基本原理。

库布其沙漠之所以变成百业兴旺的绿洲,其中最重要的因素是有一支出色的科技团队,始终在拉动着生态治理这驾马车,从鄂尔多斯走向外面的广阔世界。

姚洪林一辈子就干着一件事:沙漠治理。

20世纪60年代中期,姚洪林从内蒙古林学院治沙专业毕业后,一直在林业科学研究院工作，从事沙漠治理项目和沙产业研究，从没间断过。他对沙漠有与生俱来的深厚感情，一心想着为家乡和国家在治沙领域做出贡献。

改革开放后的1985年，44岁的姚洪林被派往日本留学进修，同行的有28人，在东京农业大学山地绿化科学习，研究重点课题是围绕沙漠和山地治理。一年后学成回国，他跟日本京都大学、东京农业大学等13所大学建立了密切联系，与300多个研究学者合作，在毛乌素沙地乌审召成立了沙漠研究中心。在合作研究过程中，姚洪林感觉日本人有一种共享精神值得学习。日本人来这工作互相有接替，先来的研究人员会把所调查的全部资料没有保留地交给接替的人，资料共享。这跟国内的一些情况正好相反，国内的不少科研人员互不来往，研究资料是封闭的。

姚洪林的治学方法是从日本借鉴的，他拥有的治沙资料都能互相交换，也慢慢影响了身边的年轻学者，打开了治学的思路，倡导了合作共赢的新风气。中日合作期间，出了四套治沙理论与实践的书，弥补了国内在生态研究方面的短板，打开了故步自封的局面。

日本的沙漠治理研究在亚洲或世界上处于一个尖端的状态，中国则在实用治沙技术方面领先世界，只是在基础理论研究方面有点偏差。日本的风雪测定仪就是测定下雪的，拿来以后能测定治沙，每隔10分钟自动记录一次，每年有7万多个数字可供持续性研究。这个资料输入电脑后能成图，记录一天、一月、一年的变化，填补了国内风沙流测定方面的空白。

多年间，姚洪林跑遍了内蒙古沙漠和大西北的沙漠，涉足美国、墨西哥、非洲沙漠，去了好多艰苦的沙漠地带。20世纪90年代，科技部派遣他到埃及进行学术交流，他把中国库布其做沙障治沙的基本方法介绍出去，让人类共享治沙科研成果。他去了以色列，参与引进了大棚农业和节水滴灌、无土栽培技术，在国内大面积应用，产生了丰厚的收益。

姚洪林退休后，还一直从事沙漠治理研究，做了许多实际工作。他感觉到沙漠治理还欠缺什么。沙漠也绿了，老百姓仍然处在贫困线之下，治沙能不能让老百姓富起来，能不能产生效益，给社会做出点实事？抱着解决这个问题的目的，偶然的机会，他就被聘请到了亿利集团。从2008年开始，他在亿利已经干了整整十年。通过实践，他在治沙第一线学到了不少新知识，主导参与了亿利拓展沙产业领域的若干项目。

姚洪林认为，钱学森提出的沙产业理论，已经学习了，也认真研究了，说到底是怎么能够与具体的产业项目结合在一起。过去栽树很简单，什么树好活就栽什么树，但没考虑到栽这些树、这些植物能不能产生经济效益。亿利集团的实践者给学院派们上了不少的课。比如种甘草，还有一些中药材植物，老百姓获得效益了，企业也能得到一些效益。亿利集团从被动治沙到主动治沙，然后到产业治沙、规模治沙，环环相扣，这是从书本、教科书、理论上和书斋里得不到的东西。他不断反思，对沙漠来讲，库布其究竟能不能进行生态系统治理？

中国的沙漠172万平方公里，有多少可以治理？科学的结论是有153万平方公里是可以治理的，比如沙漠的边缘条件比较好的地方。到2014年，已经成功地治理了20.37万平方公里，计划到2020年完成50%，到2050年把153万平方公里都治理了。

亿利科研团队抱着这个想法，对库布其沙漠做了研究分析，究其成因有自然的因素，但主要的还是人为因素，是人造沙漠的类型。在鄂尔多斯历史上，清政府从康熙开始，250多年一直禁止开垦草原。到了清朝末年，光绪二十八年（1902），官方允许西口内的农民来开垦田地，这里就开始放垦了，在杭锦旗开垦1000公顷，在达拉特旗开垦5000公顷。一个破天荒的开垦农田的时代开始了，把树都砍光了，整个植被全部破坏了，这对自然生态环境的破坏太残酷了，最终演变成了沙漠。

不能合理利用资源，进行掠夺性资源开发，大自然是会进行报复的，一定会出现荒漠化这个结果。这就使人们认识到，如果能够尊重自然、善待自然，而且能顺应自然，用科学方法对待自然，库布其沙漠也是可以治理的。另外，治理沙漠又是必然的，因为老百姓在这种恶劣的环境下是活不下去的，为了生存也必须进行治理。

姚洪林介入亿利集团科研以来，从造林技术到方法，整个治理机制发生了变化。过去是给国家造林，主要看指标完成情况，成活率偏低。而亿利的治理办法是秋季验收，树栽活了就给钱，看成活率。这在造林管理机制上是一个大改革，花钱买活树，钱不白花，果然奏效。栽种的植物是为开发利用做准备的，治沙专家们的责任是对灌木林进行评查，研究草木的复壮更新状况，开发下脚料变饲料的加工技术。植物经过发酵变成颗粒饲料，喂猪和牛羊效果非常好。

姚洪林参与了灌木林和木本饲料的加工开发及胡萝卜加工的研究项目，验证配方的技术参数，也请来了许多专家共同研究。还有奶牛、肉牛的饲料各是什么，山羊、绵羊的饲料有什么差异，在这方面做出了一系列有创造价值的品牌。

通过实践，姚洪林认识到，国家土地荒漠化的治理，不只是国家掏钱，还要考虑到老百姓的造血功能，从而解决生态环境和效率问题。推广库布其模式，只是把它的造林方法输送出去就行了，至于栽什么树种等问题，恐怕不能一概而论，必须因地制宜，根据不同的自然条件选择乡土树种。比如在甘肃，当地就有一套经验和方法，不可以把库布其模式照搬过去。这里毕竟是库布其沙漠，与塔克拉玛干沙漠的成因不一样，治理方法也就不同。

作为一个治沙专家，姚洪林一辈子研究治沙，总结归纳了一些可贵的理论，且跟实践和老百姓利益能够融合在一起，落地生根，有乡土气。如果光是空谈理论，是空中楼阁，没有作用的。他写过沙漠学，写过风沙运动学，也写过沙漠资源学，跟当地很好地结合在一起，做出点成绩来，是他最大的愿望。如果结合得不好，那也只是沙盘上的建筑，没有任何结果，很可能就会不了了之。他说，好的理论跟实践结合起来，根据实际情况去验证理论，才能靠得住。

科学与实业的牵手，是库布其治沙样本不可或缺的多彩的篇章。

## 3

在亿利沙产业科研团队中，姚洪林的名字有一个"林"字，王林和的名字也有个"林"字。他们与生俱来似乎是与林有缘的，其命运与库布其林草的生命是融在一起的。他俩都有过留学日本的经历，又在亿利沙漠研究院共事，为搭建起一个独特的人类生态科研和科普教育平台费尽了心血和汗水。

王林和这一代人在物质方面受的苦比较多，但精神生活是丰富的，从小就明白长大要为新中国努力学习和工作。王林和的家在乌兰察布的丰镇市，在这儿读完初中回乡务农，被推荐上了内蒙古农业学院，毕业后留校任教。学院分四个部分，他被分到鄂尔多斯达拉特旗，也就是达拉特农牧学校的前身当教师。

恢复高考后，工农兵大学生水平不行的教师要回炉，或换成其他工作。在这种情况下，王林和自学日语，考上了中国林科院农林防护林专业的研究生，学习农田防护林和平原绿化专业知识。毕业后，内蒙古林学院院长亲自到国家林业局把他要回来，从事林果、林木、防护林研究，也是生态学科的前身，王林和就一直在沙漠里摸爬滚打。回到内蒙古林学院，他在阿拉善盟建立了一个荒漠化研究中心，与腾格里沙漠打起交道，主要研究课题是"沙漠的适度应用和沙漠生态恢复"。

林学院派他们几个研究生去日本深造，在鸟取大学干旱地研究中心学习沙漠研究专业。在中国治沙的日本老人远山正瑛就是这所大学的教授。王林和去的时候，干旱地研究中心原来的主任导师是远山正瑛的儿子，还有一个老师是搞热带水稻的。王林和任研究员，与他们一块儿学习钻研，快要结束的时候，导师问他愿不愿意留下来深造，他当然愿意，就继续攻读博士学位。没有奖学金，只能自费，靠自己勤工俭学。导师找了一些日本朋友，为他赞助了部分学费。念了一年后，水产专家北川先生听到他的处境，赞助他把博士读完。这时他41岁了，导师认真地问他，是回国还是留下来，日本一家企业愿意要他。但他念书的目的不是来日本工作，是为了自己的国家建设来增长知识的。回国后，王林和放弃了北京的优越条件，重返内蒙古林科院。他的家在内蒙古，他要为家乡的沙漠治理建功立业。

王林和担任林学院副院长后，始终坚守荒漠化研究领域，和日本合作沙地柏的研究项目。北半球的温带地域适宜由沙地柏做绿地，它天然生长，仅需188毫米降雨，有300毫米降雨就已经算是丰富的水源了。北方最大的问题是缺水，只要有水，就会有很好的绿色世界。所以，干旱地研究的最大问题就是解决水的问题，另一个方向就是抗旱植物。他在担任内蒙古科协主席后，仍兼任林学院副院长，带出了多名研究生，参与多项国家自然基金研究项目、8个国家自然科学课题。他开玩笑说，自己就是在沙地柏研究一棵树上吊死的人。他相继担任自治区人大常委会常委，又在内蒙古上市公司蒙草集团干了几年，正式退休后来到了亿利集团，同时兼蒙草集团的研发总监。

王文彪与王林和在科研方面的设想一拍即合。

王林和在亿利集团如鱼得水，开始在库布其沙漠做沙地柏抗旱勘察和药用价值开发，拓展绿色资源的财富路径。

亿利这个研究所建立时，王林和提出建立智能温室，培养沙地柏和抗旱抗盐碱的植物培养园。先是植物的培养园，以后是科普旅游体验园，前景可观。

亿利集团在生态建设上投入大量精力和资金，把绿色变饲料，种植甘草挣钱，老百姓受益了。在王林和看来，治沙改变了生态，居住环境也改善了，降水可以变成生态用水，不会流失到黄河去了。有人说库布其利用落差引用黄河水，殊不知这里是黄河台地，河床低，水根本上不来，他们大多用的是沙漠里的水。引用黄河水灌溉，变水害为水利，成本高一些。一般来说，二级阶梯可能有地下水，到了三级阶梯，水是沙漠里积存的，就像七星湖。它是沙漠中积存的水，水平面比黄河水要高，就像内陆湖一样，沙上面的水流下来，存到这个地方，形成了一个水平面，这是库布其沙漠的地理特点。

王林和认为，如果打深井的话可能会有地下水，那可能和黄河有关，但亿利集团开发的土地不至于依赖黄河水，大多用的是原来沙漠里冻土一样的水。原来降雨不多，植物资源也不多，治理后水可能会多一点，这些水可作为生态用水。黄河有一些蒸汽，会改变地域小气候。至于沙尘暴，多是从蒙古的南边来的，这里的绿树可以造成地面阻挡物加大，风小了，沙子沉降了，这个作用是有的，能够改善大气环境。亿利生态治理可以改变沙尘暴前进的方向，减弱沙尘暴前进的速度，减缓沙漠化的进程，增加大气的湿度，降低森林带的温度，加大地下水的利用率，这是实实在在的生态效应。

王林和在实践中体察到，亿利集团做绿色生态事业是在劣势中寻找优势的，这个地方的条件，与其他沙漠的条件不同。我国把沙漠和沙地加以区分，所有在半干旱地区的沙漠叫沙地，所有在干旱地区的沙漠叫沙漠。库布其沙漠大部分降雨在250毫米以下，所以叫沙漠。一部分是沙地，所以还是叫库布其沙漠，它正好是在干旱与半干旱的区域。这个沙漠的特点，就是还有一定的水资源。沙漠见绿有一个条件，就是必须有比较丰沛的水源，以水源建立生态用水，但是大量用水也不行，这些水枯竭了，植物就死掉了。世界上最先进的灌溉技术在以色列，那里土地非常少，降雨也非常少，它利用碱水灌溉技术发展农业，发明了滴灌技术，这在中国也很普及。以前，黄河水进入库布其沙漠对岸的巴彦淖尔地区，灌溉是用漫灌方法。早上在地里开个口，把水往里灌，到了晚上满了再堵住。这种技术不能再使用了。黄河水是属于整个黄河流域的，河水从上游到下游由国家统一分配，维系整个流域的耕作，控制水的使用，倡导节水农业区。现在种玉米和小麦，使用膜下滴灌方式，机械化作业，20厘米一棵玉米栽得整整齐齐，玉米秆回收做饲料，粉碎后喂牛羊。

在库布其沙漠节约用水，适度开发生态农业和生态林业，这是亿利的发展方向。种树的目的是发展沙漠特色经济，发展养殖业、饲料业、小块的现代化农业，用有限的水来提高产值，要琢磨最好的方法来提高经济收入。从开始大面积植树到重视科学植树，提升生态治理方面的水平，这是亿利可持续治理沙漠的目标。王林和的做法，是在研究院不断吸纳人才，核心队伍一直保持着二三十人，发现新的研究技术，只要是适合发展的就吸收和利用，发展库布其的生态事业。这个阶段，重点是把有限的水、光、植物进行生态绿色转换。这需要资金、技术的创新、绿色科技人才和科技转化，这是亿利集团的优势。

在沙漠养殖方面，建成10万头牛、100万只羊、100万头猪的产业基地，已经初显雏形。联合大型企业来经营沙产业，亿利集团提供技术，企业来操作，一起把库布其的草木变成财富。他们所拥有的沙漠治理技术有343项，相关技术产业专利30多项，把这些技术使用起来，再把别人的技术消化其中，随着这些过程的进一步完善，库布其的绿色经济就会枝繁叶茂，硕果累累。有国家对这种绿色行动的支持，就可以染绿北方和大西北的沙漠。亿利在此方面的现代技术已经相对成熟了。

也许是巧合，在亿利沙漠研究院，林业工程师吕荣，名字中也嵌入一个"木"字。吕荣属羊，1955年出生。加盟亿利前，曾任鄂尔多斯林业局总工程师，做过多年林业规划设计和检查验收，熟悉这一区域和亿利的很多项目实施情况。吕荣在伊克昭盟农牧学校农业治沙专业学习，毕业后分配到库布其林业研究所工作，与内蒙古和陕西交界的毛乌素沙地打了八年交道。林业部在武威开了一个会，开始在伊克昭盟进行飞播实验，人工飞播1万亩，8000亩获得国家的认可。2000年以后，国家在原来"三北"防护林工程基础上启动了治沙工程，鄂尔多斯是五大工程之一，重点是搞飞播。毛乌素沙地飞播了800多万亩，在库布其沙漠的实验结果也相当好。

亿利集团治沙，开始是人工造林，在库布其同时推行飞播造林，效果显著。飞播造林的措施可以扩大绿化规模，成败的关键主要是飞播后的养护。要防鸟兽危害是一方面，种子飘到地下后要防止风吹变异，如果没有有效降雨，收效甚微。尤其豆科植物，一下点雨它就马上吸水，像生豆芽一样很快就发芽了。被科学加工的种子有营养剂、增重剂、驱避剂、分解剂，利用这些技术，利用各种颜色把它们分开，把种子裹在里面。颜色有着一种警戒性，有些鸟兽见了红色就害怕，就不吃了，这就是驱避作用。用增重剂的小粒种子播了以后，容易入地稍微深一点，无效降雨不崩开发芽，有效降雨就崩开发芽扎根。

从地图上看，毛乌素沙地是中国最南部的沙地。鄂尔多斯是一个交错地带，不仅是干旱半干旱地带，还是沙漠高原向黄土高原的过渡地带，是农业、牧业、半农半牧复合地带。这个区域的气候带有干热,有温凉,虽然地上荒凉,但地下的矿产非常丰富。鄂尔多斯有一个古城遗址,出土有森林化石。考古学家认为,库布其沙漠在远古的时候树木成林,地下有煤可以作证。虽然是沙漠,但有降雨量,西部是沙漠,东部是沙地性质,离黄河又近,有地下水。原来的教科书讲,沙漠是不可治理的,是"死亡之海",人们谈沙色变,经过治理之后,沙漠不再是祸害反而是资源。

毛乌素沙地边的陕西定边、靖边、榆林、神木,以前也是沙进人退。陕蒙边境最开始以长城为界,后以无定河为界划分,以前这边是农耕区,对岸是游牧区。无定河经过内蒙古,又绕道在陕北地域流入黄河。整个榆林,延伸到了毛乌素沙地深处,红碱淖海子处于陕西和内蒙古边界。在治沙地域,两边的农牧民也发生过地界争议。无定河顾名思义是无定的,三十年河东三十年河西,地界不便准确划分。以这个沙丘那个沙窝来划,结果沙丘一流动,又面目全非了。过去没有经纬度的科学依据,造成一些矛盾也是自然的事。为了治沙种树,争夺领地也是可以理解的。

沙漠里本身就有沙生植物,有根或者种子在一代一代繁衍生长。这些草木一旦度过干旱期,有了一点水,马上就发芽开花结果,一直会延续下去。只要人类不去破坏它的环境,它马上就会长起来。尤其是季节植物,在它的生长期,一遇到水分很快就恢复了生机,在沿河地区最为明显,出现了自然更新的状态。人工造林采取的是抗旱造林技术,主要是解决水的问题,植树必须解决了抗旱的问题,水分不流失,旱生植物发了芽以后就不会死的,生命力相当顽强。

吕荣在鄂尔多斯研究所干了十几年,对这个行当不陌生,干这行也爱这行,想把自己的余热发挥出来。原来治沙只是造一点锁边林,不再让人们遭受沙患侵害,后来发现沙漠不光能治理,还能利用资源,产生巨大的经济价值，还能搞扶贫致富，这都是以前不可想象的。修路、种树、兴业扶贫这几项，给了库布其沙漠新的生命力，政府和社会上认可，世界上也认可，这是不容易的。

原来治理没有效益，只有投入没有产出，王文彪的思路是从投入到利用、到产出获得效益，创出了一条新路，从而走向中国西部沙漠，走向非洲沙漠。

近年，鄂尔多斯制定的生态治理规划，设立禁止开发区、限制开发区和绿化开发区，的确是一个眼光长远的举措。禁止开发区只能搞生态景区，限制开发区可以养殖种地，绿化开发区在有水的沿河地带进行规划建设。通过培训专业人员，三级检查，四级验收，县、市抽查，自治区核查，国家抽查，由政府引入机制，用科技政策的驱动力推进生态治理，显示出可观的前景。

## 4

王黎元、苏建英夫妇，是内蒙古著名的植物学家。

通常说，夫唱妇随，可王黎元说他是妇唱夫随，他是追随夫人苏建英来到亿利沙漠研究院的。

王黎元高大英武，俊朗过人，活脱脱一条马背民族的汉子。年轻时候是他追求的漂亮才女苏建英，到老了却矫情地开玩笑说，人家姑娘嫁不出去了，他是好青年做好事的，然后成了夫妻。风姿依然绰约的苏建英总是在一旁微笑着，说我那时也是美女，眼神中有一种亲密的讥讽之意。

在包头师范学院教了33年植物学的王黎元，退休后受王文彪之邀来到库布其亿利研究院，继续从事他热爱的沙漠植物研究。

一次，他煞有介事地对王文彪说："你知道不，白睡莲对环境的变化十分敏感，是反映湿地生态环境的指示物种，极有可能是鄂尔多斯高原上仅存的一个睡莲种群。曾经是随风满地烟尘飞，平沙莽莽黄入天，而今的库布其沙漠越发生动起来，因为它有了一双白睡莲般妩媚动人的眼睛。"王文彪为之受到感染，眸子中也放射出了迷人的光彩。

王文彪很感慨王黎元对于植物生命的浪漫情怀，深深理解这一代知识分子的坎坷经历和不屈不挠的科研精神。

王黎元是1955年出生的，来这里之前，在包头师院（原来叫包头师专）教了一辈子书。他是哲里木盟（即现在的通辽市）人，蒙古族后裔。是"文革"后第一批大学生，学制四年，学的是草原科学专业。哲里木盟的蒙古族人比例占30%，那时每一个旗都有一支武装部队，他父亲是军人出身，年轻的时候从内蒙古军区调派到那儿工作了一辈子。

王黎元高中毕业后插队到沙漠草原的一个小村子当牧民。恢复高考了，他却在北京住院，做手术去掉了头上的一个骨质肿瘤。小时候不小心，头碰到树上起了包，包不断地长，到了20岁，父母觉得影响找对象就做了手术。打了麻药没睡过去，手术过程都能看清，他觉得像木匠做家具一样。等到次年参加高考，考得不算好，毕业的时候自己要求分配到包头师专当教师。王黎元在实习期间就认识了苏建英，她原来是包头师专的学生，他上学的时候她就毕业留校工作。他为了爱情要到这边来的时候，学校要留他做行政，或在系里教书，就不放他走，家里不同意，老师同学也不赞成。他学的是植物分类学，搞这个学科就可以搞教育，他一意孤行，一头扎到了包头师专，30多年就过来了。退休前他一直在生物系教普通生物学，其中有一些基础学科植物学，主要是植物分类学。

王文彪想通过科技带动亿利绿色经济的发展，有人给他出主意，建议从组培室开始先建立一个实验室。苏建英是55岁退休。她刚退休还代一些课，在学校实验室做一些项目，正好有位同事知道亿利集团要聘用一个搞组培的，留日博士王林和在物色人选，就推荐了苏建英。

苏建英刚来的时候，到处都是沙丘，已经建成的智能温室里头还没有什么东西，栽的植物也是很少一点点。王文彪决定在智能温室旁边建一个综合实验室。因为没有那么大的地方，经费也有限，就先建一个组培室。原来设计是800多平方米，又缩到600多平方米，变成单纯的组培室。她写项目建议书，经过各级的批准才能有资金投入。从写招标书，到跟设计单位来回沟通协调，基本上定下来了。王文彪的特点是，干什么事情都雷厉风行，讲效率，不拖沓。很快，实验室基本规模就出来了。她从别的地方搞了一批苗子，进入试验状态。她在学校教了多年植物组织培养，在形态解剖、系统分类等方面有一些经验积累，能找到新的路径，工作起来比较顺利。

苏建英负责的组培室，是由张吉树牵头的亿利沙漠生态事业部下属的沙漠生态研究所的机构，后来张吉树被调到阿拉善、武威搞治沙，又被调回来当副院长。亿利可以进入产业，科研成果转化成一种经济效益。苏建英觉得自己一辈子没有离开学校，视野有局限。大凡知识分子，都有一种做事业的理想，一生都在不断地完善自己，到了企业可以接触到另一种社会生活，更容易理解社会，在人际关系方面也是一种递进，自我价值可以得到升华。她来企业锻炼自己，看看究竟在社会上有多大的适应性，学了这么多的东西，结果能不能有用，为社会做出贡献。

苏建英来库布其之前，王林和博士带他们夫妇过来看了一下，王文彪要求两个人一起过来。但王黎元考虑到自己没有退休，还没有什么明确的研究方向，他要干就干些有质量的事。她坚持要一个人先来，一来就是三年，临到老了还分居两处，这是让一般人不可忍受的事儿。好在亿利沙漠研究院同时要建一个种质资源库，王文彪再三诚邀，王黎元觉得这和自己原来的专业方向非常接近，一退休，他就来了。

王黎元来到亿利集团后，加入了由副总裁尹铖国组建的沙漠种质资源库队伍。他的主要任务是基础部分，为资源库大量采集和引进种子标本，整理植物资源，培育活体沙生植物，建立种子的基因库。包括收集植物信息，作为资源整理出来。一般采集除了库布其以外，还包括鄂尔多斯一带，然后是整个西北地区的沙生植物，还有华北、东北地区的沙生旱生濒危植物、衍生植物。尽量采集所谓三类植物，耐旱耐盐碱，多了一个耐高寒植物。就像西藏，一般的植物都种不活，只有耐高寒的植物才能活下来。还有耐高热沙生植物，非常耐热，沙子温度怎么烤都没事。对准这些植物资源进行收集，搞地区的名目，把小范围和大范围的区系搞清楚，这是王黎元的总体工作。

工作以来，王黎元把内蒙古四大沙漠、四大沙地全跑遍了。对植物做考证，证明这个地方有哪些植物。植物志是基础，指导种质资源库的采集和保存，没有这个名录难做最基础的工作，拓展绿色经济产业，没有这些信息是寸步难行的。他把这种工作叫本体调查，凡是跟亿利有关的，或由沙区生态延伸的所有物种资源都得搞清楚，有哪些资源，应用哪一类，是所有植物实验的基础。企业希望把其中的一些植物开发成有经济效益的沙产业，搞一个比较牢固的基础，明白究竟要重点保护什么植物，保护多大范围，保护到什么程度。创造条件，与沙漠治理领域的同行共同来开发绿色经济产业，科技成果共享。

王文彪采纳王黎元的设想，收集采摘的重点是鄂尔多斯杭锦旗，围绕库布其沙漠核心做本体调查。这里的沙生植物，从广义讲有几百种，狭义地说只能在沙子里长的就不多了，有几十种。他们走着做着，想着看着，基本上把这个地区都搞清楚了，还没有最新发现的物种。这个地方都有植物志，科研工作比较超前，多年前就组织编写了包头地区的植物志，为他当下的研究打下了基础。包括《本草纲目》记载的稀有植物，他都有兴趣，越是环境严酷地方的沙生植物，他越感兴趣，感叹它们有顽强的生命力。

在亿利集团，王黎元和苏建英无论是夫唱妇随，还是妇唱夫随，皆可谓志同道合，情笃意长。二人携手漫步在库布其沙漠草原上，用苍茫醇厚的低音唱起悠长动听的《父亲的草原母亲的河》，在黄昏夕阳里简直是一幅绝美的水墨画。

## 5

亿利洁能上市后，王文彪随即成立了库布其沙漠生态事业部。第一任总经理是王立杰，兼任富亿公司总经理。来了两个大学毕业生，加上张吉树只有四个人。一开始，王文彪就安排张吉树具体负责沙漠生态事业部，做根发苗的基础性工作。

生态事业部设在大沙漠南边，过去是一个育苗基地。沙漠公路通往黄河边搭起了浮桥，一直抵达乌拉山。杭锦旗那个大沙窝一带有12万亩沙地，治沙站的人是林业局的，国家给发60%工资，剩下的自己去筹集。张吉树来了以后，两家的技术人员就合在一起，内部职工又来了十几个，共同制定治理沙漠的规划。

沙漠之患和治沙愿望，与生俱来地流淌在张吉树的血液中。他的老家在内蒙古东部赤峰市的鄂温克旗，离市里有15公里。他的祖辈在晚清的时候，是从山东聊城李家庄带着家谱闯关东过去的，一直流落到内蒙古草原。他们大部分都有木匠、瓦匠、铜匠、铁匠手艺，在鄂温克旗乌丹镇安家落户。1967年出生的张吉树，从小就在沙漠边长大，感觉每年的冬天和春天都在刮风，等到80年代，沙化就越来越厉害。分田到户后，一家人也没有多少地。为了实现从小就树立的治沙理想，他考取了内蒙古林学院学习沙漠治理专业，在班里是尖子，在学校入党，毕业后分配到呼伦贝尔盟大兴安林场。之后回到内蒙古伊利集团做牛奶行业，没有待多长时间，就来到了亿利集团，公司正需要沙漠治理专业方面的人。

报到的那天是个星期天，他到了东胜的办事处，大楼里没人上班，他就坐上班车到了杭锦旗的盐海子。老盐场的办公楼已经建起来了，也有宾馆餐厅，他就停了下来。正好，内蒙古林学院几个教授下到库布其考察治沙，他就加入了这个行列，跟着一起跑了十几天，在杭锦旗一带实地考察，就连毛乌素沙地、准噶尔沙漠也都看了一遍。他做的鄂尔多斯总体规划，是杭锦旗政府和亿利对接实施的一个项目。

刚到库布其治沙基地，条件特别艰苦，穿沙公路刚刚开通，初步把路两边防沙障工程做起来了，栽了一些星星点点的树。他加入了在路旁种树的队伍，那么长那么大面积的沙障，全靠劳力人工操作。一根一根的沙柳成捆运到现场，再截成30—50厘米的小枝节，然后再一根根插到沙里。为了提高效率，大家在实践中摸索出一种简便的方法，把沙柳运回来后先截干，全部打成小捆，平铺到沙上形成网格。老方法一人一天做5分地，费工又费时。新方法快多了，一般情况下一人一天能做2亩，工序简化了，效果也好。沙子流动主要在地表30厘米以内，这种绿化网格有效地控制了躁动不安的风沙。

生态事业部扎在这沙窝子里，周围全是流沙，几乎没有什么树，也没有草，偶尔见到几棵大杨树很粗，还有一些沙枣。他们开始栽树种草，搞了500多亩面积，一点点扩展到1000多亩。沙地都是农牧民的，不让他们栽树，再有本事，没有地就没法干。张吉树他们就在周边开始征地，开辟育苗和甘草基地。

单位派车到沙漠腹地搞调查规划，一队人马安营扎寨，风餐露宿，开始野外作业。一般早晨6点起来吃早饭，每个人带一两个饼、一两瓶水,去沙漠里监工、管理和技术指导。中午大约休息一小时,一直工作到晚上8点钟。春季工程紧,有时候为了赶进度,工作时间特别长,几乎没有休息时间。起初没有交通工具,后来配了一台车,但工地的点位多,十几个人挤一台车,如一只小舟颠簸起伏,辗转往返于茫茫沙海中。有时候车坏了,一部分人就回不去,就得想办法在附近寻找牧民家,打地铺过夜。

张吉树当初在库布其沙漠北缘施工,参加修筑简易沙石路,车子可以把苗条运进腹地,人员也可以接送往来。民工多数都是本地的牧民,一般骑摩托车或者开三轮车,干完活当天晚上赶回家去。最初没有水井,后来打了组合井,各个工地都有了水,饮食、做饭和住宿都方便了。水井枯竭了,就得想办法在周边找低洼潮湿的地方挖个坑,水一点点渗出来,慢慢沉淀,可以喝到澄清的水。

一直在治沙工作的一线,时间长了,张吉树就和沙子加深了感情。沙漠一点点变绿了,自己的付出确实有了回报,心情特别舒畅。每天看沙漠一点点增绿,成了他在单调寂寞环境中最大的乐趣。每天待在荒无人烟的浩瀚沙漠里,人类显得非常卑微渺小,孤单而无助,在这种环境下待久了,人就会一定程度感到郁闷无奈。没有什么娱乐方式,偶尔大家聚一聚,喝点儿酒,扯开嗓子吼一吼家乡的戏或者流行歌曲。沙漠是最好的听众,它就那么默默地看着你,看着你快乐,也看着你忧伤。你躺在沙漠里敞开四肢,肚皮朝天,能感到天地无限的包容。如果你仔细听,沙漠也有声音,有呼吸,有深沉的抚爱。人与自然就贴得特别近,特别亲密无间。

沙子如果和你开玩笑,会开得非常离奇怪异。正在蓝天白云下舒畅地种树,沙漠突然会变了脸,漫天遍野的沙尘暴就袭来了。到了春季,每天的风沙都很大,大家也没什么好办法,为了赶工程进度,只能顶着狂风奋力干活。风速大到三四级时就没法施工了。有时候，你在这儿种树，沙就从那儿刮过来了。你在那儿吃饭，它就刮到你的嘴里来，不小心还眯了眼睛，搞得大家从早到晚都灰头土脸。风沙，真是一个莫名其妙的幽灵，来无影去无踪，你捉也捉不住它。

一次，沙漠搞尝试调查时，开进去五台车。张吉树坐的那台车的司机可能没看清前面车的指挥，直接就从一道沙丘上开了上去。车子冲到十几米高的沙丘顶上之后，突然就直接飞下了一道很陡很深的沙壑。这无异于自由落体，极度的刺激中充满了恐惧的噩梦。车里坐着好几个人，都感到汽车好像飞机一样起飞了，但并没有飞起来，瞬间就跌落在沙谷里。遇到这种情况是特别危险的，在沙漠里工作除了艰苦，有时候还得付出鲜血和生命的代价。

醒来时，张吉树浑身疼痛难耐，急忙被送到医院抢救，经诊断是腰椎骨折了。他只好在家痛苦地躺了两个多月，才逐渐得以康复，又重返沙漠工地。

"三北"防护林带已经实施多年了，许多地方是年年治理无效果。自己管理，自己验收，没有别人介入，内部的机制就僵化了。沙地租赁出去后，还是这个地儿，都变成了林子。亿利集团治沙已经出名，所以很多人都想干治沙了。但想要治沙，都要真金白银啊！企业挣点钱很不容易，沙漠就是个无底洞，花了那么多钱，从哪儿产生回报和收益呢？

张吉树也在考虑，治沙还得有点收益。开始大伙儿都觉得没希望，很茫然，大多数人反对王文彪搞沙漠治理，把甘草公司兼并后，就想在治沙上获点利益，这是长远的规划，思维很超前。当地的老百姓无法想象从沙漠里能够赚到钱，都是冷眼看笑话。有的人干了几十年治沙，也没栽活几棵树，哪个企业来了之后能把它干好，还可以从里面取利，那是不可能的。亿利集团却突破了这些旧框框，敢为人先，招揽技术人才，把科技引进来，改变传统的治沙模式。

大面积治沙推开后，种了几十万棵杨树，从东边一直往西边种，用了三年时间。种树要避开牧民的草地，他们养的是山羊，亿利种的树长起来了，一些牧民就放羊进来，啃光了树皮。这就要扎隔离网，设流动哨，但因为面积太大了，防不胜防。

亿利集团的治理模式在为农牧民带来切身利益的同时，推广了圈养措施和充足的青贮加工饲料，矛盾渐渐得以化解。他们又继续征地，从七星湖北大门一直往西栽种林带，到东沙拐子、西沙拐子，靠近黄河边的地全部征用。钱是实打实的，张吉树一个月的工资才700多块钱，亿利公司投资动辄几千万上亿，让人咋舌。所有的苗子是一车车从南边一直拉到腹地，铺开了一望无际的绿色。

有一年春天，从国外引进三角叶杨等11个品种，在哪种呢？就跟农牧民协商，利用沙圪堵的沙地合作育苗子，农牧民在自家地里种，出来的苗子亿利收购，当年就有了效果。700多亩地，一棵杨树苗发好几个枝条，长得又快又好。

张吉树被调回甘草公司搞栽培研究，担任项目部经理。他组织刚毕业的大学生，跟北京和厦门的大学生一起研究甘草种植如何规划栽培，包括它的原野生种源基地，从种子采集调制到成种的加工程序。再处理播种量多少，苗子来以后在大田里移栽几年，农田地里移栽几年，沙漠地里移栽几年，这都需要研究出具体的数据，布置实施了几十亩各种小区试验田。光搞甘草规划和研究这一项，就花了上百万元。

王文彪说："值得，没有技术支撑是不行的。"

于是，他们编制出四大本书，总结推广甘草育苗的管理和生产体系、操作和技术规程。这一项目通过了专家的现场认证，监测面积一下子扩大了若干倍，大规模地种植甘草，从东往西一直种到了沙漠深处的乾坤湾和吉祥湾。

张吉树在甘草公司做副总后，王文彪找来一位专家帮忙进行规划设计，包括飞播种植，规划种植达到20万亩。先把沙丘推平，然后铺泥，等风干后把沙子压进去，修了若干条泥沙石路和一条24公里的柏油路。

接着，亿利集团在中药、新材料、化工研究所的基础上成立了沙漠技术研究中心，张吉树升任副总经理，后又任沙漠研究院副院长。技术设备和科研力量增强了，为亿利集团走出库布其、走向更广阔的领域提供了智力支撑。

"八〇后"沙漠专家张立欣当初在网上主动投递了简历。有一个猎头发现了他，向他推荐了亿利集团，他便顺利地来到了沙漠研究院，担任沙土改良工程师。做了半年后，被提拔为副院长。

王文彪对张立欣的要求与他一直想的如出一辙，也就是在亿利集团做创新研发，最基本的目标也是要拿出几个成果来。拿不出像模像样的成果，一切免谈。

张立欣的骨子里也有着天生的沙漠基因。他出生在科尔沁沙地边缘的赤峰，爷爷是装在筐里被太爷挑着从山东过来的，祖辈和父母都在农村，种了一辈子的地。他高中毕业后，考取了新疆石河子大学生物技术专业。需要做学士论文，就选择了导师的研究方向，利用沙漠中初春草木迅速萌生的季节条件，利用大数据研究虎尾草，并带队到沙漠做一些调查。可能是刚接触，他对沙漠充满了好奇，在东北农村见到的都是树木和农田景观。室内室外做了一年多实验，接触的是沙漠，但还没有见过沙尘暴。

读研究生之后，张立欣带着人进沙漠，一场狂风之后，能见度不到20米，他真正感受到了沙尘暴的威力。做了一个气候变化的课题，从生物方面考虑这个项目。研究生毕业后，他在内蒙古林科院工作了四年，一直在做国家课题林业监测项目。原来的单位有编制，他感觉太稳定了，反而束缚了自己的研究方向。他一直和沙漠接触，在治沙防护和沙漠土壤改良方面有一定工作经验，想寻找新的发展平台，就来到了亿利集团。

头一个月还轻松，主要是熟悉工作环境、管理人员、了解公司性质。后来，张立欣接受了一个有关铁路方面项目的可行性报告起草任务。中国可能在未来建设最长的一条货运专线，从乌审旗到江西境内，全长1000多公里。由于是高级货运火车道，穿过沙漠会遇到不少问题，必须做路基两边需要的绿化和固基工程。路线是在黄河河套的拐弯处进入定边、靖边，从延安跨过黄河到北京。其中一部分是属于亿利集团的项目，张立欣编写了这个防护工程的方案，提交到总公司得到了认可。

亿利集团有一个国家项目要落地，沙漠种植要做示范和市场推广，一个1万亩地的示范区，灌木饲料是万吨级的。这个重点研发项目是有关黄河流域治理项目招标的，先由几家单位协商，一起写本子，共同完成。张立欣主要负责水土方面的工作，他在河套地区有科研方面的基础。这个项目实施以后，黄河两岸会大有改观，沙土防治量的目标是入黄河的沙减少70%。涉及小流域的治理，要深入到每一条支流，涉及如何治沙、如何植树等一系列科学治理问题。科学技术是生产力，就是利用科学发展沙产业，这个沙漠经济价值会更高一些。

有沙就有水。沙是巨大的水库，这是科学界研究提出来的。沙下是湿的，表层不保水，沙子保水性很差，形成地下水，当沙干了之后保水性特别强。黄河二阶地明显就比黄河高，利用不上黄河水，但可以利用地下水。以前挖两镐之后就有水了，农牧民都是在自己院子里打井。但沙地里的水是不可持续的，要有效利用沙地的水，不然会造成生态灾难，要比花30年治理还难。

张立欣这个团队里大多数是研究生，年龄层次上年轻人居多，现在他自己成了年龄最大的。有兰州大学、内蒙古大学来的，也有西北农林大学、中国农林大学、中科院来的。家是甘肃的、四川的、陕西的、湖南的，四面八方都有。他们也有专业性对口和实验能力，基本是生态学、林学、植物学等专业毕业的。

张立欣认为，发展需要以人为本，在迫切需要经济发展的同时，不可过分开发，应在最大限度尊重自然的前提下，在生态红线范围之内做一定的经济运行。通过生态效益监测，水源到底能支持多少植被建设，必须提出合理的规划，在有效普查的基础上进行可持续发展。

## 6

有一天，王文彪接待了一位来自美国的客人，他是美国《国家地理》杂志的摄影师乔治·斯坦梅茨，从中国改革开放之初到现在，乔治·斯坦梅茨亲眼看到了中国为生态环境改善做出的巨大贡献。

这位拍摄过地球上几乎全部沙漠的著名摄影师惊叹于库布其的绿色，他说，库布其最了不起的是可以留住年轻人。

亿利沙漠研究院植物研究所的所长李相儒，就是乔治·斯坦梅茨所说的留在库布其的年轻人之一。

1990年，李相儒出生在库布其沙漠边缘，儿时的记忆中，家乡是风沙肆虐，漫天黄沙。印象最深的是道路的艰难，读的那所小学离家非常近，也就不到1公里，平时都是自己走着去上学，但只要一刮沙尘暴，父母就必须到学校把自己接回家，因为能见度实在是太低了，怕走丢了，等到家时满嘴都是沙子。有些路程远的同学父母不能来接，就只能跟着老师回家。因为沙漠的阻隔，交通非常不便，爷爷家住在杭锦旗，离家不到 100 公里，春节时回家过年，半夜 12 点开始坐车，直到下午 6 点多才能到爷爷家。

也许因为生长在极度贫瘠的环境中，李相儒从小就喜欢生物，本科选择了生物技术专业。在学习过程中，李相儒不断接触植物，发现不同植物都有不同特性，逐渐喜欢上了植物，研究生考取了内蒙古农业大学农业资源利用专业植物学方向。亿利人在库布其治沙数十年，到李相儒毕业的时候，库布其沙漠已经是绿意葱茏，不再是黄沙肆虐。穿沙公路修通后，开车一个半小时，李相儒就能到爷爷家了。

2013 年 7 月，李相儒加入亿利集团沙漠研究院从事植物研究，这也是他的兴趣所在。他和团队主要的工作是植物研究与种质资源库建设。到了种子成熟的季节，他们就需要到沙漠中进行种子与标本采集。出发前，他们要带够一天的水和粮食，加上采集工具，每个人的负重都在 20 斤左右。沙漠中天气变幻莫测，出发时晴空万里，正在采种的时候突然来一阵倾盆大雨。沙漠中没有躲雨的地方，被雨浇是经常的事儿。采种时正值暑季，中暑是经常的，藿香正气水和止泻药是他们必备的药品。虽然辛苦，但也乐在其中。

在国家林业和草原局的支持下，亿利集团投资建设了中国西北最大的种质资源库。这些是治沙之本、治沙利器。工作之余，李相儒喜欢观察不同植物的特性，记录每种植物春天什么时候发芽，什么时候开花，果实什么时候成熟，乐趣无穷。他现在的研究方向主要是植物调查、种子采集与引种栽培。李相儒希望可以发现更多适合沙漠生长的植物，为沙漠建绿增加更多的选择。

经常有人问："库布其沙漠适合年轻人吗？"

李相儒说："这里虽然没有大型商场，没有电影院，但我们这里有清新的空气，有纯净的水源，有沙漠中抹抹绿色相伴就觉得很知足。"

他不仅在库布其沙漠里追寻事业，而且收获了爱情，建立了美满的家庭。结婚后，他们迎来了一个小生命。他和他的孩子都出生在库布其沙漠这个小镇，相比而言，孩子是幸福的，他一出生就有清新的空气，有纯净的水源，这份幸福是亿利人经过 30 年不懈努力而得来的，值得珍惜。

曾经担任过总办主任的王喜发，在亿利集团总部设在北京后，一直留在东胜基地负责党建和社区文化工作。

上学的时候学党史课，王喜发就知道自己先辈的壮举。他老家是陕北的神木王家洼，新修订的王氏家谱显示，从明朝开始有 24 代人的印迹。老爷爷早年放过羊，在哥哥王兆卿的影响下走上革命道路，参加传送信件和散发传单等革命活动。曾考入榆林中学，在学生运动遭到镇压后返回家乡做地下工作。后加入刘志丹、谢子长领导的中国工农红军陕甘游击队，当过红二十六军警卫队队长，乃开国少将，享年 101 岁。作为老革命的后代，王喜发曾经在学校当过八年政治课老师，对亿利集团的党建工作特别上心。

王文彪是亿利集团党委书记，他在党代会上强调，亿利集团是民营企业，要坚持党的领导，要讲政治，讲原则，要以人民为中心。亿利集团的发展理念就是绿色创新，参与精准扶贫，要围绕党的中心工作把握企业的发展进程。他强调党的建设，从组织架构到战略决策，包括重要的投资和人事任免，必须经过党委共同讨论决定。组织建设要有一个完善的体系，引领反腐倡廉，特别是经费设置上要把好关。

在当地政府的协调下，亿利社区成立了。作为企业应该有这个社会责任，回报父老乡亲，建立共建共治共享机制。社区党组织整合各方面的力量，为居民办实事。亿利集团出了一笔钱，解决孩子们中午吃饭的问题。花了 3000 万元，修建了企业社区文化活动场地，活跃社区老百姓的文化生活。

亿利集团能从沙漠走向世界，最重要的制胜法宝就是把"绿水青山就是金山银山"作为永远的价值追求，把党建工作作为推动生产经营的强大引擎，以红色工程引领绿色发展，创新开展党建惠民工程，厚植党建优势，走党建与经营共荣共生、绿色与惠民和谐共进的发展道路。

# 同富

— 第八章 —

十万百姓在春风化雨中脱贫致富。

放骆驼种地的农牧民市场化参与,

# 1

王文彪还有一位打了多年交道的老朋友，他的名字叫陈宁布，是鄂尔多斯杭锦旗独贵塔拉镇道图格查的老牧民。个头高大，身板匀称，面庞黝黑，举止干练，一个强悍而温和的蒙古族老人。可以想象，他曾是一位驯服烈马的好手，在沙漠草原上骑马奔驰能追上风。张开健壮的双臂，会像雄鹰一样飞向高高的天空。

陈宁布的祖祖辈辈都在这里生活。库布其人都怕沙漠，风沙相当厉害，人干不过沙漠只能躲避它，走投无路想离开它，又没有别的地方去。他的父亲在沙漠里一直游荡，粮食很稀罕，只能吃草籽生活。一直到他，也搬了很多次家，沙来了就走，人的力量挡不住它。它每天随风攻击人，无论刮西风刮东风都是沙子。要走出沙漠一趟得十天半月，有的甚至在沙漠深处丢掉了性命。过去走进沙漠里不好呼吸，感觉非常难受，特别是伏天走进去，生命都有危险。沙尘暴漫天飞舞追着人跑，有时候，那个迎风沙打在脸上都是一个个血点。刮大风的天，吃面条感觉里面都是沙子。沙子堆到玻璃窗那么高，能把玻璃压碎。每天起来就是把长高的沙子铲下来，但是每天都会积累，越来越高。

村里的女人在生产的时候，遇到难产就只能够等死。或把担架绑着放在马上，几个人护着送到医院，时间往往就来不及了。村上有一个女人难产，等送到医院后生了个双胞胎，但因缺氧孩子死去了，产妇受到刺激，成了精神病人。别说生孩子，就是一个重感冒，要去治疗来回都得一两天。村上没有学校，孩子上不了学，没文化也就越来越穷。农牧民连自己的农耕放牧都解决不了，种点庄稼就被沙压了，家里养的牛羊也不多。好多农牧民就搬迁走了，离开这里或者出去打工，到巴彦淖尔或更远的地方。

陈宁布记得7岁的时候，人们就挖坑种树，每年栽了又死了。国家发出生态建设的号召，亿利集团要在这里栽植。农牧民几代人也种过树，但没有种起来，他们不相信亿利能栽活树，也担心凭一个企业来治沙是不大可能的。亿利开始种树也是失败的，他听王文彪讲过，种树这个事是一个漫长的工程，要很有耐心才能把沙漠治理好。他当过多年村干部，说是敢干但也非常胆小，提出了绿化工程是个好事儿，但如果失败了就不好给村民交代了。起步时是人工播种草籽，按照天气预报，哪天有雨，是小雨、中雨还是大雨，掌握这个信息后，集中在下雨前组织民工把草籽很快播下去，逐渐就见了一点效果，沙坡上长起了一些草。第一年人工栽植失败，第二年再栽，小树慢慢长了起来。修了路后在旁边做沙障，有了井水，存活率更高了。后来又发展科学技术，用水冲沙种植，在高沙丘的迎风面上也把树种活了。当地人没有想到过这个方法，说这是愚蠢的蛮干，在沙丘上种树是胡闹，没想到能够成功。

陈宁布组织民工联队大规模栽树时，外边其他地方男的女的也都到这里来了，青海、宁夏、河南、河北、山东、四川、云南的都来过，在这里打工干过活。第一年干活干得满意，第二年又打电话来问，今年是不是还有活儿？亿利集团带动当地的一些农牧民一起干，也不拖欠报酬，和民工相处和谐，人多力量大，干什么事情大家都支持。那时候民工的工资低，一天能拿到20块钱，在当时就很不错了。多年来，亿利一直使用一批民工的骨干，相互和和气气，只要种活树苗就不会亏待任何人。民工都能挣到钱，思想就慢慢转变了，也就爱上了亿利，说他们是给子孙后代造福的。

种树种草改变了沙漠的面貌，过去离开的人看到环境变好了，在家门口也能挣钱了，又纷纷都回来了。有开食堂的、开招待所的、搞沙漠冲浪车的、做导游的，各种各样的生意让生活改变了。有了草地和加工的青贮饲料，村上每家每户牧民都饲养上百头牛。种甘草不用多大的投资，只要种到地里，也不用浇水施肥，三五年就得利了。如今有了公路，有了小车，就是到很远的地方也方便，和城市里的生活差不多了。人们都说这里沙漠变绿，是绿水青山，还能发家致富。大棚里面的蔬菜水果长得很好，甘草的种植也有很好的收益。过去为了一点口粮非常劳神，现在买点蔬菜米面回去，还可以吃到黄河的活鱼，过的是神仙日子。

王文彪经常带着客人参观，让他的这位蒙古族老朋友陪同。

陈宁布说："国家政策好，有养老保险，不干活也有三顿饭吃。原来想干活，却没有地方可以干，现在一出门就可以干活，一天挣上150块钱，树也栽了，生活也改善了。农牧民都支持亿利治沙，开发甘草等沙产业给这个地方做了天大的好事善事，群众是服气的、敬佩的。过去，农牧民到了60多岁的年龄都挂拐棍，现在一个个精神焕发，看到哪里可以干点事，开开心心的，对生活越来越有信心。"

## 2

王文彪的名字，可从字面上诠释为"沙漠王子"，一只文质彬彬的老虎。也怪，他在杭锦淖尔的两个发小取名也带一个"虎"字，父母祈求儿子长得虎虎生威，像一个黄河河套弓弦之地的汉子。

王文彪的发小刘虎，2002年从学校退休后发挥余热，加入了库布其治沙植树的大军，到亿利集团旗下当了一名民工联队的队长，带领100多名村上的农牧民种树种草。他前后干了六年的包工活儿，假如不是去西安带孙子的话，还可以一直干下去。

刘虎当年同王文彪在杭锦淖尔村里小学一同教书，之后调到了镇上的学校，也就是亿利东方学校的前身。教了两年书，又从事行政工作，到校办工厂管理生产塑料自来水管，经营得非常不错，大有收益。当时有一个好政策，25年工龄50岁以上，自己想退就可以退，出去干自己愿意干的事。他参加工作比较早，有30年工龄，退休工资每月能拿到6000多元，应该知足了。退了以后再做包工种树，收入还是非常可观的，他就奔王文彪来了。

刘虎跟着他们种树治沙，有发小加老同事的关照，合作得很愉快。开始栽活一棵树2块钱，一天能挣到25块钱，之后一天可以拿到150块钱，栽得多就挣得多。他的大儿子上了西安建筑科技大学，读书，成家买房，都是他种树挣的钱贴补费用。大儿媳妇在外语学院工作，小儿子在独贵一家食品加工厂做面食，女儿在学校教书，女婿做个体，一家人在西安、东胜、独贵塔拉有好几处住房，生活得都不错。当父亲的能给儿女们帮上忙，心里也舒坦。

刘虎当民工头儿，带动周边乡亲好多人也都富起来了。他带的民工中，还有从甘肃、宁夏来的，有几家人没有回到老家去，移民到了这里，买了房子和小车，娃娃在这里上学，就在这里安家落户，日子也过好了。过去走西口，如今这也可以叫走西口，人往高处走，水往低处流，世上的事就是这个理儿。

清明节回到杭锦淖尔祭祖，二人遇到一起，感慨良多。作为发小，刘虎是看着王文彪一路走过来的。老家的村子建起了亿利移民新村，相当漂亮。刘虎跟着沾了光，在移民新村也有了房子，经常回去住，也算是叶落归根，晚年盼来了好光景。

另一只虎是高毛虎，也是王文彪的发小，是库布其远近闻名的种树能手，发家致富以后，在家乡杭锦淖尔搞起了一个甘草合作社，带领乡亲一起致富。

高毛虎一辈子没有见过爷爷奶奶，只是听父母亲说祖辈是在中华人民共和国成立前从陕西府谷逃荒过来的,之后就在库布其沙漠附近落下脚来。

他小时候也问过父亲:"东胜城那么发达,你为什么没有去那里?"

父亲说:"爷爷那时候从府谷逃出来,到东胜城为什么要绕开走?因为要是遇到抓壮丁的,小伙子是要被抓去当兵打仗的。"

爷爷就在这边留下来当长工,起码能够吃饱饭,能够安全地生活。有几家蒙古族牧主条件还不错,爷爷到了这个地方就留下来给牧主放牧种地,打土豪分田地给他分了地,有了生活保障。中华人民共和国成立初期,爷爷和父亲在沙漠南边,奶奶和叔叔在库布其这边,沙漠把他们的亲情隔在了两端。父亲去看奶奶叔叔,来回就是走大沙漠,每年步行四五次,50多公里要走三四天。父亲常说,咱不要打别人骂别人,也不要欺负别人,老老实实过生活就行了。

在杭锦淖尔,高毛虎一直念到初中,从这里去杭锦旗上学,坐车要走一天的路。之后回到家乡,赶上农业学大寨,他就跟着乡亲们一块儿干农活,挣工分养家糊口,吃得也不好。那时候社会物质不发达,也没听说谁想致富。改革开放以后实行包产到户,大家有一些奔头了,只要有什么本事就可以使出来。他家能分3亩来地,温饱解决了,但是钱的问题还是没有解决。

他到了二十来岁,要结婚没有钱,就跟着别人去挖野生甘草。那时国家也没有限制,到处乱砍滥伐,谁有本事能吃苦,挖了就是自己的。走进沙漠,30多公里没有一个人,也没有一点植被,也没有什么动物,寂静得令人害怕。累了坐下来歇一会儿,想找一棵树都没有。他在村里时,春种秋收两季务农,夏冬两季到亿利的盐场打工,夏天捞盐,冬天淘硝。结婚后,一家四口20亩地,一年收成交了公粮后只能够吃。跟着企业有奔头,打两个月的工就能过个好年。

亿利集团发动老百姓治理沙漠，高毛虎一马当先，当了民工联队队长，组织带领乡亲们种树种草。当地上了岁数的人纷纷摇头，说大沙漠祖祖辈辈都不长毛，没听说荒沙地里能种活树。高毛虎算的是另一笔账，跟着亿利打工种树，种一棵沙柳挣2毛钱，种一棵杨树挣8毛钱，手快一点，一天能挣30多元，还不误种地。亿利推行划区种植和精品化种树，通电打井，浇水保苗，实行合同承包种树，担当保活责任，成活率稳步上升。种树不是栽进去浇上水就活了，根部土壤成分的调配、养分的供给、后期科学的管理，都影响树木成活率。

亿利集团最初治沙时，有六个技术员指导和监督两三千农民工种树。农民工的工资也是固定的，无论干多干少干得好不好，每天都是20到30块钱。有些农民工就随便挖个坑把树埋里面，然后睡一天觉出来领工资。后来觉得这样干不行，就探索出承包制，把一块地承包给一个民工联队，分三年验收，每年按成活率付钱。第一年种树，民工联队的队长要自己先垫付相关费用，包括购置相关的机械设备，所以风险和压力都在队长身上。

对自己有信心的高毛虎把之前挣到的5万多元全部拿了出来，组织了一个六人民工队伍，购置了设备和树苗，先试验性地承包了几十亩地，成为亿利第一代治沙民工联队队长。一开始，还是跟以前一样，用铁锹挖沙坑把树种进去。有一天他过来看，头天晚上大风把前几天种的树全刮没了，一下坐在沙子里哇哇大哭起来。后来他无意中发明了气流植树法，大大提高了栽树的效率和成活率，才使他在沙漠里成功地掘到了第一桶金。

高毛虎从一个默默无闻的穷小子变成了当地的名人。农民王根跟着高毛虎干了多年，说老高干起活来六亲不认，谁没干好他骂谁，可是他骂完人谁也不记仇，因为都佩服他那股勤劳认真的劲头，而且从不拖欠工人工资，跟着他干踏实。他的民工联队每年从当地和周边省区雇工200多人，承包种树几千亩，持续种树15年，他本人成了库布其沙漠最早的百万元户。

高毛虎成为种树大户后，一旦新的植树技术又出来了，周围的民工联队就会观望，先看他用不用。承包植树有风险，有赚钱的也有赔钱的。高毛虎想的是，成功了大家跟着上，有个闪失就当交了学费。他常常探路在先，风险也就担得多一些。

有一年，高毛虎承包了亿利5万余株云杉的培育工程，地里云杉幼苗苍翠欲滴，仅偶尔一两株发黄枯死。而就在旁边别人承包的几处园地里，发黄枯死的樟子松达到了20%到30%甚至更多。公司规定成活率达到85%就可以验收，他的都在95%以上。

亿利集团要开辟3500亩梭梭实验林地，嫁接肉苁蓉，培植新的沙漠经济产业链。这项技术在阿拉善沙漠上大获成功，但到了库布其沙漠服不服水土，人们心里还真没底。大漠种树人大多是农牧民出身，好讲个眼见为实，种不种梭梭，很多人又在看高毛虎怎么动作了。关键时候，高毛虎挺身而出，带头承包1500亩沙地试种梭梭，嫁接肉苁蓉。

有人问：你就不怕砸进去？

高毛虎反问：这些年咱们种树人谁没挣过亿利的钱？好挣的钱就往前凑，有风险的事就往后退，心里能过得去？

高毛虎接了千亩梭梭种植的硬活儿。说活儿硬，是因为独贵塔拉镇以前很少种植梭梭，其他工程队都不敢接，担心种不活。他不怕，凭着多年的经验和技术，毅然签订了合同。见高毛虎敢接，马上有80多支施工队也跟着种起了梭梭。他是见了苗苗就想让它成活，每天细心地观察梭梭苗的生长情况，甚至要趴在地上看个清楚。高毛虎起身时，甩下两个钉子一样掷地有声的字："活啦！"

这时候，他便长出一口气，泪流满面，面对辽阔的沙漠草原，用吃奶的劲儿扯开嗓子吼起了心中稔熟的那一支蒙汉调：

三十里明沙二十里水，
五十里的路上我来眊妹妹你。
半个月眊了你十五回，
因为眊你跑成罗圈圈腿。
大青山的石头乌拉河的水，
一路风尘我来呀么看妹妹。
过了一趟黄河我没喝一口水，
交了一回朋友我没有亲过妹妹的嘴，
妹妹你还骂我是个没有良心的鬼。

这狂野情调的歌声感天动地，在万籁俱寂的沙漠绿树间回荡，每一粒沙子和每一滴水珠听得见，每一棵草木听得见，那个骂他是个没有良心的鬼的妹妹也一定听得懂，听得让人的泪蛋蛋抛在沙蒿蒿林里了。

高毛虎从小家里穷，没读过多少书，从年轻时就以干体力活儿为生，24岁娶上媳妇，结婚时穿的衣服是跟人借的旧衣服。媳妇家比他家还穷，所以才肯嫁他。结婚后家里还是穷，活得不像个顶天立地的男人，媳妇气极了也打他，谁让自己没出息，欲哭无泪。后来他跟着人家在沙漠里植树造林，凭着吃苦耐劳和细心学习，才渐渐拉起了自己的队伍，开始承包一些绿化工程致富。如今家里有了两套小二层，三辆小汽车。他把事做大了，成立了绿色科远种植有限公司。

在高毛虎看来，亿利集团坚持治沙是种树植德，自己跟着亿利种树也要现世积德，为后人留福。以前植树睡在简易帐篷里，早晨醒来不能睁眼，得先起身把晚上吹落在眼睛上的沙土抖掉才能睁眼，沙尘太大了。这几年树多了，沙尘暴少了，前人栽树后人乘凉，这里面也算有自己的一点功劳。

近年来，高毛虎的绿色科远种植有限公司跟着亿利集团走出了库布其沙漠，他自己和媳妇分别带一支民工队伍，先后去了内蒙古通辽科尔沁沙地、阿拉善盟乌兰布和沙漠、河北张家口、西藏山南等地。其中在科尔沁沙地承包5100亩种植工程，成活率达到86%以上。在张家口崇礼承包了冬奥会生态修复工程，种植樟子松、柠条58000棵，成活率高达95%以上。在乌兰布和沙漠承包6000亩，成活率高达95%。在西藏山南扎囊县承包3000亩，成活率高达91%。每个地方的沙地都不一样，同时承包种树的队伍也有好多支，但成活率验收时，高毛虎每次都拿第一。

2017年，农民高毛虎突然当官了。全旗从100多人里要选出23个名誉村支书，在王文彪的推荐下，他被杭锦旗党委聘为杭锦淖尔村名誉村党支部书记。上任后与村"两委"班子商议，决定利用村集体的60多亩盐碱地，与亿利集团共同建设甘草育苗基地。亿利提供种子种苗，他自己投资基础设施和劳务，共同培育壮大村集体经济，带领乡亲们共同致富。

开始村民都看他的笑话，大多数人说成功不了，他并不在意，顶住许多压力，带领村民一起干。亿利集团支持帮助他，给予一些技术上的支持，保证苗育好之后全部回收，他就有底气了。最终，育苗成功了，村民也服气了。

高毛虎比王文彪大几岁，小时候是穿开裆裤一起玩泥巴长大的。他当过几年村长，每一个乡亲都熟悉。新村的房子是政府和亿利集团花了1000多万元建起来的，农牧民自己也添加了一点。作为名誉村支部书记，他想干出点成绩来，报答父老乡亲，也给亿利的支持一个交代。盖这么好的小区，但很多新房都闲置着。他有一个设想，搞一个民宿旅游基地，利用村前的小河渠修一个垂钓池，吸引老人们来这里休闲。开个农家乐，种点苹果、豆角，大家来了摘着吃，一个人来了吃一点，人多了给点钱，用这个办法让移民新村活起来。

开始，村里大多数农牧民还是有点不愿跟着干，他想自己先投资一点，现在年纪大了有点干不动了，就希望大伙能够一块儿做。库布其沙漠名声大了，游客来这个村子有好住的房子，有采摘园，有垂钓小池，背靠黄河，这个市场大得很，以后会成为一个旅游热点。

到2018年初，高毛虎在库布其沙漠累计向亿利承包种植工程近10万亩，是232位跟随亿利治沙种树的民工联队队长中的一个杰出代表。而通过他个人的技术创新以及亿利集团开创的这种民工联队承包治沙模式，快速推动和提升了库布其沙漠的治理速度及成效。

他年过花甲，可谓老夫聊发少年狂。杭锦淖尔村一张新的发展蓝图已经在绘制中，不久将会变成现实。

在杭锦淖尔村，村民们的祖辈大多是从陕北府谷走西口来到鄂尔多斯，在黄河边上的沙漠里讨吃的，繁衍生息。在时光的流逝中，一代一代顽强地生存下来。这一代人的生活经历，生存状况的改变，命运的流转，有相同之处，也各有各的不同。

经过30年艰苦奋斗，在政府主导支持下，亿利集团带领乡亲们治理沙漠，使10多万农牧民脱贫致富，颠覆了以往的生态环境和人们的传统生存方式，家乡的自然面貌和人的精神面貌得到了改变。

# 3

陆续修建起来的几处牧民新村，已成为库布其沙漠的一道风景。

牧民斯仁巴布一家住进了宽敞的新家，用上了自来水，手机有信号了，也能看电视了。门前还有平坦的柏油路，一直通往独贵塔拉镇，通往杭锦旗和鄂尔多斯市区。

一开始，斯仁巴布不愿搬离自家的土房子，故土难离，他担心搬家后，自家的羊和骆驼无处安置。后来景区内搞起旅游，他利用自家的新房，一半自住，另一半接待游客，又在院内搭建了两个蒙古包，开起"草原欢迎你"的牧家乐，吃、住、玩一体。他还在景区承包了两辆沙漠冲浪车，年收入几十万元，和城市里的"金领"不相上下。

家在牧民新村，斯仁巴布每天早上8点多来到景区这边经营生意。沙漠冲浪车的旅游项目平时需要七八个人来经管，游客人多就再抽调人手。冲浪车像坦克一样，是军用车改装的，有专职司机操作，游客坐在上面观光。小的车子基本上是走比较平坦的地方，游客可以自己开，体验自然坡的惊险刺激。游客最多的时候，每年大概有4万多人。

斯仁巴布小的时候，村里没电也没路，要出去买点日常用品都要拉上骆驼，拉上骡马，来回走上一天。夏天是坐渡船或走浮桥，冬天就从黄河的冰上过，通常是走到黄河那边住一晚上，把自己生产的羊绒或者是甘草拉到乌拉特前旗，出售以后换取一些日常生活用品，来回要走三天。风沙很大，自己也种过树，但人手有限，用毛驴或骆驼驮点树苗子，起到一个在院落锁边的作用，把跟前的沙固定一下。他家里有6头骆驼，能干活的有4头。过去好一点的骆驼能值4000多元，现在景区里的骆驼贵多了，可以供游客骑的骆驼一头大概上万元。从前还养一些驴子和骡马，使用起来方便。现在牧民基本上是养牛，有一个专门的牧场，一般家里有近百头牛，一头4岁左右的大牛，在市场上可以卖到上万元。

政府把土地确权以后，斯仁巴布全家五口人，有5000亩沙地。他们家世世代代都住在这个地方，家业是爷爷手里创下的，他没有见过早年当过兵的爷爷，是国民党抓去的那种兵，爷爷回来以后就一辈子放牧直到老。奶奶是挺朴素的一个人，操持家务，把他们养育大。奶奶也经常说，不能抓小虫子，不能杀小动物，还说甘草和所有花草都是有季节性的，要是提前挖的话，就会夭折了它们的性命。奶奶对动植物的生物链有一种口口相传的经验，虽然不懂什么环保意识，但牧民知道生命之间的某种关系，尊重自然界的规律。奶奶活到70多岁，年迈时还常在家里做奶制品，煮酸奶奶皮，奶香中经常飘动着悠长而快活的歌声。

斯仁巴布的爸爸是20世纪50年代生人，母亲是从盐海子那面嫁过来的，相距几十公里嫁到了沙漠腹地。母亲上过村里的民办小学，爸爸在什拉昭上过学，读到小学四年级回来以后，就给大集体放牛，也到40公里外的黄河边上去种地。河套地旱的时候可以种，水来了就没地了，政策上不允许，是农牧民自己偷偷种的，听天由命，收获一点粮食养家糊口。他17岁那年，40岁出头的爸爸突发心脏病去世了，一家人日子越发艰难起来。

现在母亲也是花甲老人了，基本上没有什么活干，给他看孩子。家里开有牧家乐食堂，饭也不用自己做。他那时候打工去过巴盟，也去过北京，基本上是在建筑工地上干活。媳妇是打工时认识的，嫁过来后就参加了亿利种树的民工队伍。

媳妇的家乡是米粮川，农区主要生产麦子。现在有两个女儿，大的13岁了，在亿利东方学校住校。亿利东方学校已经交给国家统管，和其他学校一样，只收伙食费，其他费用都免了。

奶奶可以听懂汉语，但说得不太好。媳妇是汉族，但在语言沟通方面没有障碍，时间长了，她也会说一些蒙古语。斯仁巴布从小性格比较好，一般和比自己大几岁的人交往，在社会上也没有人欺负。年轻的时候也喝酒，现在很少喝了。

斯仁巴布所在的村子叫道图嘎查，有9个自然村，共有400多户，

1000多口人。土地属于国家和集体，有几千亩甘草，上万亩牧场。甘草收益是属于村里人的，一亩地收入几百块钱。土地基本上是租用30年，一次性付款，由亿利集团流转以后开发出来，种植甘草、玉米，再就是种树种草。

斯仁巴布参加亿利种树时，根据自己的能力承包，由亿利付费。他从别人手里包的地，打了50多眼井，井和井之间的距离是500米，地下水最深13米，最浅8米，抽水机是用柴油发电，抽出水浇树浇地。过去是用锹种树，现在用水冲沙柳技术，比较简单，但效果很好。

他们在移民新村的房子是政府主导由亿利集团出资建设，一家一户一套房子。总共36户，每户110平方米，房子不够用了，牧民们就自己在房子的后面扩建一下。斯仁巴布媳妇开了牧家乐，坐满可以接待近百位游客，一年下来也能有几万块钱的收入。

沙漠生态旅游是季节性的，但收入比较平稳，随着库布其品牌宣传力度增大，从四面八方来的游客越来越多。斯仁巴布开始是从别人手里转租的两辆沙漠冲浪车，年租金4万元，而在"五一"期间几天的时间，就把一年的租金赚回来了。4月到10月中旬，是七星湖景区的旅游旺季，开冲浪车这一项的收入，加上餐饮住宿收入，也有不少了。2月到3月旅游淡季时，他就为亿利做生态绿化，还会有不少收入。同时，他以土地入股，每年还会从亿利得到分红。

斯仁巴布家的院子里停着两辆车，一辆面包车，一辆现代SUV，靠骆驼和骑马出行的时代一去不复返了。他的母亲和岳母靠在车边悠闲地聊天，老人们脸上洋溢着幸福，说以前大部分时间都是放牧，一年到头闲不住，过的还是苦日子；现在日子好了，也不用太忙活了，就帮孩子看看家，安度晚年。

在不太忙的时候，做旅游的斯仁巴布也带着家人走出库布其沙漠，到各地去旅游，看看天下的风景。

2009年，亿利集团为发展生态产业找上门来，和敖特更花担任村干部的丈夫商谈如何在这里租赁沙地和打井植绿的事。

敖特更花听说来意后，在丈夫吃惊的目光中开门见山地说："当地人在自己的地上打井，我这个当地人肯定行！"

本是来租赁土地的企业，却将打井的活先承包给了她。敖特更花找来有经验的工匠帮忙，以一天两眼井的速度顺利推进。半个月左右，亿利24眼井全部完工，敖特更花也以每眼2050元的打井费与亿利结算，拿到了近5万元。

敖特更花在还不太能理解"创业"是什么的时候，就已经成为当地农牧民中第一批以种树为业的创业者了。她承包企业地块后，要自己掏钱买树苗，亲自招募工人，组织实施植绿。因为树苗的成活关乎投入和产出，所以她干得尽心尽力。随着树的成活率大大提升，她的个人收入也成了不再随便和人提及的秘密。亿利和敖特更花皆大欢喜，这个女牧民也以合作伙伴的身份和企业站到了一起。她似乎很难定义自己的身份：新式农牧民、沙地业主、产业工人、产业股东、生态创业者，她和这些称谓都沾边。

从2014年开始，跟随亿利集团生态产业发展的脚步，敖特更花也带领她的团队走出库布其，将树种到内蒙古之外的新疆、西藏。而说到自己走出去的动因，敖特更花认为很简单，那就是开拓新的市场，得到的回报肯定更多。在新疆、西藏，为了组织种树植绿，敖特更花与当地农牧民打成一片，从他们身上，敖特更花似乎看到了曾经的自己对新事物的胆怯与排斥。但她同时相信，这一切一定会悄悄改变，就像在库布其一样。

敖特更花是库布其沙漠中的一枝花，与成千上万的蒙汉女儿花簇拥着，在阳光与风雨中，开遍了黄河大拐弯处广阔的沙漠，也蔓延到了更远的天边。

游客在沙漠中看到骆驼不稀奇，但看到成群的鹅，多少还是有点意外。

2017年，一直在南方打工的王双喜回到了家乡，召集五个小伙伴搞起了养殖产业。没有选择养羊、养牛等诸多传统养殖物种，他们选择的是养鹅。最初是圈养。王双喜和小伙伴共养了16000多只，由于经验不足，这一年亏了20多万元。主要是盖棚、租地成本有点高，还要花钱买饲料，市场销路也不够好。

但他不放弃，还在寻找机会。库布其沙漠生态光伏发电治沙综合示范项目创新立体化产业模式，实行板上发电、板下种草、板间养殖，并对外招标养殖项目。王双喜觉得可行，鹅在这里养殖，水电方面不用花钱，鹅可以吃光伏板下长的杂草，既节省了饲料钱，鹅粪还能直接当肥料。他将5000只鹅赶到了光伏板下面，家里的大棚养殖1000多只。

依托亿利集团的销售渠道，板下养殖的鹅群卖价提上去了，鹅肉、鹅蛋打入了北京高端市场。有一个月，光鹅蛋的收入就有4万元。眼看收益不错，他们还尝试将鹅苗发给村里的贫困户，由他统一收购鹅蛋、鹅肉，他的合伙人也越来越多了。

在亿利阿木古龙甘草示范园内，除甘草外还种植着露天的果蔬，建设了蔬菜大棚。杭锦淖尔的村民杨来有以前一直在外地做房屋装修生意，现在回来承包了这里的蔬菜大棚，种起了沙漠有机蔬菜。

也许是受治沙精神的影响，这里的人胆子都很大。杨来有承包大棚后，把女儿女婿全喊回来了。好多年没种地了，承包大棚，亿利集团会有专业的技术人员提供种植技术指导，还提供适合在沙里生长的果蔬苗子。

亿利阿木古龙甘草示范园是甘草产业扶贫的主要示范基地。在沙漠中，甘草是中药材，也是治沙先锋植物，一棵甘草就是一个固氮工厂，对沙地有明显的改良作用。将甘草种下去，三四年后挖出来，这片沙地便可适宜部分植物的生长，大棚就建在这样的沙地中。

杨来有家的大棚种了20多种蔬菜，萝卜丰收季节，收购价1.5元一斤。沙地里种植的果蔬很受外面欢迎，蔬菜通过亿利集团的销售渠道销往外面，销售方面不用愁。年初他承包的时候算了一笔账，承包大棚要比在外面打工强，如果效益好，他就准备再多承包一点。

一株苗，可能是最脆弱的生命，又可能是最坚强的存在。一棵树，可能会经历漫长的孤独，又可能会幻化出一片林海。一棵树的年轮，记述着30载沙海变绿洲的奇迹。

从沙漠里养鹅，到沙漠里的大棚菜，创新了库布其的治沙经验。绿树、青草、红花、果蔬，骆驼、骡马、牛、羊、鸡、鸭、鹅，生物的多样性繁衍，生态系统的逐步完善，为沙漠治理的方式提供了一条可喜的路径。

大自然的生命大合唱，让"死亡之海"不再寂寞，而是生机勃勃。

## 4

30多年前，因为条件艰苦，人们不得已搬离沙漠中的家。如今，他们逆向而行，回到家乡从事种植养殖，搭起了蒙古包，还开起了牧家乐。这些都源于库布其沙漠的特殊治理方式，给沙漠引入黄河凌水。黄河水与库布其沙漠相遇后，发生了绿色奇迹。

黄河从杭锦旗过境249公里，每年要经历流凌封冻和开河流凌的过程，凌汛期长达120天，平均槽蓄水量在14亿立方米左右。大量水资源白白浪费，比邻黄河的库布其沙漠却又没有充足的水资源支撑，湖泊萎缩，绿洲沙化，面临着生态保护的难题。

## 春归库布其

杭锦旗政府实施库布其沙漠水生态综合治理,在黄河凌汛高水位时将凌水引入沙漠低洼地,改善沙漠生态环境,达到了减轻防凌压力和治沙双赢的目的。近年来经过几次分凌,沙漠里形成了面积11.3平方公里的水面、36平方公里的保护湿地,沙水相连的生态自然格局形成。引水后项目区周边水资源涵养量也同时增加,项目区周边种植了14平方公里的树,成活率超过90%,已形成林地。

牧民乌兰纳日世居大漠深处,过去周围只生活着几户人家:爷爷、姥爷和自己家。想串门就得做好走远路的准备,出行不是步行就是骑骆驼。家里安装了风力发电机后通了电,才有了电视。那时候,不能天天看电视,只能选择单号或者双号看。兄弟姐妹六人上学也是异常艰难,作为家里的老大,乌兰纳日10多岁才踏进校门。

这里一年只刮一场风,从春天刮到冬天。草场经受风沙肆虐,质量一年不如一年,很多时候得到邻近的农村去购买玉米秸秆喂牲口,不然牛羊长得不理想,就很难卖出去。不得已,乌兰纳日家搬到了几十公里以外的杭锦旗呼和木独镇巴音温都尔嘎查。

水生态项目实施后,这里交通方便,水电通了,有了耕地,但乌兰纳日他们习惯放牧,对种地并不擅长,还是选择养羊。弟弟那仁满达胡一家则选择养牛,开始发展原生态生长的野牛养殖。

以前他养着200多头黄牛,受生态环境限制,养三年才能长到200多斤。有了水的沙漠变成了好牧场,开春把牛放出去,等秋冬的时候收回来,就能长到300多斤,一头牛能多卖4000多元。那仁满达胡养了600多头牛,还帮姐姐乌兰纳日和弟弟代养200多头,还搭起了蒙古包,开起了牧家乐,年收入非常可观。

牧家乐,不仅仅是农家乐的借用名词,也不啻是蒙古包里的酒肉奶茶和歌舞,它已经外延到库布其沙漠老百姓的物质和精神境地,洋溢着牧家的欢乐。

图古日格嘎查牧民乌日更达赖，回到家乡后大面积承包治沙造林，20多年坚持不懈，使8万亩治理区如今草长莺飞，年收入近20万元，当上了全国劳模。

达拉特旗蓿亥图乡乡长陈浒，看到邻居杭锦旗修建起穿沙公路，也举全乡之力，修起了一条30公里长的穿沙公路，牧民人均收入增加了1000多元。

已超期服役10年的库布其首条穿沙公路被新修的穿沙公路所取代，新公路比旧公路缩短40余公里。锡乌公路上车来车往，公路两侧满目绿色，沙漠经济和绿富同兴之花已经硕果累累。

杭锦旗独贵塔拉镇有一个什拉昭庙，那里有一所蒙古族小学，黄吉雅的父亲当过蒙古族小学的校长。他们家原来住在达拉特村，母亲是放牧的，后来跟着父亲到了镇上生活。他高中没毕业就参加工作了，成家后和爱人都在杭锦旗农牧局供职。

黄吉雅从小生活过的达拉特村有四个自然村，即沙格图、达拉图、道格图、大道图，后合成一个图格塔村。村子从东到西几公里，从南到北几十公里，村民三分之二是蒙古族。种地的汉族大多住在黄河边上，七星湖附近的道图嘎查村住的大多是蒙古族。沙漠里土地广袤，以前是牧主和王爷的领地。那些年，从河南、河北、山西、陕西过来一些放羊种地的人，过了一两年后，就把家里的人陆陆续续地迁移过来，形成了一些汉民聚集区。

早年，黄吉雅的爷爷在独贵塔拉镇掌权，官职相当于现在的乡长，不大懂汉语，掌管着几百户几千人。父亲在伊克昭盟杭盖王爷府当过秘书，算是有文化的人，汉语也不是很流利。杭锦旗旧政权被收编，父亲就在乡公所工作。黄吉雅是在黄河边长大的，与汉族孩子生活在一起，汉语说得非常好了。他学的是蒙古文，做蒙汉翻译没有问题，上了年纪记忆力差了，用蒙古文写文章不行了，语言表达还可以。

　　他小的时候，七星湖里面有草鱼鲤鱼，用骆驼和马把鱼驮出来卖。上学的时候，三四个人才能吃掉一个鱼头。沙漠的深处是明沙，有点植物，也就是沙蒿籽，星星点点的，在洼地有水的地方有点草。沙蒿中发黄的一种是产籽的，另一种发黑的是不产籽的。在蒙古族生活习惯中，把籽取出来用石臼子把壳剥掉，把籽煮一下拿出来，在锅里放一些沙子，草籽和沙子一块儿炒，再用箩把沙子漏出来，把皮去掉就可以吃了。还可以和在青稞面里，也很好吃。

　　亿利集团的发展壮大离不开当地党委、政府的支持。没有政府配合，七星湖那块草场就征不下来，政府给予种植、养殖、草场绿化方面的项目支持，土地的转让都是通过杭锦旗农牧局实施的。以前政府有钱有项目支持亿利，现在亿利有钱反过来支持政府和地方的工作。亿利修建了移民村的房子，给每一家贫困户买10只羊，仅这一项就花了1000多万元。农牧民可以到光伏站去清洗太阳能板，每年洗四次。甘草得有人去经管，这些岗位都给了贫困户，每年可以收入两万元。亿利引进了销售平台，养殖种植的东西不愁卖，鸡、鸭、羊、牛在市场上很抢手，绿色食品可以直销北京，供不应求。

　　黄吉雅深有体会，当时农牧民对种树不是很理解，因为种树必须有水，黄河边上的水基本上是碱水多，干渠都是碱水渠，种树肯定是活不了的。亿利集团通过多年的琢磨，通过打井，运用水冲沙柳法把难题解决了。禁牧以后，牧民养的牛羊就不能进去吃草了，这牵扯到牧民的个人利益，会有一些偏狭的说法。一些林场没有锁边，牧民就偷偷在树林里放羊，一下子禁止不了。开始时用农药，牧民有意见，把羊放到林子里就有毒死羊的情况，这也是林业局管的事。他就给牧民做宣传，慢慢进行引导。

生态恢复了,长出来的草不让牛羊吃也不行,牛羊吃了,粪便也给草补充了养料,形成了生态链。有了科学放牧、轮流放牧,农牧民受益多了。

他以前当过农牧局的领导,参与了与亿利集团合作的许多生态项目。退下来后,做一些技术方面的咨询和顾问,始终也丢不下库布其沙漠的生态建设事业。毕竟,作为库布其沙漠的后代,为家乡做好事,是义不容辞的责任。

沙漠里有一种耐旱植物叫沙打旺,沙子越吹打,它长得就越旺盛。农牧民给孩子起名,叫旺的也不少。

聂海旺的祖辈是在抗日战争后期离开陕北老家、走西口来到库布其沙漠的,在这里放牧种地。住的是土房子,在黄河滩地里种玉米、葵花,产量低、质量也差。春小麦产量比较好,一亩地能打300公斤。

生于1963年的聂海旺对爷爷辈没有什么印象,母亲在他13岁时就去世了。姊妹六个,自己是老二,上学读到六年级之后因家境困难,家里没人干活就辍学了。土地承包到户后,家里半农半牧,耕地只有6亩多,3000亩沙地有零星的一点草。在村里当了支部书记后,他带领大伙加入亿利绿化工程,包了1000多亩,一部分是自己家的沙地。亿利集团租用沙漠,一亩地30年32块钱。种树是按成活株数付费,苗条由公司提供,他雇了70多人组成民工联队,多数是本村人。村民家庭的收入多是从亿利的种树项目上获得的。

村委会下属8个自然村600多户1600多口人,拥有18万亩沙地。东西15公里,南北45公里,面积很大。村子里的蒙古族占80%,他受生活环境的影响,也会一点蒙古语,都能听懂,和蒙古族朋友沟通起来没有障碍。近几年,一是租地有收入,二是有劳务收入,一家人少的也有3万元,多的一年10多万元收益。承包的地种甘草,也种其他沙生植物,还有牧草,卖牧草和草籽,也都脱贫致富了。

聂海旺的老伴也参加过种树,如今在家忙家务。自己盖了水泥平房,面积大,也种点地,养了100多头牛,一头牛价值上万块。膝下有一儿一女,儿子在一家电厂工作,女儿大学毕业后应聘到亿利做财务。孙子10岁了,上了亿利东方学校。

另一个当地农牧民叫张喜旺,曾几何时,成了库布其沙漠的一个名人。

他的女人看到中央电视台里的张喜旺,又扭头看看身边的丈夫,和自己过了几十年的男人上电视了,她有些搞不清是做梦还是现实。儿子和女儿看到电视里的父亲,都忍不住乐,老爸成明星了!

张喜旺端着饭碗,也瞄几眼电视里的自己,形象不差,他因为在沙漠里种树上的电视,没给库布其人丢脸。

那年开春,张喜旺想在沙漠承包种树,人家说你没有团队,给你也做不下来。他憋了一口气,承包了1100亩,一连干了43天顺利完工。接着又在七星湖畔承包种草,种得像模像样。由此,亿利集团领导对他另眼相看:这人是一块做营生的料。

接着,亿利集团让他承包了1200亩水冲沙柳。那块沙漠缺水,周围工地的工头都纷纷退出。不知哪来一股牛劲儿,张喜旺拿下8000亩水冲沙柳种植合同。沙漠种树不是一般的苦,也不是任何人都能做包工头。他的工地离公路7.5公里,工地周围打不出井,工人没有水喝,吃的水得从外边运。他第一眼看到没有一点儿绿色的工地,有些心灰意冷,在这个地方种沙柳,太难!

但他仍咬牙试试看,30多个民工用3辆拖车往沙漠里运树苗,一天一趟,运费700元,这价钱还算是优惠。种树用的是干钻,还比较轻松,工人每天来回走路两个多小时,一天也干不了多少活儿。有一天,有个民工迷失了方向,晚上10点多手机联系上了,那人竟然跑到了10公里外别人家的工地。他说，你就在那里别走开，便开着拖车去把人拉回来，回到家已是凌晨时分了。这次真把他吓坏了，觉得自己责任太大，如果人走丢了该怎么办？好在有惊无险，才松了口气。

张喜旺脾气好，但也有着急的时候。有一回，他要往沙漠里面运沙柳，被当地蒙古族牧民挡住了，三说两说争吵起来。最后还是讲和了，蒙古族兄弟给了很大面子。他心里确实觉得人家好，咱们到这儿挣钱来了，车每天从这个地方过，破坏了人家的草场，他就拿出1000块钱做补偿，也算一点心意。可是人家硬不要，这么点儿小事情说开了就好了，并不是非要你给钱。蒙古族兄弟不在乎这个。

以前，他对植物并不了解，种树时间长了就有了一些认识。近几年沙里面常种的是杨树、沙柳，又接触了羊柴、花棒等品种，也算半个沙生植物通了。这么多年他种的树估计有两万亩了。

张喜旺并没有止步，仍然带着他耳朵有点背的70多岁的老父亲和一儿一女，从早到晚在地里干活。地头停放着一辆长安福特蒙迪欧，像一头壮硕的牛，昭示着这个家庭的殷实。他身着T恤，皮肤黝黑，一双眼闪亮，在阳光下笑得灿烂。艰苦奋斗的岁月留给他的不是苦难，而是甜蜜的回忆。

喜旺这个名字是他父亲给起的，图个顺口，也有期望日子过得兴旺的意思。在电视里被演绎成了"希望"，说村人喜欢喊他的名字，让人们对明天充满希望。在他的心里，也慢慢悟出一个道理，有绿色就有了希望。

## 5

乌兰木独村民工队长张向前是亿利集团旗下数得上的农牧民联队代表，一位颇有传奇色彩的人物。张向前说过一句经典的话："如今我和媳妇都是从事阳光产业的人。"

张向前承包了面积可观的亿利沙漠光伏产业基地，他媳妇在自家地里种植向日葵，二者都与阳光相关，所谓阳光产业，温暖的事业。

他老家在山西河曲，爷爷给他讲过小时候的事，属于苦命人。3岁时太奶奶就去世了，到14岁时，太爷爷也没有了。爷爷就走西口到了蒙古族人家里生活，一直到长大成人。蒙古族是一个善良的民族，古道热肠，包容了爷爷这个幼小的流浪儿。爷爷学习了蒙古族文化，一起生活得很好。这家蒙古族人也有自己的孩子，爷爷就和他们一块儿长大。蒙古族人给爷爷饭吃，没让这个汉族孩子饿死。他从小放羊、放牛、放骆驼，攒钱成亲，到30岁时娶了从陕西府谷逃难过来的小12岁的奶奶。后来，爷爷就在蒙古族老爷爷的帮助下盖了一间草木房子，成家立业了。

中华人民共和国成立后分到了地，分的地土质不好，没有水，但能分几百亩沙地也是天上掉馅饼的事。这里只有10多户人家，爷爷养羊和牛，生活也不好，地里种的是苞谷、葵花、南瓜，有一些经济收入。爷爷一直在地里劳动，活到93岁，奶奶活到86岁，虽然受了一辈子苦，但也算高寿了。

父辈兄弟姊妹五个，他爸爸是老大，上学读到五年级就辍学了，但写得一手好字，有的上大学的人回来都说爸爸的字写得漂亮，连教书先生都说好。姥爷老家在府谷，也是走西口过来的。爸爸20岁出头结的婚，妈妈18岁就生了老大，三个孩子，日子过得紧巴巴的。好在妈妈的兄弟是木匠，爸爸就跟着学了一点手艺，能多挣点钱。现在，爸爸身体很健康，养了五六十只羊，种了几十亩地。2008年黄河水灾把村子冲了，盖起了新房，还在原来的地方生活。

张向前是1974年出生的。童年生活印象最深的是没吃没喝，10岁的姐姐从篓子里扫了一点米面出来，做了一个小饼，都给他吃了。整天见不到馍馍，只好饿着。爷爷就说，他们那个时代这里的自然条件好，地上的草长得满满的，能看到老虎与豹子在打斗。不知真的假的，把小娃娃们吓怕了。爷爷说，这是真的，一次他走到沙漠深处，就看见一头豹子一步一步走过来，他躲藏在一边的沙蒿里，豹子也没有伤到他。后来附近的人到这里挖甘草，土壤慢慢退化了。没有烧的，就拾点干草回去煮饭吃。

当时谁家要有一辆自行车骑就是了不起的事。他读了十年书，都是来回跑着上学，步行十几公里，经常饿肚子。家庭联产承包以后，吃的已经不是问题了，就是没有钱。上学也念不好，初中没毕业只好回家了。因为家里哥哥娶媳妇要花钱，他就去外面打杂工。在达拉特旗的斜井下煤窑，只有一个电池灯，光很微弱，灯灭了的时候伸手不见五指。煤层有4米厚，里面有巷道，他拉煤挖煤都干过，每天能挣到十几块钱。下煤窑最挣钱了，但也很危险，煤矿上经常发生伤亡事故，让他心惊胆战。他当时不满20岁，就没再干了，又返回家乡。

家乡有变化，是从亿利大规模种树开始，张向前就跟着别人干。之后他又叫上几个人一起承包种树，开始包几百块钱的那就算是大活儿了，对他来说已经很了不起了。用铁锹种树，打井浇水，或选择一块离水源近、树好成活的地方，面积大一点，收入也就高了。

到37岁那年，他种树积累了资金，开始承包杭锦旗乌吉乡的地方进行大面积种植。最多一年能包4000亩，两块钱一棵树，第二年栽活了才给钱，腰包鼓了。亿利集团又给他弄了2000多亩地，没有水源，难度比较大，离硬化公路十几里。他用面包车接送民工，大伙跟他在硬化公路下车，然后走上十几里再去干活。树苗子是雇的大车一次性拉进去，不能天天用，因为成本太高了。已经有了新技术，他是第一批用螺旋钻种树的，成品的螺旋钻要自己买，一台1000多块钱，他买了8台螺旋钻，动力用的是汽油，成本不少。刚出产的螺旋钻是新产品，有时候就不转动了，他就得走到独贵镇上修好。这一台送进去，另外一台又坏了，又得送进去。一个螺旋钻20多斤，背完螺旋钻背汽油，来回地跑，真是受苦了。雇了20多人，有打钻的，有送树苗的，有浇水的，忙得不亦乐乎。他种了2000多亩树，有一部分是用水冲沙柳，一部分是用螺旋钻种的。公司要求60%的成活率，他已经达到了90%的成活率。亿利曾奖励了他一次，出费用让他们八个人去云南游玩了一趟。

张向前带的民工，有从甘肃、宁夏来的，还有从内蒙古东部赤峰、通辽过来的，吃的口味不一样，有的爱吃米有的爱吃面，于是就自己做饭。在种树季节，每天工钱200到300元，能吃苦的一个月能挣上1万多块钱，走的时候拿上三四万也是有的。那要相当吃苦，在野外住帐篷，拼死拼活地干。张向前做管理，提供技术操作，好多人在夏季作业发生高温中暑，他平时车上都备了藿香正气水。有一次，有一个本地种树的妇女突然告诉他，她身体特别难受，他一看症状，马上给项目部的人打电话，送到独贵镇医院，诊断说是中暑了。从那时候起，他就常备一些药品，做到防患于未然。

民工队伍里女的也有不少，出来打工不易。有从甘肃白银乡下来的一家三代，一个中年人带着年迈的父亲和女儿。他看到这个18岁的女孩远天远地来这荒无人烟的沙漠里种树，心里真不好受。人都有父母儿女，他的侄女也就18岁，天天在学校里学习读书，过一段时间就问爸爸要钱；人家的女儿18岁，却跟着爷爷爸爸打工种树，自己做饭，住在野外帐篷里。后来他就想了，让一个城市里的小女子来沙漠里，开始觉得很好玩，让她待上三个小时，仍觉得阳光挺好，待上三天，她就会讨厌这个沙漠了，什么活都不用干，她也受不了沙漠的折磨。人比人，活不成，骡子比马驮不成。这个从边远乡下来的小女子在沙漠里种树，毅力惊人。他心一软，就叫她在大灶上做饭，不用到外边出工，跟厨师帮厨就可以拿到同样报酬了。

这对于张向前来说，就是管理成本多点少点的差别，但对小女子来说就不一样了。让她在野外像男人一样干苦力，于心何忍？帮着择菜、削土豆皮、烧水、和面、洗碗，干点零碎活，相对轻松多了。他也真是个乐于帮助弱势人群的好心肠的人，但民工队伍里有数不清的年龄不等的妇女，还有年迈的老汉和未成年的孩子，他没能力做一个慈善家全都关照到。

张向前有三个孩子，他辛苦一点，不能让娃娃再吃这个苦，还是要读书。自己吃过的苦，下一代人就真吃不了了。他把儿子也叫来，让他在沙漠里干点活，让儿子知道当父亲的不容易，心里知道大人的不容易，有点压力，才可能有出息。

他是25岁成家，与媳妇家挨得挺近，也算是青梅竹马，两小无猜。媳妇从小家贫，兄弟姊妹四个，家里大人一般都是让男孩读书，她一天书也没念。二人结婚的条件就是解决一个温饱，也没有钱。打工也找不到地方，除非出远门，在村里就只能种地，买种子、化肥、农药就得贷款，关键是地不好，地下有盐碱，种上十几亩地也没有啥收获。婚后第二年儿子出生了，就和父母分了家单过。夫妻二人种了一大片葵花，没有机器，就用手掰，卖了700多块钱，算是挣钱最多的时候了。没见过那么多钱，他俩数来数去，高兴得很，干了一年终于有好收成了！

之后种点玉米，能喂猪杀了吃。商品流通不好，路也不通，种的东西也卖不出去，羊肉3块钱也没人要，猪肉也卖不掉。以前去杭锦旗，有马的要走两天，没有马要走上三天，而且要走得非常快，一天走100里的路。走在沙漠里，拐来拐去不是直线。出沙漠过黄河是浮桥，后来才有了大桥。自从亿利黄河大桥修成后，跟国道接轨了，出入货物也畅通了，农牧民的经营收入就改善了。

张向前的孩子，大的19岁了，在杭锦旗上高中，出了一次车祸，休了一年学，要不也上大学了。老二老三在亿利东方学校，条件很好，不交学费，只交一点伙食费。他们在独贵镇上有房子，孩子可以在那儿休息，夫妻俩来回跑。老家里养有将近100只羊，种几十亩地，他媳妇每天上午去照料，下午赶到镇上给孩子做好饭，第二天早上把孩子送到学校，再折回来。她骑摩托车，不会开车，因为她没有文化办不了驾驶证。现在他也有点时间，可以接送孩子了。

他承包了一大片光伏基地的活儿，冲洗光伏板，负责养护甘草。上面是光伏，下面种的是甘草，雇用民工是贫困户优先。承包要有一定的高投入，需要车，还需要一些设备，管理人工劳务，常用的有30多人。农牧民来这里打工，一天能挣几百块钱，买几袋大米没问题。过去社会风气不好，大家都没有事儿，抽烟喝酒打麻将，就种一点地，也不出去打工。河套地区的人都有一点懒散的心态，只要有饭吃，有点猪有点羊，一般生活能过得去了，也不想出外打工挣钱。亿利的沙产业到处都需要人工，离家不远，出来做工多好。像光伏这一块儿，纯粹都是人工种植养殖，按件计酬，他这个包工头有时还没有打工的挣得多。

张向前在光伏基地包活儿，要是管理不好就赔钱了，得精打细算地过日子。媳妇在老家的地里种向日葵，每年收入也不少。他经常和媳妇笑着说，咱俩一个种向日葵，一个搞太阳能，都是阳光产业，都是用的太阳的光，都离不开太阳。

他说的是自然界的太阳，内心映照的则是一种温暖的阳光。

不见兔子不撒鹰，是农牧民在利益面前的普遍心理。

2006年，亿利集团在沙漠腹地七星湖开发旅游景区的同时，为36户需要安置的农牧民统一建造了牧民新村，没想到乡亲们起初心存疑惑，只有高娃一家搬了进去。

高娃在新村开了第一家牧民旅游饭店，有流转沙地的 20 万元收入垫底，她在后院搭起了餐饮蒙古包。鄂尔多斯手把肉本就名声在外，加上她的手艺好，吃过的顾客赞不绝口，回头客多，开张第一年就挣了 12 万元。

高娃和丈夫朝格图都有音乐天赋，两人是七星湖民间文艺队的成员，朝格图还是队长。文艺队在节假日集中演出是免费尽义务，如果做婚庆礼仪之类的服务是有偿的。库布其的旅游餐饮，每年 5 月开始走热，到 10 月进入淡季。余下的时间里，高娃和丈夫也做礼仪服务，这一项的年收入有上万元。

高娃蒙古包里的马头琴响起了悦耳动听的乐曲，在七星湖旅游景区飘散，似乎整个沙漠草原也陶醉了。

眼瞅高娃一家挣上了钱，跟着做的农牧民也就多了起来。随着七星湖晋升为 AAAA 级旅游景区，看准商机的农牧民纷纷出手，为游客提供骑马、骑骆驼和驾摩托、驾车沙漠探险等服务，户均年收入 12 万元。

王文彪与沙漠牧民新村村委会主任汪吉拉很熟，经常与他探讨农牧民对于治沙的心理变化，了解老百姓在合作开发沙产业中的利益诉求。

汪吉拉亲眼见过沙漠牧民新村没有治理前的模样，说这个地方太荒凉落后了。开始大规模绿化沙漠时，持反对意见的大有人在，他们认为谁都成功不了。牧民也不理解，有抵触情绪。

汪吉拉到牧民家里跟他们做朋友，一次不行两次，平时和他们交心，慢慢地交流。农牧民很纯朴也很讲究实际，他们出地也好，给亿利打工也好，收入提高了，得到实惠以后就会支持绿化工作。

与亿利集团合作，牧民以沙地入股。第一种是把自己的沙地一次性转让给亿利，第二种是转让 30 年，到期后可以续约。如果遇到像在城里的钉子户，跟他做工作怎么都不同意，怎么也不配合，就得想办法找政府部门支持。当然，也会找他的亲戚朋友，通过各种渠道做工作，一点一点攻克难题。

汪吉拉经常会挠头，和农牧民打交道并不容易。他们老觉得自己没文化，就怕有文化有能力的人去忽悠他们。村上开政、企、牧民座谈会，牧民又怀疑了，是不是又在忽悠，不知道让大伙钻什么套。把想做的事都给牧民讲清楚后，大伙也都赞成。过去牧民们祖祖辈辈生活在沙漠里，他们不想离开，也不明白为什么要离开。

牧民格什道格陶，这个在库布其沙漠生活了50年的生态难民，做梦也没想到，自己这辈子还能过上城里人的生活。他和另外分散居住在库布其沙漠深处的35户牧民，没花一分钱，喜滋滋地搬进了亿利投资2000多万元兴建的沙漠牧民新村。

沙漠牧民新村，整洁的房间打扫得干干净净，客厅里造型时尚的沙发、色彩明快的茶几、高清电视一应俱全。厨房用的是整体橱柜，还有专门用来吃饭的饭厅，餐桌用田园风格的碎花桌布装点，俨然就是城市家庭的摆设。

格什道格陶用自己的荒沙地使用权入股亿利，成为企业的股民。他每年都参与沙漠治理，成为企业的生态工人。在企业为他建的半亩大棚中种植蔬菜，成为菜农。他还在企业为自己建好的标准化棚圈中养羊养牛，赚钱买了一辆小汽车。

格什道格陶对来旅行的朋友说："这里的羊肉、蔬菜，因为不打农药，不用化肥，纯粹的原始生态养殖种植，所以很新鲜，吃起来很香。"

布仁巴雅尔一家四口，以前全家靠放牧、挖甘草为生，一年收入1万元左右。后来他牵着自己的骆驼在七星湖景区搞旅游，年收入5万多元。他家每月每人还有350元的政府补助，家里买了现代悦动小轿车，还有存款。女儿上大学读的是旅游专业，毕业后在库布其七星湖酒店工作。

儿子还在上大学，说毕业后也要回到家乡创业。

骆驼对于他们来说不再是交通工具，而是赚钱的工具。布仁巴雅尔每天和妻子看着自家的5头骆驼，轻轻松松挣钱。"五一"期间，每天旅游收入3000多元。旅游淡季，他就在景区干杂活挣工资，一年四季都有钱赚。

在亿利七星湖景区做环卫工作的朱来，负责在景区捡游客扔的垃圾，每个月工资2500元。他对自己的这份工作很满足。现在游客素质高了，自己轻松得很。以前住的是摇摇欲坠的平房，现在他住在独贵特拉镇一套200平方米的二层小别墅里，这幢房子政府给补助一些，自己还买了小汽车。镇里大部分人都在为亿利工作，包工的、打工的，还有搞旅游的，镇子里有钱的人很多，老百姓的生活一天比一天好起来。

22岁的傲日格勒是一个典型的蒙古族小伙子，因为常年在景区为游人牵骆驼，晒得黝黑。他家四口人，哥哥在外地上班，父母和他看着家里的十几头骆驼，在七星湖景区搞旅游。"五一"期间，最多的时候一天赚了1万多。他觉得自己赚钱还不够多，准备背靠亿利这棵大树赚更多的钱。

除了本地的牧民，还有一些外地的老百姓也在此生活。46岁的贾红娟来自山西运城侯马镇，一家三口都在景区工作。她目前是七星湖酒店的环卫工，丈夫在景区做绿化，女儿在七星湖沙漠酒店做服务员，光鲜亮丽，整天乐呵呵的。

贾红娟活得很开心，她以前去过很多地方，因为没什么特长总干不长，收入也低。七星湖景区管吃管住，工作也轻松。她准备回家过年时，把村里其他人也叫过来，在这沙漠天堂一样的环境中工作生活。

王文彪每每看到或听到农牧民的生活变化，就打心眼里高兴，内心深处得到了极大的安慰。

自己当初下海救活盐海子,帮助百十人摆脱下岗的窘境,改变了他们的生活处境;修路植树,开发沙产业,又带动库布其沙漠10万人脱贫致富,老百姓都过上了好日子,这才是自己的成就感所在。

## 6

如今在库布其,发展沙漠生态旅游能挣钱,治沙、种树、跑运输、到企业务工能脱贫。七星湖景区周边的农牧民脱贫致富,已经同时拥有了五种身份:

一是股东。把闲置的3万多亩沙地转租或入股亿利,收入1000多万元。

二是生态修复工人。为企业植树、种草、种药材,每月收入4000多元。

三是旅游业主。依托沙漠公园,牧民新村开办了16家牧家乐、4家特色超市,3户牧民为大漠游客牵马、拉骆驼,5户联合搞起了沙漠越野车服务。

四是新型农牧民。他们在亿利建设的36个蔬菜大棚中种植西红柿等有机蔬果,在标准化棚圈中养起了1700头牛羊,为景区提供肉、蛋、禽、奶等绿色有机食品。

五是生态产业工人。亿利集团为他们组织专业生产技能培训,将其吸纳到企业的沙漠新材料、健康药业、现代农牧业等产业中,目前已有17人成为企业员工,人均年收入5万元。

国家沙漠公园的吸引力越来越大,库布其的新生代,一批大学毕业的农牧民子女纷纷返乡创业就业。而其中不少年轻人,是亿利东方学校资助培育出来的,滴水之恩,当涌泉相报。

扶贫先扶智，治贫先治愚。为阻断贫困代际传递，亿利集团在多年前就投资上亿元，与杭锦旗政府共同建造了集幼儿园、小学、初中、职业高中于一体的寄宿制亿利东方学校。企业每年提供100万元的专项基金，用于奖励教师和资助贫困学生，并从外地高薪聘请了20多位优秀教师前来执教，在校生规模达31个班1300多人。

学校利用周五下午农牧民接孩子前的等待时间，在礼堂开展技能培训。内容涵盖工业技能、种植技术、保安保洁、餐饮技能等，帮助农牧民提高就业素质，拓宽创业渠道，增强致富本领。

以前，沙漠区域的孩子上学难，师资水平低，如今一站式教育，一流的教育师资，让沙漠孩子赢在起跑线。

学校配套设施齐全。拥有校园网络中心、校园电视台、多功能报告厅、图书室、阅览室、语音室、音乐教室、美术教室、科技教室、劳技手工教室、计算机教室、舞蹈形体练功房以及理、化、生实验室，教学设备和图书资料齐备。学校的办学总目标，是实现学生、教师、家长三方联动的教育特色，在精神文明教育方面，继承发扬亿利集团的爱国生态文化。

学校的年轻老师都是凭借成绩考进去的，录取的是事业单位招聘考试各科目的前几名。资质老一点的老师，大多是其他各名校教得特别棒、学生家长都认同的老师。这个学校是非营利的，谈不上贵族学校，大部分学生都是普通百姓家的孩子。

陈玉成，历任呼伦贝尔市复兴小学校长、红花梁子镇党委书记、阿荣旗一中校长，因教育有方，担任了亿利东方学校校长，成为全国"五一劳动奖章"获得者、中国百名最具影响力中学校长。

教师、学生、家长都是教育的主体，三个主体一定要形成教育合力，才能把这所沙漠中的学校办好。

曾经有一天，学校通知初中二年级周末去种树。郭霞和同学们觉得很新鲜，都积极参加。徒步走了 10 多公里到达目的地，是位于学校南面的沙漠，四周没有水源，也没有植被。

老师说："同学们，我们今天的任务是种树，是为父老乡亲和子孙后代造福。有了树和草，沙漠里就有了绿色，漫天的黄沙就会停下肆虐的脚步，再不能影响人们的生活。亿利为家乡种树，作为家乡的后代，我们更要在沙漠里种下新生活的希望之树，有希望就会有收获。"

郭霞已经懵懵懂懂地理解了，因为风沙导致家乡农作物没什么收成，乡亲们靠的是地里微薄的收入维持日常生活，连个打零工的地方都没有。有好多家庭因为没有学费，孩子上不了学，好多人成了文盲。老师的鼓励，让郭霞和同学们投入到了种树的热潮中，他们比着看谁种得多、种得好。

十几年过去了，人们看到了这片沙漠的希望。郭霞也成了亿利这个大家庭的一员，已经拥有一个幸福的小家，有一个可爱的孩子。她热爱这个温暖的家，为自己是一名亿利人而自豪。土生土长于此的郭霞，熟悉库布其的穿沙道路、沙丘、树林和草地，也熟悉许多小镇和村庄以及亿利资助的贫困家庭的孩子。也许因为有过艰苦的童年经历，她当上了一位热心的志愿者，愿意去帮助仍处在贫困家庭中的孩子。她就像是沙漠里的一棵树，不但靠自己的枝叶阻挡库布其的风沙，还把阴凉送给沙漠里需要帮助的孩子，让他们在阳光下快乐地成长。

"保持微笑，给寂寞的人一些依靠。"这是郭霞社交账号的留言。

在教育扶贫方面，亿利捐建校舍，资助学校采购设施，奖教奖学，提升教师和学生综合素养，注重培养生态文明的未来主人，付出了心血和代价。东方学校作为联合国"全球环境展望"青少年环境实践营，加入了生态相关课程，让生态环保理念浸润一颗颗年轻的心，从而走向广阔的世界。

全面推进生态文明建设的决策部署以来，库布其与生态、经济、社会效益协同共进的治沙战略明显提速。以亿利集团为龙头，东达、伊泰、鄂尔多斯集团等全国80多家企业在库布其沙漠打造生态农业、工业、光伏、旅游等治沙产业，农牧民人均年收入从2000年的2258元增长到2017年的16729元，增幅超过6倍。

人民网2019年1月8日报道提及：2016年3月4日，中共中央总书记、国家主席、中央军委主席习近平参加了全国政协十二届四次会议民建、工商联界委员联组会。当时，亿利集团董事长王文彪也在现场聆听了总书记的重要讲话，并向总书记汇报了亿利集团绿色发展、治沙扶贫情况，得到了总书记的高度重视和肯定。王文彪回忆道："总书记对于民营企业绿色发展十分重视，多次询问我治理沙漠、发展绿色产业得到了多少政府支持，如何实现可持续。让我最为感动的是，总书记特别鼓励我要继续做好治沙扶贫工作，他会持续关注。"王义彪说，我们要坚决贯彻落实习近平总书记的重要讲话精神，将"绿水青山就是金山银山"作为永远的价值追求，坚定绿色发展信心，为我国经济建设和绿色发展贡献新的力量。

富有哲学辩证思想的王文彪，对成功也有着自己的理解。他认为，只有选准了方向，并锲而不舍地坚持，才能走向成功，即使到达了目的地也并非就一劳永逸了，仍然会有新的问题不断需要解决。

他说："我赞同'或缺'文化，人生最好的境界就是比较完美而不是非常完美。永远有空间，有缺口，才能有动力，老子所谓的大成若缺。"

公益环保人士普遍认为，亿利集团创造出的库布其模式意义在于，充分考虑了沙区的自然和社会生态，因地制宜，利用沙区的资源禀赋，非盲目承接产业转移，不搞粗放式发展，走的是一条生态扶贫、永续脱贫的道路。

王文彪这个名字，代表的已经不是一个人，而是与亿利集团合作而形成的产业生态联合体的十几万农牧民和千百家企业。他们并肩挽手，在中国西北部生态建设中以规模化的优势，抵御住狂沙肆虐，让水土驻足。

# 样本

|第九章|

走向四面八方修复荒漠化显成效。
在高原上形成的库布其治沙经验,

## 1

当初,亿利集团从库布其出发,来到了北京,建立了北京总部。时过数年,他们又从北京的凯晨世贸中心出发,走向四面八方,走向世界。

这天,召开完部门会议,西装革履的王文彪回到办公室。他的案头和书柜里摆满了亿利集团的远近期规划,还有最新出版的治沙理论书籍。他把目光停留在中国地图的新疆南疆,那些密密麻麻的小点,就像塔里木盆地和塔克拉玛干沙漠。

王文彪尝试着将库布其生态经济模式向新疆南疆输出,但在实际操作中遇到了难题:南疆沙漠下面的苦水不适宜植物生长。不解决苦水转化问题,绿化南疆或将成为空谈。为此,王文彪邀请国际著名沙漠问题专家、世界顶级科学家来到中国,和他们一起实地考察研究。但要在短时间内拿出解决方案,实非易事。

王文彪又想起了钱学森。"中国航天之父""导弹之父""自动化控制之父""火箭之王",钱学森的多重身份让他敬慕不已。库布其沙漠科技馆立有钱学森塑像,王文彪每次到科技馆,都会在塑像前停留片刻,致敬一代先贤。

多年来,钱学森的形象一直矗立在他心中,著名的钱氏沙产业理论一直鼓舞着他不断探索实践,他也从没有停止学习。当他在新疆南疆、河北坝上畅谈绿化远景,当他说起治沙新课题时,人们看到的已不仅仅是一位有强烈社会责任感的企业家,还是一位极富实践经验和自成理论体系的实业科学家。

与中国地图毗邻的,是一张世界地图。美国科学家预测:21世纪末地球上的大部分陆地将变成沙漠。由于泥土中的湿气将被大量蒸发,中国北方、美国西南部和澳大利亚、美洲等地都将变得缺乏淡水。世界各地原来的沙漠将会疯狂向外扩张，撒哈拉沙漠将向北方蔓延，吞噬掉欧洲南部和中部。

或许有些耸人听闻，但严峻的现实摆在人类面前，沙漠的威胁从来没有停止。

王文彪缓步走到办公室窗前。他的目光从川流不息的长安街，移向空阔无垠的湛蓝色的天际。

奥宝平当年二十出头，是个愣头青，喜欢干活，爱琢磨，珍惜企业这个平台。2014年，他被评为乌兰察布市的劳动模范，翌年被评为内蒙古自治区和国家级劳动模范。

当全国劳动模范，奥宝平凭什么？他有什么本事？

亿利集团从2011年起从沙漠走向城市，拓展生态环境业务范围。在乌兰察布，有一个霸王河水体治理工程，有保障性住房17000套，亿利集团承接了这一区域的生态改造项目。霸王河区域原来是个垃圾河道，绿化改造成为国家AAAA级城市旅游景区。这条河的绿化改造投了20多亿元，是亿利从沙漠到城市生态修复，从里到外跨出的第一步。过去的河两岸没人住，现在变成了集中住宅区，亿利集团在这里累计投资近200亿元。

奥宝平带领团队积极进取，经过两年多时间的成功运行，完成了霸王河的绿化改造工程和开发项目。从乌兰察布项目开始，亿利尝试了在内蒙古自治区层面有示范性效益的举措，关键是这种市场化的参与、民间资本和政府资本结合的模式具有先导意义。

2016年3月，奥宝平从乌兰察布项目去了上海做地产生态项目。甘肃项目启动的时候，又把他调到河西走廊三角沙漠地带，进入腾格里沙漠。这个地方的沙漠是国有的，没有划分给牧民，政府就给亿利集团划出了300万亩，一亩地50块钱，租赁50年，办了土地证，由亿利自己来经营，投入、产出都是自己的。

奥宝平采用库布其模式，在腾格里沙漠里面修路，以路划区，做沙障种植甘草。他将生活基地扎在镇子里，每天去20多公里外作业。公司派去20多名管理人员，包给民工联队雇用当地农牧民种树，最多的时候有500多人。种树的方法，就是用库布其的种树种草创新技术。

到2016年年底，奥宝平在甘肃待了七个月才回到东胜的家。他爱人为管孩子成了家庭主妇，几年来两地分居，其间过来探亲。开始她在盐海子，他在巴拉贡，后来把家搬到杭锦旗，他又调到了东胜，再把家搬到东胜，他又到腾格里沙漠了。这种天各一方的情况，在亿利是比较普遍的，员工和家人在一起的时间比较短。

奥宝平担任了库布其沙漠事业部总裁，把新疆、甘肃等地项目并到一起，将整个沙漠区的荒漠化防治以及生态修复工程产业化，工程要产生效益，来保证这个企业的正常运行。沙漠事业部和盐场的情况差不多，先大量投入，然后逐步有一些收入，现在给沙漠投入，就是考虑到后面的产出。他们在库布其发展了种植业、养殖业、光伏、工业等几大产业，甘草、肉苁蓉、沙柳，包括葡萄、酒庄，都是一步一步获取经济收入的主要来源。

整个沙漠事业部基地和本部员工上万人，在册的民工联队人员有数万人。统领这么一支庞大的队伍，40岁出头的奥宝平很有奔头，血气方刚，信心满满。

新疆有中国近一半的沙化土地面积，中国最大的流动性沙漠塔克拉玛干沙漠和最大的固定半固定沙漠古尔班通古特沙漠就分布在新疆，脆弱的生态环境对新疆经济社会发展产生了严重影响。新一轮的防沙治沙工程规划已经在新疆启动，该规划范围将涉及新疆79个县市和新疆兵团175个农垦团场。

从 1995 年开始，新疆着手研究沙漠公路防护技术，全长 436 公里的塔克拉玛干沙漠公路人工绿色走廊已成为一大风景。工程全线采用的是咸水滴灌造林技术，经过改造后的沙漠公路沿途覆盖着防风防沙林，饭馆、旅社、商铺等纷纷落户，塔里木盆地的野生动物野兔、野鹿、小鸟，也沿着这条绿色通道迁移和繁殖。

武祥是亿利集团驻新疆阿拉尔治沙基地的负责人。他是在库布其沙漠长大的，老家在山西的保德县，就在府谷的对面。读书的时候，在学校利用星期天去挖甘草，买了一把锹头安了柳树把子，放在学校门口 100 米远的地方。一场沙尘暴过后，就找不见锹头，也找不到回家的路了。他就踏着刚走过的脚印走回去，吓出了一身的冷汗。本想和老师一起去挖甘草挣一点补贴，却落得两手空空。

打从高中毕业以后，武祥人生的第一站就是盐海子，当时还算是有文化的一个人，王文彪也看上了他，就送他出去培训，脱产学习两年后又回来工作。此后 30 年没有离开亿利，一直与沙漠打交道。武祥时常说：人是一种懂得感恩的动物。

进入亿利以后，刚开始成立民工队种树，武祥便一马当先。那时候，王文彪当厂长，经常花钱买书送给他学习，大部分是生态科技和管理方面的，还有一些创新的书。王文彪不允许他喝酒，说喝酒会误事。武祥现在新疆野外干活，一喝了酒，就有一种负罪感。

2012 年的时候，亿利做了多年的生态绿化和洁能环保产业，钱也有了，想着除了绿化沙漠之外，还要做城市生态绿化。当时他们组建了 19 个人的公司，负责 2.3 亿元的项目工程，做完绿化工程以后，又做生态修复项目。

武祥又调回沙漠来到新疆阿拉尔，负责这里的治沙和生态修复项目。工程主要是在塔克拉玛干沙漠，以光伏发电，以电治水，以水治沙，进行沙漠绿化和修复。阿拉尔地区地下的水是苦咸水，含盐碱量最高，不经过淡化处理，浇植物是不可行的。把苦咸水通过工业化的处理制成淡水，再用淡水将苦咸水浓度稀释后，来浇灌草木，就可以成活。

他这个团队，员工最多的时候有32个人。他们就像草原上的游牧民族转场放牧一样，打硬仗的时候就从各个地方抽员工，到了秋季管护的时候再把员工分流到需要人的地方去，来回不断地循环。47000亩的大面积种植，要用当地大量的劳动力，他就把周边的贫困户招聘进来，一天120块钱到150块钱的收入，干一个月就有4000多块钱。最多的时候，有民工2000人左右，一年下来差不多有4000多人参加种树绿化。也有从甘肃、宁夏、四川来当地打工的，主要是在治理区域放水、管护光伏设施。

利用淡化水进行浇灌，会对土壤有一些改良。有一些植物是固氮的，种上几年以后，这些土壤就慢慢得到修复，可以种农作物，如西瓜、甜瓜、土豆、西红柿。沙漠经过改良以后的土壤没有重工业污染，一旦修复后就会成为良田。但从沙漠产业里得到收益，也是一个比较漫长的过程。

这里的生活基地到工作点有50公里，每天来回跑，大家从不叫苦叫累。家里有什么事，也是鞭长莫及，照看不上。

有个小伙子叫刘向春，他们家的孩子不大，生病后医院都下病危通知了，媳妇为了不影响他的工作，就没对他说。孩子要上小学的时候，他媳妇给武祥打电话，讲起家里的困难。她说："武总，求求你，看能不能让他回来一趟，孩子要上学，没有联系好学校，我也在亿利上班，因为工期忙不敢请假，你能不能帮帮我们？"

武祥也有老婆孩子，也是儿女情长，也常常遇到这种情况。听电话那边的啜泣，他也落泪了。宁愿耽误了自家的事，也不愿意耽误公司的事。有时候不是领导不愿意给假，通常是员工为了不影响企业工作，自觉地为企业奉献。

库布其的精神就是这样炼出来的。无论走到哪里，都矢志不移。

盐海子的子弟杜美厚，后来负责一些煤炭资源的配置业务，在达拉特旗循环经济工业园区建设 PVS 工厂，又转到库布其沙漠事业部做总经理，负责绿化种树。一年后转到库布其清洁能源基地做常务副总，又到集团总部做督审委主任。2014 年，又到了新疆阿拉尔基地，把治沙绿化的模式拿到那边去。他带了 19 个管理人员，大多动用当地的农牧民，最多的时候有 600 多人的队伍。

亿利集团在新疆阿拉尔的治沙项目规模有 10 多万亩，也是打一个基础。第一批就是从库布其走出去，走到新疆，后来走到腾格里沙漠，走到西藏那曲和山南，走到甘肃河西走廊。项目与当地政府合作，输出库布其治沙模式，当然也是用利益模式、市场模式运作。政府政策引导，企业产业化运作，农牧民市场化参与，基本上是一种慈善和扶贫的方式，在经济收益上暂时还拿不到，开始都是企业大量投资，亿利在这一块投了 5000 多万元。

埋下了种子，就有希望发芽，若干年后它便长成了参天大树，汇聚成森林。那时候，还会有后来人记起种树的前人吗？

先天下之忧而忧，后天下之乐而乐，其实做一个先天下的种树人，也是快乐的。

## 2

雄踞世界屋脊青藏高原东北部的青海，境内山脉高耸，地形多样，河流纵横，湖泊棋布。茫茫草原起伏绵延，柴达木盆地浩瀚无垠。它是长江、黄河之源头，有"西域之冲""中华水塔"等称谓，是一个美丽的地方，也是一个生活环境艰苦的地方。

亿利集团驻青海治沙基地总经理赵志强，深深领悟了这个地方的美丽与艰苦。他老家也在鄂尔多斯农村，从内蒙古大学毕业后来到亿利集团，主要做公路桥梁工作。进入亿利后先是学车，公司每天有30块钱的补贴，他感觉这个平台不错。2005年做了技术负责人，之后做亿利黄河大桥项目副经理、内蒙古乌兰察布霸王河河道治理工程项目经理。

赵志强来到青海海北州山水林田湖草项目。海北州地理海拔高，他们所在的位置海拔4600米。和当地政府对接，整个项目把矿山、水利等行业整合在一起，在合作模式下操作。在海北州举行的山水林田湖草论坛集合了全国十几名专家共同探讨，把过去传统的工程模式打破了，运用比较独特的合作模式推进项目。

这个团队有114人，项目各专业分了92个，都是从亿利派过来的，主要做管理工作。还有其他团队的近百人，具体管理人员有500多人，从当地和库布其招来的民工有2000多人。实施这个庞大的项目，吃喝住行都还可以解决，但在地理气候上肯定会有一些高原反应，晚上睡不着，白天不想吃饭，耳鸣头疼，属于高原缺氧。

有近20名女同事，也有两口子一起来的。刚毕业的年轻人，未成家的居多。亿利派来的职工基本上是两地分居，生产比较忙的时候，一年能回几次家就很不容易了。这边都是轮休的方式，但生产紧张赶工期的时候，大家就放弃了休息。

青海海北这个山水林田湖草项目在库布其模式的基础上探索一种新的示范模式。首先是品牌效益和民生效应，二是经济效益。做企业，在保证工程质量的前提下，适当合理地取得一份利润。这些项目可以带动当地的小微企业，促使当地的贫困群众脱贫致富。通过扶贫产业园区收集当地的香菇、中药材、牛羊肉一类特产，和物联网合作发往内地，帮助打通对外销售渠道。这里有藏族、汉族、回族等，是一个多民族居住区，适合耕种的土地较少，土壤有机物成分偏低，但草原山地宽阔，每家每户分下来占的比例比较大。

赵志强他们的居住区离工作区最远的有400公里，是高海拔地区，工作人员上去只能待一个星期，然后再换另外一批人上去。基本上带的是熟食，气压低，水烧不开，饭也做不熟。在这么远天远地的地方，也常是想念家乡和父母老婆孩子。

他家在鄂尔多斯杭锦旗高勒乡，在库布其的东南方，离黄河有200多公里，属于半农半牧区。前面是黄河，后面是沙漠，南梁外靠天吃饭，是相当贫困的地方。赵志强是1981年出生的，那个年代就要好一些了，但和别的地方相比还是比较艰苦的。小的时候没有电，小学离家十几公里，中学住校，两个星期回一次家。家里送他上中学很费劲，是向周围借钱，上大学也是要卖牛卖羊积攒学费，靠助学贷款。

赵志强毕业后到了亿利，待遇也可以，一个月1500元就已经能帮上家里了，一边工作一边供妹妹上学。成家后，爱人在康巴什，孩子也7岁了，一直都是爱人在管，前两个月刚生了二胎，人说一儿一女活神仙，但也很劳累。现在视频联系方便一点，在这遥远的异乡，能随时看看家人和孩子。父母亲和丈母娘也都和爱人孩子在一起生活，但农村还有地，羊不养了，地都让亲戚种了。论辈分，他也是从陕西府谷走西口逃荒来的，在杭锦淖尔一带安下家。爷爷那一辈，包括父亲那一辈都回过老家寻根，到了他这一代就渐渐疏远了。

祁连山山水林田湖草生态保护修复试点项目，作为国家第一批试点项目，是党中央对保护西部生态安全屏障的战略部署。项目的顺利实施，将有效解决祁连山区山碎、林退、水减、田瘠、湿缩的现实问题，促进区域生态环境保护和经济社会协调发展，重塑山水林田湖草生命共同体，提升区域生态系统服务和生态屏障功能，切实保障西北内陆地区和国家生态安全。

自开工以来，亿利生态股份公司团队克服时间紧、专业广、手续多、体量大、要求高的困难，在高海拔地区努力拼搏，取得了阶段性的进展。

祁连山区山水林田湖草生态保护修复试点项目实施后，重建了被破坏的生态功能，大大改善了区域的水源涵养、土壤保持生态系统服务功能，增强了生态系统的自我调节能力，有效遏制了土地退化进程，减少了水土流失。

经过治理，这一区域生态环境条件将得到明显改善。自然灾害的影响将减弱，水资源将进一步得到保障，这将促进农业生产丰收和其他行业收益的增加，推动区域性经济发展，提高地方及人民群众的财政收入，提高人民文化生活水平，同时在保持社会稳定等方面发挥基础性作用。进一步推进区域内自然生态系统的稳定、人工生态系统的健康和经济社会系统发展指标的提升，对祁连山区的生态修复具有重大的现实意义，实现山水相连、花鸟相依、人与自然和谐相处的保护目标指日可待。

起初，亿利沙漠事业部设在杭锦旗独贵塔拉镇，后来扩展为沙漠生态事业部。这期间，郝亮舍到沙漠事业部做副总经理，专门从事沙漠治理和生态建设。他是学文学专业的，是亿利的笔杆子，这期间写了几首歌词，反映企业治沙和扶贫的业绩。之后到了七星湖旅游区，当了董事长兼总经理。亿利在扶贫领导小组的基础上设立亿利企业扶贫办公室，王文彪让郝亮舍做主任。

扶贫的业务，从库布其扩展到内蒙古其他沙漠区域及四川、云南、青海、新疆、西藏地区，在当地设立企业扶贫办公室。其重点和亮点选在了西藏山南，王文彪为了加强这里的工作，叫郝亮舍前往西藏督导。郝亮舍在这里陆续开展了一些务实的具体工作，主要是通过沙漠生态产业来拉动当地的扶贫。

山南有一个高海拔的村落，亿利集团投资一半，当地政府投资一半，40多户整体搬迁，在雅鲁藏布江北岸建了一个生态移民新村。他们的生态职业教育扶贫，主要对当地1000多名学生做培训，做生态职教生的培养，也进行资金上的救助。同时帮助当地老百姓发展养羊，修建牧羊基地，计划扩展到1万只羊，由他们提供种羊和母羊，提供专业养殖人员和技术，从养护、管理、防疫到销售一条龙服务。他们租用老百姓的地，组建民工队到生态产业区来打工，做苗圃产业的扶贫。让老百姓就近就业，实现一边打工一边脱贫。

　　扶贫办的编制是20多个人，因为大多数人藏汉语言不通，在西藏招了一部分当地人做翻译、搞培训，沟通起来比较容易。也招了一个贫困户的大学生、一个当地林业局退休下来的副局长，工作方便多了。

　　郝亮舍远在西藏山南工作，家安在鄂尔多斯的东胜。他一年到头回不了几次家，女儿上高三了，他这个做父亲的只能默默在心里牵挂，经常忍不住悄悄落泪。

　　多少亿利人总结了一下自己，不是一个好儿子，不是一个好父亲，不是一个好丈夫，不是一个好女婿，但都会努力成为一名亿利的好员工。

　　郝伟是库布其沙漠土生土长的"八〇后"，在亿利集团驻西藏那曲治沙基地任总经理。他毕业于内蒙古农业大学，随后分配到亿利沙产业集团下属的治沙项目部。他一直在那儿工作了六年，直到被调转到那曲的治沙基地。

　　这个基地的团队，包括厨师在内，总计12人，年龄最大的44岁，最小的26岁，11男1女。基地距那曲市十几公里，有车往来，还算方便。但是西藏这边的工作，比内蒙古那边的工作要艰苦得多，平均海拔4500米，含氧量只有50%。这里牦牛比较多，风光奇特，年轻人旅游一趟也许充满诗情画意，但要一年四季在这里扎根工作，一般意志薄弱的人是待不下去的，对每个人的生理和心理而言，都是一场严酷的考验。

有一年春天，基地的一个员工不小心得了肺水肿，因有生命危险，只好回到内地治疗休息。很多人都以为历此一劫，这个员工再也不会回来了，没承想，养好了病他又心甘情愿地回到了西藏。郝伟说，这是亿利员工的责任心使然，应该也与亿利集团对在西藏工作的人员加以特殊照顾有关，这里的每个人每年都被集体安排体检两次，且有特殊津贴。有一个健康的身体，才能承担异常艰巨的任务。

西藏是脱贫攻坚的桥头堡。近年来，亿利企业走进西藏拉萨、山南、那曲，走进贡嘎、扎囊、乃东、桑日，实施产业扶贫和高寒高海拔科技攻关项目，助力西藏脱贫攻坚与生态文明建设。亿利承接了科技部"典型脆弱生态修复与保护：青藏高原生态系统功能提升与适应性管理"重大科技攻关项目。在那曲市色尼区规划建设了总面积1000亩的苗圃基地，引种青海云杉、祁连圆柏、樟子松、沙地柏、藏川杨等16种树种，共计6万余株。

亿利生态修复股份公司迁入拉萨市城关镇后，依托植物种质资源、微生物菌库、土壤生物地理大数据和库布其30年生态修复积累的经验，结合"互联网+"和区块链以及智能决策模型技术，构建独特的生态修复智能决策支持系统，辅以无人机、机器人等智能实施手段，构建精准生态修复产业生态体系，以西藏为基地在全国开展生态科技服务。

在山南市贡嘎、扎囊、乃东、桑日四个县区雅江流域，实施高寒高海拔高科技苗圃和防沙护江产业扶贫项目。结合荒漠化防治和生态治理，实施万亩沙漠改造苗圃产业扶贫项目，培育高寒冷高海拔地区的原生态树种和差异化树种，治理雅江，治理沙漠。同时，通过市场化方式为荒漠化防治、山地造林和雅江流域治理提供树木种苗。与山南市政府合作，对山南雅江流域山坡沙梁地采取先治后补方式进行综合治理。对雅江边的河漫滩沙地，进行水生植物育苗试验示范，种植成功后按照 6:4 的比例与当地村集体分成。

由扎囊县政府和亿利集团共同投资建设的亿利新村，对一方水土养育不了一方人的高海拔的卓普村 40 户 200 余人进行整村移民搬迁。新村预算投资近 3000 万元，双方各投资 50%。这是亿利集团 2017 年山南扶贫第一个落地的重点项目，要将其建设成为集搬迁、旅游产业、生态保护和技能培训于一体的民俗旅游示范村。在亿利新村，专门投资建设了 200 平方米的培训室，利用农闲季节对村民进行就业技能培训。

按照"公司＋农牧户"的一整套产业扶贫管理机制和运营模式，帮助山南市发展标准化、规模化舍饲肉羊养殖，并与当地政府共同组建民工联队，在亿利的生态产业基地务工。扎囊县先后有 5 支藏族贫困户民工联队共 120 人在亿利的生态产业基地务工，工资共计 12.33 万元，平均单人日工资为 160 元，工作 8 小时，其中拿出 1 小时专门用于技能培训，实现了就近就便就业和一人务工、一户脱贫的目标。

西藏是世界的屋脊，更是发展生态产业的宝地。作为西藏生态产业发展的尖兵，亿利集团不遗余力投入到脱贫攻坚行列，共同建设美好的新西藏，创造幸福的新生活。

亿利集团从盐海子起步到库布其，到鄂尔多斯，到北京，治沙的同时开拓清洁能源，与扶贫并重，走向了北方至西北、西南荒漠化地带的广阔天地。

库布其模式遍地开花，方兴未艾。

## 3

犹如种下无数粒种子,库布其的治沙模式样本一旦发芽,新亿利的发展规模和前景将出人意料。独创的"平台+插头"理论以及"沙漠之狐"计划的出台,让人们不由得刮目相看。有人感叹道,读懂王文彪很难,跟上王文彪创新的步子更难。

2016年1月12日,北京。

这个看似寻常的日子,也由此成为亿利发展史上承前启后的里程碑,让亿利人铭心记忆。当天,亿利资源战略年会召开,王文彪发表演讲。按照惯例,这是亿利人一年一度最为期待的时刻。他们明白,讲话里既有企业未来发展的航向,也凝结着亿利与时俱进的企业文化、发展理念、价值认同。

和以往相同的是,激情四射的演讲犹如一座正能量火山,很快点燃了全场激情,引发阵阵掌声。和以往不同的是,王文彪宣布了一个让很多人大感意外的决定。这个决定,乍一听颇违背常规,细琢磨,却蕴含着集团决策层洞察时势的战略谋划。就在人们期待亿利集团成为行业航母之时,王文彪却提出了跨越式的决定,即实施"平台+插头"发展模式。

只有深谙企业发展之道、心怀员工共同利益的领军者,才能明白这其中大与小的辩证法,企业化一为百,看似由大变小了,但发展的后劲与动力壮大了,全体亿利人施展才能的舞台与空间也更大了。

这样做有助于解决常见的大企业病,让有能力的人得到证明自己的机会,施展拳脚大干一场;让能赚钱的人有了和集团平等谈判的渠道,满怀心气地去赚更多钱;让原本叠床架屋的机构扁平化、高效化,全部站上第一线,成为直接面对客户的战斗序列。

这一切,皆源自王文彪独创的"平台+插头"理论。一面静候梧桐引得凤凰来,一面敞开门户主动出击。王文彪面向海内外广发英雄帖,招募全球最强合伙人加盟。"平台＋插头",壮大出上百个精干高效的小亿利,亿利集团的战略布局自此进一步向行业高端跃升。这已不是王文彪的第一次另辟蹊径之举了。翻看亿利集团发展史,王文彪的每一次重大决策,都会让人眼前一亮。犹如一场音乐会到了高潮时刻,在战略年会现场,激荡人心的一幕伴着如潮掌声上演。百名小亿利CEO向王文彪递交经营契约书,并郑重地接过了任命书。

绿风已起,绿帆正扬。亿利平台再造的标志性时刻,由此写入企业史册。站上新起点,亿利集团将在绿金融、绿能源、生态城、绿土地、绿健康五大事业群的集中发力下,在上百家小亿利同心协力的巨大牵引下,通向一个创造奇迹的全新征程。

那时,亿利集团从事沙漠治理28年,市值竟然达到千亿元,是真的吗?

面对质疑,有学者著文告诉你背后的真相:公益是一种信念,它承载着前行的动力。当一家企业将公益心融入到所干事业的血脉中,便会点燃整个企业员工内心最崇高的信仰,并迸发出无比庞大的力量。无论他是默默奉献数载的集团大公司,还是籍籍无名的创业小企业,都值得每个人去敬重。企业在功成名就后拿出钱来做公益、做慈善,无论钱多钱少,都应该由衷地表示赞赏。不能片面地站在道德的制高点,去对无心做公益的企业做评判。但从创立之初就将造福人类的公益信念融入进去,并持续不变地前行,不得不让人油然而生敬意。

亿利集团做的事情是造福全人类,但并非不赚钱,相反却财富惊人。亿利集团是联合国授予的全球治沙领导者企业。创业以来,围绕从沙漠到城市生态环境修复,实施了"绿土地、绿能源、绿金融＋互联网"的亿利生态圈商业模式,协同推进土地、空气及生态环境修复产业。因此,利用庞大的生态产业系统积累了惊人的财富，这也是亿利能同步实现治沙、扶贫和企业收益的根本原因。

王文彪自信地说："大自然是厚道的，你对它好，它就会给你惊人的回报。老百姓也是善良的，他们有了工作，有了楼房，不再贫困，那他们也会跟着你一起为更多的人造福。"

## 4

在持续的治沙实践中，鄂尔多斯人想到了沙产业。在沙产业的起步与发展进程中，很多企业家都深受钱学森理论的影响，东达蒙古王集团的赵永亮也是如此。十几年来，赵永亮亦以钱氏理论为指导，建成了一个行之有效的沙产业链条。

这个链条源起于沙柳。

作为典型的沙生灌木，沙柳是一种非常有趣的植物。它具有著名的"五不死"特性，即"干旱旱不死、水涝淹不死、牛羊啃不死、刀斧砍不死、沙土埋不死"。只要还尚存一点点根系，待雁来春暖，它就总能起死回生，凤凰涅槃般再度萌枝绽叶。其中末一条最神奇，沙子埋得越厉害，沙柳就长得越旺实，只要沙埋不超过树冠，它就会在沙里迅速衍生出许多不定根和不定芽，继而长成新的根系和枝条。用不了多久，那繁复交错的根系能把陆续埋过来的沙子紧紧盘牢，最终形成一个高大的沙柳沙丘，固沙效果特别突出。

也因此，沙柳成了赵永亮认定的首选治沙植物。当年达拉特旗政府领导在考察过东达的沙柳种植基地之后，还把沙柳带入了"三北"防护林带，效果很好。

单纯的沙柳种植是投入，一味地只种不用，就是长久的投入，谁都难以维持，况且在赵永亮看来，"治沙不用沙，就是大傻瓜"，于是他在沙柳的运用上动开了脑筋。这就涉及了沙柳的另一个同样著名的特点——平茬。简单却不失形象地说，沙柳就像韭菜似的，割了这茬，还会再长出下一茬，你一茬茬地割，它就一茬茬地长，且越长越壮实。要说区别，仅在于韭菜一年割几茬，沙柳通常三五年割一茬即可，要给它留下充足的长高长壮的时间。

库布其人将沙柳的这种特性称为"平茬复壮"，其中的"平茬"就是指在适当时机将沙柳贴根割掉，只留3厘米左右即可。那也就意味着沙柳不怕采割，事实是若几年不割，它反倒长得不那么活泼了，若是长久不割，它还会生虫、枯梢，甚至死亡。

赵永亮的沙产业链条就围绕着沙柳渐次形成了，其运转很有特色。

首先种植沙柳，沙柳"平茬复壮"的特点使之货源充足。拿它的稚枝嫩叶做饲料，粗枝做板材。做板材过程中产生的沙柳下脚料拿来做菌棒，养殖香菇、木质菌。木质菌用的是木质素，木质素提出以后，还留下好多蛋白质、纤维，通过高温灭菌，就可加工成蛋白饲料，用来喂养獭兔。獭兔的肉可食，皮毛可做服装，血可喂貂，粪便可做肥料改造沙漠……这么转了一圈，就生成了以沙柳种植基地、獭兔养殖基地、沙柳刨花板厂、饲料加工厂、獭兔皮加工厂、食品（兔肉）加工厂、貂狐养殖场、皮草复合服装厂、光伏发电厂等多项业态为内容的一个循环式产业链条。

这个链条环环相扣，良性运转，产品已辐射到多个国家，有效解决了生态效益向经济效益转化的实际问题，既使企业拥有了可持续发展的空间，更使之具备了规模治沙的能力以及动力。尤其令人满意的是，过程中还将这样的能力与动力相当迅速地带给了沙区群众。

据不完全统计，单是起步初期的2006年，东达蒙古王集团就从当地农牧民手里购买了3600万元的沙柳，支付运输费1800万元，使3万多户农牧民共12万多人受益。由于集团的订单不断，还有力激发了沙区农牧民种植沙柳的热情，一举将"要我种"扭转为"我要种"，甚至把沙柳视为自己的"绿色银行"，以至处处呈现了自发栽植沙柳的喜人场面。

截至2018年底，东达蒙古王集团的沙柳种植基地里植有沙柳21万亩，福源泉实验基地有5万亩，中和西镇有8万亩，与农牧民对接300万亩，预计最终将辐射带动1000多万亩。这无疑有效扩大了库布其沙漠的治理范围，并积极推动了这一进程。

这个沙产业链条完全符合钱学森对沙产业提出的"多用光，少用水，新技术，高效益"的12字方针，钱老在致赵永亮的复信中也对此表示了肯定，他说："……看到了你们的材料，我认为东达蒙古王集团是在从事一项伟大的事业——将林、草、沙三业结合起来，开创我国西北沙区21世纪的大农业，而且实现了农工贸一体化的产业链，表示祝贺，并预祝你们今后取得更大的成就！"

一直扶助构建这条沙产业链条的达拉特旗政府，同样认为东达蒙古王集团开创了一个"生态移民，产业扶贫"的新模式，即"上一个项目，带一流产业，兴一地经济，富一方百姓"，进而使这个沙产业链条的基地——风水梁，由过去的一个不毛之地，蜕变成了一座集产业化、生态化、科技化于一体的城镇型绿色新村。2016年，通过达拉特旗政府的申报，这个将近1万人的绿色小镇，已被国家升级为行政村，自此在中华人民共和国的版图上正式落了户扎了根，包括管委会、幼儿园、学校、医院等行政部门及生活必需设施也均已配置。

实际上风水梁就是紧密围绕着这个沙产业链条来打造的，人们的自发聚集也是以此为驱动力的，在沙漠治理及企业发展之外也收获了扶贫的硕果，而且是"造血"式扶贫。这条沙产业链的持续运转，实实在在地使很多人、很多家庭彻底脱贫了。风水梁的獭兔养殖基地中，现已入驻

3000多户养殖户，其中最小型的养殖户，年收入也在5万—8万元之间。

风水梁地处库布其沙漠的边缘，不具备发展传统农牧业的自然条件，养獭兔却再适宜不过了。据东达蒙古王集团宣传部长郭玉鬲介绍，獭兔这种小动物也挺娇贵的，放在别的地方养殖都不太理想。再往南去，温度嫌高，皮毛长不起来，拿到东北，又太冷了，皮毛长得过厚，会失了应有的柔韧性。即使是同一纬度（北纬38°）的其他区域，又可能过潮了，而獭兔最怕潮，潮了易生杂病，真菌一感染，皮毛就坏掉了。唯独风水梁的自然条件恰好适宜，冬季正好-20℃左右，夏季也特别干爽，獭兔的毛皮质量也就相对更好。当年对獭兔的择定，也是经历了一个千甄万选的过程。

这些年来，由沙柳所引发的沙产业链条，就这样在库布其沙漠里默默运转着，在使之春意渐浓的同时，也成了达拉特旗以至鄂尔多斯市新一轮的经济增长点。到21世纪的第一个十年，素有"灌木王国"之称的鄂尔多斯市的林沙产业已经跃居全国之首，其中沙柳的贡献就占了半壁江山。

沙柳，原来不过是沙区农牧民的灶中烧柴或者编筐材料。眼下，则已被称为"大漠女神"以及"沙漠卫士"，人人都在下大力用狠词来讴歌它在沙漠治理中所发挥的巨大作用，甚至还可再给沙柳添上一顶桂冠——"开路先锋"。

实际上，凡是被沙柳的根系紧紧抓牢的沙丘，都会慢慢地趋于稳定，如果后续沙源也适时地渐渐减少了，那么这个沙丘就会长久地固定下来。到那个时候，其他没有沙柳那么坚挺的沙生植物，就得到了渗入的机缘，于是大量滋生，瞬间繁茂。

此时的沙柳，就会渐渐退出这个沙丘，似乎失去了与之奋战多年的对象，令它颇觉无趣，也好像在高风亮节地为其他沙生植物腾出更大的空间，让出更多的水分。如果这个时候你削平了沙丘，过不了几年，那一带就会形成一片如茵的绿地，可以放牧，也可以种树、种药材、种庄稼……不过沙柳并不会走远，在另一处尚未固定的沙丘上，你仍会找到它的身影，也会发现它与另一个流动沙丘的一场鏖战，已经打响了。

5

2018年8月16日，库布其30年治沙成果评定会在鄂尔多斯市杭锦旗召开，一份《中国西北地区种质资源库报告》被递交到评定会专家手中，并顺利通过评定。

三年前，在保护、引进、驯化、开发沙漠种质资源的基础上，王文彪带领亿利集团建成了中国西部最大的沙生灌木及珍稀濒危植物种质资源库，保护和培育了200多种耐寒、耐旱、耐盐碱的种质资源。千余种沙生植物种质，在库布其大漠完美封存。这些沙漠种质资源，成为亿利从事生态修复产业的核心竞争力。

种质，是指生物体亲代传递给子代的遗传物质总称，决定着生物遗传性状。世界农业和生物技术的发展，人类生存环境的改善和生活质量的提高，都依赖于种质资源。利用植物遗传资源有目的地改良植物的性状与品质，可为人类解决粮食、健康和环境等问题提供有力保障。因此，种质资源负载高度的遗传多样性，是重大的基础战略资源，具有经济、生态、社会、文化等多种重要功能和意义。实现人工仿生自然生命现象，就目前人类的科技水平而言，绝非易事，因此，针对载体材料性质而选择适宜的方式将物种遗传信息有效保存起来，是实现长期利用的基础和保障。

沙漠造就了神奇的物种，却又将它们推向灭绝的边缘。沙生植物分布区普遍面积小，很少群居。由于植株稀少、繁殖能力很弱、特殊生存环境被破坏等原因，我国西北地区很多沙生植物的植株持续减少甚至濒临灭绝，而为这些珍稀植物乃至所有物种量身打造一个种质资源库，势在必行。

在库布其大漠腹地的亿利种质资源库里，是一些比黄金还要珍贵的植物种子。资源库的组培室里，一罐罐四合木的组培苗青嫩、茁壮，充满活力。在低温冷藏库中，千余种西北地区植物种子被完美封存，蓄势待发。

王文彪对此达到了痴迷的程度。他与资源库研发工程师王黎元在一起，从自然起源讲到中外多元文化，企业家与植物学家在这方面可谓惺惺相惜。二人属于性格、志趣、境遇大致相同的有才能的人，互相爱护、同情、支持，也互相仰慕与欣赏。

从这个角度来看，沙漠中的植物很了不起，它在进化中需要怎样一种生生不息的精神，才能出现在今人的眼前。就像树木花草，各有特性，各显风采。尤其像一类叫百日花的植物，在环境比较优良、水分比较丰富的地方反而活不下去，就适宜生长在恶劣的自然环境中。人如草木，也是这个道理。

搞了一辈子植物学，王黎元很荣幸看到这些植物。他告诉王文彪，在鄂尔多斯高原或盆地，远古的植物在七八千万年前就在这儿生存，它们一代代繁衍进化，一直活到了现在，这是多么神奇的事情。这些远古植物，在鄂尔多斯地区分布最为集中，这是国内最有特色的地区之一。杭锦旗处在这个自然保护区的边缘，有些植物分布在库布其沙漠，走到一二百公里的腹地就能看见。它们和人类一样，抗击风沙，与自然相处，繁衍生息下来。当地的蒸发量远远大于降雨量，它们还能存活，有盐碱，它们也照常生长。

## 春归库布其

王黎元经常蹲在这些从远古进化而来的稀有植物面前,就是不忍心采摘它们的花朵、叶片和根须。小苗子非常可爱,似乎有灵性。他就挺奇怪,在这样贫瘠的土壤里,小苗木那么弱小,一点点长,能发芽开花,太令人感慨了。经过治理后的沙漠降水量逐渐地增加了,对于这些植物来说,某种程度上是好事,超过一定限度也不一定是好事,因为它会催生一种新的物种,把现在的物种吃掉。人们从情感上不愿意看到某种物种在自然进化中消失,感到很可惜。

但从宏观宇宙来说,自古以来都是这样,从那个小行星把地球撞歪了的时候开始,这个地方的环境条件就这样改变了,所有植物的种类就改变了。就保存种质资源基因来说,也可能有欠合适的一面。做种质基因库,从现在可以应用这个角度讲是有好处的。从长久来看,整个气候转暖是不以人的意志为转移的,自然法则是变化的。

在亿利资源库,王黎元拿着一瓶阿拉善脓疮草的种子给客人介绍说,种质资源库不光是一个保存种子的地方,还会根据对种子检测的变化进行更新,这里最长的保存年限可达50年。保存,只是资源库的保护手段之一,此外还有在原地对植物的直接保护、对植物进行移植的迁地保护、对珍稀物种的组培等多种方式。国产郁金香种球质量较差、产量低,难以满足郁金香花卉生产的需要。资源库通过国外引种,进一步选择适生区域和优良品种,通过更为科学的种球繁育方法,正在逐步解决这一产业发展难题。

王文彪认为,建立沙生和濒危植物种质资源库,对我国濒危植物的保护繁衍、对人们所生活的环境中生物多样性和生态链的平衡具有重要意义。生物经济时代的竞争,一是技术,二是资源,每一份基因研究成果都有着极大的科学意义和经济价值。在观赏花卉的引种筛选方面,亿利种质资源库联合科研机构对加拿大寒冷地区16种秋播花草进行了引种,有 7 种已经可以直接用于城市园林绿化。

## 6

随着生态旅游全域化时代的到来，客人们到了鄂尔多斯库布其沙漠，一定不会放过品尝当地特色美食的机会，以饱口福。

到了这里，不喝蒙古酸奶是会遗憾的。酒肉之后，喝杯蒙古酸奶，冰凉开胃，浑身每个毛孔都感到清爽。在沙漠牧民新村，一个木桶装着酸奶，一碗金黄的炒米，一小碗白砂糖，一盘蒙古馓子，可以根据自己喜好任意调制食用。

黄河鲤鱼，自古就有"岂其食鱼，必河之鲤""洛鲤伊鲂，贵如牛羊"之说，为食之上品。库布其独贵和七星湖的黄河鲤鱼，鳞片金黄色，背部稍暗，腹部淡白，体形梭长，背鳍臀鳍有硬刺，体长与体高皆有考究。在牧民新村的大漠人家，有孜然羊肉，夹一筷子放进嘴里，满口的羊肉香，一直浸润到肺腑，丝毫不膻。腌制沙葱，色泽深绿，质地脆嫩，辛而不辣，口感清爽，是煲制营养汤、佐餐下酒的佳品。凉拌的沙芥，酸甜适中，是菜品中的点缀。

蒙古族人与汉族人相互影响，库布其人大都能饮酒。每人面前一个玻璃酒壶和一个小酒盅，这样似乎容易计量，你的玻璃酒壶倒完了再添满。这里不猜枚，但一样要敬酒，敬天、敬地、敬祖先，敬远方来的朋友。

走进种植大棚，简陋的桌上摆着大西瓜，切开后捧上一块给你。棚里还有西红柿、葡萄，不打农药，摘下来就可以吃。

鸡蛋是常见的食材，当主人端上一大盘炒鸡蛋，你迫不及待夹一筷子塞进嘴里，就是这种味道，真正的鸡蛋的原汁原味。在这里，可以尝到库布其豆腐、西红柿的老味道。

来自都市的游客，大都有喜欢养花或种盆景的嗜好，在阳台或室内用花草点缀钢筋水泥簇拥的生活空间，与大自然亲密接触。来到库布其，步入沙漠植物园和种质实验大厅，才觉得自己孤陋寡闻，不看说明牌子便认不出几种植物的名称。自以为见多识广的你，在这里一下子成了植物盲，你会惊讶：库布其竟然有这么繁多的草木标本！在这个沙漠植物大家族里，居然有这么多五花八门、光怪陆离的品种，各自呈现出五光十色的生命现象。

王文彪熟识沙漠中的多种植物，会如数家珍地向客人介绍几十种植物的特性。诸如什么是胡杨、绵刺、半日花、沙冬青、四合木、霸王、梭梭、柽柳、沙地柏、樟子松、旱柳、沙拐枣、羊柴等，它们是什么科，如何耐寒、耐旱、耐贫瘠、抗风沙；哪种草木全株入药，能活血调经；哪种植物主治咽喉肿痛、高血压、血热头痛、脉热；哪种是防风固沙、保持水土、涵养水源、建立灌木草场的理想树种，他都会讲得头头是道，饶有情趣。

在他看来，沙樱、鞑靼忍冬、接骨木、蒙古莸、苦水玫瑰、蓣核、沙木蓼、醉鱼草等都具有神奇的生命状态。每种植物都有不同的繁衍故事，有各自的心性，和每个人一样有自己的色彩和命运。

亿利集团在内蒙古的治沙成果和经验所形成的中国库布其模式和样本，在生态文明建设的时势下顺风顺水，不胫而走，在大踏步走向全国，走向广阔的世界。

# 守望

|第十章|

为了人类命运共同守护地球家园。
库布其生态治理模式走进了非洲，

1

2013年9月，在纳米比亚首都温得和克召开的联合国防治荒漠化公约组织第十一次缔约方大会，对王文彪和库布其国际沙漠论坛来说，都是个大事件。在热烈的掌声中，王文彪迈着坚定的步伐走上全球瞩目的颁奖台，从联合国防治荒漠化公约组织执行秘书长吕克·尼亚卡贾手中，庄重地接过"全球治沙领导者"奖牌与证书。

王文彪面带微笑，充满自信地扬了扬手中的奖牌，略一沉吟，说道："很想把这块奖牌献给与我不离不弃、一起坚持治沙事业的6000多名亿利治沙人，也很想献给我年迈的母亲，因为她为了我的治沙事业担心了几十年。我更想把这块奖牌献给我的祖国，这个古老的国度有个年轻的中国梦，那就是习近平主席提出的'既要金山银山，也要绿水青山'，这就是我们治沙人的中国梦。"

也正是在这次会议上，库布其国际沙漠论坛被作为实现全球防治荒漠化公约战略目标的重要手段和平台，写入了大会报告。这是自1971年中华人民共和国重返联合国以来，在环境与发展方面，首次有中国的创新举措写入联合国决议。时任联合国秘书长潘基文对它的评价是："库布其沙漠论坛是分享科学技术政策、制度创新、地区与国际合作，以及政司协作经验的一个宝贵契机，同时也是促进土地可持续管理与实现全民有尊严生活所需的一个认知过程。"

2017年7月29日，库布其沙漠美丽的七星湖畔，第六届库布其国际沙漠论坛开幕。会议的级别之高、嘉宾阵容之豪华，让人咋舌。

中国国家主席习近平向大会发来贺信。中共中央政治局委员、国务院副总理马凯在开幕式上发表主旨演讲。联合国副秘书长兼联合国环境规划署执行主任埃里克·索尔海姆，多个国家的前任领导人，数十个国家和地区的政府官员、科学家、企业家济济一堂。国际社会对这次会议投注的热烈目光，既来自于对荒漠化这一世界难题的关注与焦虑，同时也来自于王文彪和亿利集团对库布其沙漠治理的成功实践，人们希望从中国智慧里寻找到破解问题之道。

第六届以及此前的每一届论坛，都有与时俱进的主题和实质性内容，并且会签署一份《库布其国际沙漠论坛宣言》，从中可以很清楚地感受到世界各地共同防治荒漠化的决心、信心，同时也能够看到中国政府治理荒漠化的经验越来越具有全球意义。

一年一度秋风劲，金色的风吹过美丽的鄂尔多斯高原。

就在第六届库布其国际沙漠论坛举办一个多月后，2017年9月6日，联合国防治荒漠化公约组织第十三次缔约方大会在中国内蒙古自治区鄂尔多斯市开幕。来自196个缔约方的政府部长级代表团、相关国际组织及国内外媒体约4000人从世界各地前来参会，共商全球防治荒漠化大计。库布其防沙治沙的成功实践，被写入190多个国家代表共同起草的《鄂尔多斯宣言》，被认为值得世界借鉴。联合国防治荒漠化公约组织秘书处执行秘书莫妮卡·巴布说：中国在荒漠化防治领域取得了举世瞩目的成就。

也许，此时的都市年轻男女正在享受一杯香浓咖啡，或与朋友在空调房中品尝精致菜肴，他们无法想象受影响人群的贫穷窘迫与无助，可能觉得森林减少和土地荒漠化跟他们毫无干系。但是，这种危机很有可能会和雾霾、酸雨、水污染等生态危机一样，在某一天突然降临到每一个人的身边。

而参与这次大会的每一个人则深切地意识到了时不我待的紧迫，也由衷地产生了舍我其谁的豪情。会议期间，面对日益严重的生态环保问题，中国鄂尔多斯库布其的王文彪站在前列，一批中国企业家义不容辞地承担起时代的责任，彰显中国企业的担当，发起"绿聚人"活动，邀请百名青年企业家支持中国承办大会,支持生态环保,发起《全球防治荒漠化青年倡议》。

## 2

作为政治、经济、科技议题的荒漠化是令人忧心焦虑的,是严肃的,是冷冰冰的;而作为一种自然景观的荒漠化则是富于文学色彩的,特别是作为人的精神与意志体现的防治荒漠化,更是鲜活的,充满温度的。因此,在回顾历届论坛的时候,我们就会发现很多有趣的细节,这些严肃的官员和学者所描绘的库布其之旅是带着相当浓重的感情色彩的。

2013年8月2日,联合国副秘书长阿·施泰纳第一次踏上库布其这块土地,他说自己"不由自主瞪大了眼睛","几天的参观、实地考察,所有的来宾,包括那些心中原本充满怀疑者,都不得不心服口服。在世界很多地方,把沙漠变绿洲还只是停留在口号上,而在中国库布其,已经变成了抬眼可见、触手可及的现实"。

这其中,第四届库布其国际沙漠论坛的一次官员、作家与企业家的三方对谈更为精彩。

也许是因为诺贝尔文学奖得主莫言的到来,这场对谈充满了文学色彩和魅力。

莫言眼中的沙漠是壮美、充满神秘感、难以捉摸的:"年轻的时候,看过电影、纪录片,对沙漠只有笼统的印象。第一次近距离接触沙漠,因为当时没有风,沙漠静悄悄的,感觉很美。""但回到现实,看到与荒漠化有关的数字和镜头,才感觉到沙漠发起脾气来也是很恐怖。我在北京居住了很长时间,这两年感觉到来自北方的威胁,尤其是雾霾、沙尘,很痛苦。"

这一段对话，也让联合国防治荒漠化公约组织执行秘书长吕克回忆起了自己的家乡贝宁："在沙漠的南部，我们有一个叫哈默屯的地方，有很多的风，这个风来自沙漠，而且去年风暴越来越强了，很远就能看到沙漠。家乡的孩子也像我当年一样，对沙尘暴充满了恐惧和担心。"

联合国"里约+20"峰会秘书长沙祖康则拿自己的姓氏打趣："沙子大家都知道，缺少水所造成的。所以我生来是与沙有缘分的。荒漠化让很多城市和文明的古城消失了，本来是风吹草低见牛羊的地方，变成现在的荒漠地。我觉得这是人类的灾难，它本来是可以避免的，但是发生了。看到一望无际的沙漠，我心情很沉重，马上联想到的是，如果不努力制止沙漠化，就离世界末日不远了。"

"为什么居住的城市上空的雾霾越来越多了，天空的蓝色越来越少了？当我们今天看到荒漠化正在一步步吞噬地球的时候，很多人不知道地球的未来会怎么样，我们明天会怎么样。"

当话题越来越沉重的时候，王文彪却提供了一个积极乐观的视角："荒漠化不会永远让人类这么穷、这么苦，这不是一番空话。这是我通过二十几年在库布其治沙实践中得出的基本启示。我们大家现在每天通过科技手段要上到月球，下到海洋，找人类新的生存空间与家园。大家是不是觉得有点舍近求远呢？有一位上海姑娘为了上月球甚至提前好多年就买好票。一位中科院领导给我送了一个月球仪，我倒着看，翻过来看，怎么看都没有看到一株草、一点绿，我觉得上了月球，还得让月球绿，这样才具备人类生存条件。我觉得不管有没有沙漠的地区，都应该把沙漠当作人类共有的一份财富、有价值的资源去利用、改善。我想我们的明天会更美好。"

王文彪还以胡杨做了一个比喻："库布其沙漠成功引种了胡杨树，我们通过它看到另外一个希望，这叫以林造林。一棵胡杨树，两三年生出儿子、孙子，大概有几十棵小胡杨树出来。这就是中国的实践。"

由此，王文彪说到了自己的母亲："我出生在距离沙漠十几公里的地方，可想而知环境多么糟糕。治沙是我妈的心病，从1988年开始，我只要有时间就陪我妈吃饭、聊天，她每次见到我的第一个问题就是沙漠治理你究竟花了多少钱？究竟治好了没有？1998年的时候，我陪着她去看了一次沙漠，她看完讲了三个字：放心了。"

对"母亲"一词，莫言深受触动，因为在诺贝尔文学奖颁奖典礼上，母亲也是他演讲的重要内容。"尽管我的故乡在山东，那个地方没有沙漠，但是有盐碱地。这个盐碱地治理难度比沙漠小一点，但是也是很不容易的。当年我们有很多人闯关东了，因为土地太贫瘠，生活太困难。我想无论多么贫瘠的土地，正如我们老家流行的那句话：生出不嫌地面苦。刚才王文彪先生的母亲的故事和治沙的故事，跟我的母亲，以及很多人的母亲，对生活的一些看法、想法、做法，实际上是一脉相承的。"

王文彪说："我没想那么多，我就想着怎么让地方变好，怎么让沙漠里绿色更多一些，让小时候的梦想能够逐步实现。当然治理沙漠需要愚公移山精神，我觉得要坚持、坚守、坚韧，这是做这项事业很重要的一点。再说到全球化，土地是我们万物之本，是人类共有的母亲，中国也好，全球也罢，人口每天都在增加，对土地的需求，无论是农业、工业，也在逐年增加。那么我们的土地空间在哪里？我觉得这是一个战略空间问题，对每一个老百姓来说也是很现实的一件事情。"

莫言说："沙漠里种树不那么轻松，死了就活不了，王总的种树技术发明创造确实是一笔宝贵财富，这会让多少沙漠变成绿洲啊！多少年来我们花了多少钱，人类治理沙漠也必须是一种科技的治理。科技的含量越高，治理就越好。说一个梦想：有朝一日人类确实需要移民到别的星球上，库布其沙漠的这种治理荒漠的经验，没准还能派上用场。"

他随后又补充说，这不是魔幻，这是现实。

## 3

以治沙起家，又以治沙赢得国际赞誉的王文彪已经不是一个完全意义上的企业家了，他有了更多的社会责任感和使命感。不仅在库布其国际沙漠论坛上，几乎在每一个重要的场合，王文彪都不会错过宣传中国治理荒漠经验的机会。

2014年11月13日，王文彪出席在澳大利亚悉尼召开的第六届世界公园大会，被联合国世界自然保护联盟授予"世界公园大使"称号。作为中国的企业代表，王文彪与马达加斯加总统、刚果总统以及世界自然保护联盟总干事等政要和科学家，在世界公园大会领袖对话上，共同探讨了世界自然资源保护与平衡发展等重要议题。

2015年12月16日，在巴黎召开的世界气候大会上，联合国向全球发布中国亿利集团创造的沙漠生态财富成果。在接受《环球邮报》记者专访时，王文彪说，亿利集团代表了中国企业践行习近平总书记提出的"绿水青山就是金山银山"的切实行动。世界的荒漠化土地占地球陆地总面积的四分之一，多么可怕。今天看，哪里有沙漠哪里最穷，包括中国。中国最不发达的地区就是西部，西部最不发达的地区就是沙漠化地区，非洲最穷的地方就是沙漠地区。中东有石油，有一天石油采完了，那就是最穷的地方。联合国防治荒漠化公约组织秘书长巴布女士给出的资料显示，有专家研究指出，每修复5亿公顷的退化土地，就能吸收全球化石能源燃烧产生的碳排放总量的三分之一。全世界都在关注化石能源对气候的影响，关注生态碳汇，应该明确沙漠和气候的关系。

王文彪说，库布其模式的内涵，是实现生态、产业、民生协调发展。

沙漠不绿化不可能有产业，就不可能让当地百姓摆脱贫困。澳大利亚有一位部长来库布其考察，他问到降雨量。显著增加的降雨量哪来的？这不是天上长出来的，而是地下长出来的。变成草原森林，降雨量自然会增大。我们有四句话：第一是向上要人，第二是向天要雨，第三是向光要电，第四是变沙为宝。这位部长为了请我去改造澳大利亚的沙漠，让我取了一个中文名，他说他是我的兄弟，我叫王文彪，我就给他起名王文虎，因为中文"彪"和"虎"差了三撇。

王文彪是很有魅力的讲述者，一席话让人大感兴趣，也想去库布其看一看。王文彪说，7、8、9月去看沙漠，很壮观。

## 4

2018年10月24日下午，大型电视访谈《两山路上看变迁，绿色中国十人谈》"三北篇"在北京举行。这是一场有关宣传纪念"三北"防护林工程建设40周年的对话，也是一场"绿水青山就是金山银山"实现路径的深刻探讨，对我国大部分区域的生态建设具有借鉴意义。

访谈节目中，王文彪分享了亿利30年三代人坚守库布其、建设北方生态屏障的艰辛历程。40年前，党中央、国务院从中华民族生存与发展的长远大计出发，在邓小平等中央领导同志的关注下，决定建设西北、华北、东北防护林体系工程，中国生态建设开启了历史新纪元。中国科学院对"三北"防护林工程建设40年综合评价结果显示：40年工程建设累计完成造林保存面积3014.3万公顷，工程区森林覆盖率由1977年的5.05%提高到13.57%，活立木蓄积量由7.2亿立方米提高到33.3亿立方米，区域生态环境发生了显著变化，发挥出日益显著的生态、经济、社会效益，在国内外产生了广泛而深远的影响，展现了中国政府应对气候变化的负责任大国形象。

人民力量凝聚的"三北"防护林工程，为实现美丽中国汇聚了精神财富，涌现了一大批以王文彪、牛玉琴、石光银、石述柱、殷玉珍等为代表的英雄模范，培育了山西右玉、陕西延安、内蒙古通辽、黑龙江齐齐哈尔、新疆阿克苏柯柯牙等一大批先进典型，成为我国推进生态文明建设的强大精神动力。

牛玉琴，当年还是个手无缚鸡之力的小姑娘，却用驴驮、肩扛、手挖，硬是顶着狂沙，带领村民种下2700万棵树，把7300公顷黄沙变成了绿洲，把风沙逼退了10公里。

石光银，用84只羊换来3000亩黄沙的绿化，历尽挫败不气馁，坚守30年，治理了30万亩荒沙，种下4000万株树木，把沙漠变成了良田。

长城脚下的山西右玉县委60多年一任接着一任干，带领人民群众治沙造林，旧貌换新颜。扎根还是搬离？第一任县委书记张荣怀交了一张令人满意的答卷。如今林木覆盖率已达54%，近2000平方公里荒芜的塞上高原奇迹般变成了绿色海洋。

## 5

人与植物，有着同样的基因。有种子，就有生命。是生命的基因潜藏在种子里，一旦有土壤、空气、阳光和水，它就会萌芽、出叶、开出鲜艳的花朵、结出美丽的果实，一代一代，永不泯灭。

库布其沙漠治理在遇到困境时，是退是进，王文彪曾经举棋不定。直到2012年11月党的十八大报告提出，要把生态文明建设放到更重要的位置，他敏锐地捕捉到了这一政策信号。之后回忆起来时，他笑称，在距离成功的最后5公里，差点半途而废，无功而返。

如今，亿利生态产业仿佛轻舟已过万重山，库布其沙漠治理速度正以一年超过以往五年的幅度向前迈进。

曾经，鄂尔多斯在全国率先推行禁休轮牧政策，牧民敖特更花为了放羊只能和政府打起了游击战，白天不让放就晚上放。经过一番车轮战，敖特更花败下阵来，一赌气把自家的260只羊全卖了，拿着卖羊的6万元，她却放声大哭。那一刻，她同样不知道今后的路该怎么走。之后，以种树为生的敖特更花，握着库布其生态产业的名片，带着队伍，把树种到了内蒙古之外的新疆、西藏等地，从危机中在生态领域重新找到了创业的机会。

亿利生态大数据公司总裁胡晓专，带领团队快速研发互联网植树的新产品，得到了国家绿委和绿化基金会的认可。胡晓专以前不敢想的事，亿利人一个月就能干成。这话听起来很夸张，事实就是亿利人在大规模国土绿化行动中争分夺秒，昔日在沙里用汗水种树，今时用智慧点绿荒沙，用互联网凝聚中国更大规模的绿色力量。

2018年6月29日，库布其30年治沙成果总结暨服务"一带一路"绿色经济推进会如期举行。中国林业科学院、中国治沙暨沙业学会、内蒙古农业大学联合发布《亿利库布其三十年治沙成果报告》。报告指出，库布其沙漠综合治理达910万亩，使10多万沙区民众受益。翔实的数据说明，库布其治沙对降低京津地区风沙灾害产生了积极影响。

会上，举行了库布其模式走向"一带一路"启动仪式，发布了路线图，宣布共同组建工作组推动生态项目合作、开展培训工作，进一步落实"一带一路"沙漠绿色经济创新中心工作。

联合国副秘书长兼联合国环境规划署执行主任埃里克·索尔海姆在发言中提到，习近平主席的"绿水青山就是金山银山""美丽中国""生态文明"这三个思想，在库布其模式当中都得到了反映，库布其沙漠30年的治理是一个奇迹。

来自中国各级政府、学术界、企业界、金融界以及"一带一路"沿线国家的多位代表，分享了对库布其治沙的认知与期待。库布其模式的贡献，在于为全球涉及10多亿人口的荒漠化地区的和平、绿色和可持续发展树立了榜样，提供了治本良策，也给周边沙漠地域的治理带来了信心与希望。

## 6

2018年9月13日，福布斯中国发布了中国荒漠化治理绿色企业榜。

这份榜单，是向在荒漠化生态治理中作出积极贡献的中国企业致敬。在全部11家上榜企业中，内蒙古企业占据了7席，彰显了内蒙古在全国防治荒漠化工作中的重要地位，其中亿利集团荣登榜首。

长期以来，中国高度重视荒漠化防治工作，在全球率先实现了从沙进人退到人进沙退的转变。近五年来，内蒙古自治区完成造林面积4890万亩，占全国同期造林总面积的十分之一，防沙治沙面积7100万亩，占全国同期防沙治沙总面积的40%以上，防治面积持续位列全国第一，在中国北方建设起重要的生态安全屏障的作用。

福布斯中国荒漠化治理绿色企业榜上榜的11家公司，在2013—2017年间，荒漠化治理面积均超过万亩。这些上榜企业以自己的研发机构、示范基地为支撑平台，通过开展与科研机构、高校和其他企业的广泛合作，在推进自身健康发展的同时，通过规模化投入及各种举措和行动，形成以产业带动治沙、以治沙促进产业良性互动的发展机制，并着力改善沙区生态环境，实施生态扶民、生态富民、生态惠民工程。

2018年9月8日，北京。

这天一大早，王文彪在北京亿利集团总部，会见了来华出席中非合作论坛北京峰会的尼日利亚总统布哈里，尼日利亚邀请亿利集团合作，进行荒漠化防治和新能源开发。

非洲大陆是荒漠化最严重的地区之一，生态环境脆弱严重制约着一些非洲国家的经济社会发展。治理沙漠是尼日利亚重要的国家战略。

之前，2017年6月，27名来自非洲的记者赴库布其沙漠考察，对库布其治沙的模式和成就赞叹不已。来自尼日利亚《领导者报》的奥贡西娜特别提到，尼日利亚需要学习中国的治沙理念。作为全球治沙领军企业，亿利集团已在埃塞俄比亚、肯尼亚、加纳等非洲沙漠国家推广生态大数据、无人机植树、机器人植树等高科技集成包，提供系统化的生态修复解决方案。

在这次中非合作论坛北京峰会开幕式上，中国国家主席习近平宣布，中国愿同非洲国家密切配合，未来三年和今后一段时间重点实施八大行动，其中包括实施绿色发展行动。中国决定同非洲重点加强在应对气候变化、海洋合作、荒漠化防治、野生动物和植物保护等方面的交流合作。

对于与尼日利亚的合作，王文彪表示，亿利集团愿意在"一带一路"倡议引领下，到尼日利亚开展治沙科研，以库布其模式带动西非乃至整个非洲地区的荒漠化防治。

同时，亿利集团丰富的沙漠生态光伏发电项目建设经验，与尼日利亚对电力的巨大需求十分契合。受天然气供应、输配电能力等因素影响，该国博尔诺等13个州的电力供应不足40%。为了缓解用电压力，尼日利亚农村电力局正在推进大规模以太阳能为主的替代型离网供电系统建设。

布哈里说，欢迎并希望亿利集团到尼日利亚开展治沙技术合作以及沙漠新能源产业的开发。亿利集团随即与尼日利亚伊莫州达成了荒漠治理等多项合作意向。作为全球治沙领军企业，亿利集团积极践行绿色发展行动。此次会见以及达成的相关意向，正是落实峰会重要倡议的务实举措。

一个月之后，从尼日利亚奥韦里传来好消息：中国亿利集团与尼日利亚伊莫州政府签署协议，双方将在沙漠治理、生态旅游和清洁能源等领域展开合作。

奥韦里位于尼日利亚南部，周围是重要的油棕产区，棕油、棕仁、可拉果等农产品的贸易和加工甚盛，也是著名的手工艺中心。

10月13日当天，王文彪乘机抵达伊莫州首府奥韦里，参加签约仪式。伊莫州州长罗查斯·奥科罗查说，他们拥有丰富的天然气资源，期待在未来双方的合作中，亿利集团能够发挥自身在生态治理和清洁能源方面的优势，切实帮助当地解决把资源转化成财富的问题。他们的最大问题就是电力短缺。长久以来他们一直期盼有人能帮助他们把天然气转化成电力，吸引企业入驻，从而改善地方经济和民众生活。

在此期间，王文彪乘机途经摩洛哥乌季达，与摩洛哥东部大区政府签署协议，双方就在该地区推广亿利集团库布其生态治沙模式达成合作意向。

摩洛哥东部大区议会主席阿卜丹比·比维在签约仪式上说，亿利集团在治理库布其沙漠中积累了丰富经验，为防治东部大区的沙漠化带来了新希望，也对非洲很多地区有借鉴意义。乌季达新市区围绕旧城发展，是繁华的农产品集散地，葡萄酒、柑橘、谷物、牲畜、阿尔法草的贸易甚盛，有食品、金属、木材加工、化学工厂和铁、铅、锌、煤等矿产。东部大区计划建设500公里的绿色防沙带，希望亿利集团参与。

根据中非合作论坛北京峰会的成果，为了帮助非洲实现联合国2030年可持续发展议程相关目标，中国企业积极走进非洲，参与治沙、生态修复及绿色能源等方面的合作。

从求生存、被动治沙，到谋发展、生态治沙，再到走出去、绿色共享，王文彪带领亿利集团在库布其与沙漠博弈，谱写了"绿水青山就是金山银山"的实践篇章。这是从中国鄂尔多斯高原吹来的风，一股温润的春风，将抚摸异国他乡的一片片沙漠，让那里长出连绵的绿色，彰显友谊的活力，焕发人与自然的生命价值。

# 结语

在我们创作此书的过程中，2018年7月，中央媒体联合采访团在位于鄂尔多斯市的库布其沙漠中进行了深入体验采访，8月前后，《人民日报》、新华社、中央电视台、《光明日报》、《科技日报》等各大媒体从不同角度对库布其创造的绿色奇迹、治理模式、科技创新成果、时代价值与深远意义进行了长篇报道。

这些报道我们都做了认真学习，对我们的创作很有启发。实际上，随着采访的深入，我们愈加惶恐，因为再优秀的作品也写不出那份真实的困顿艰难与百折不挠！

那些土生土长的"沙漠之子"，让只有1.86万平方公里的库布其沙漠成了中国绿色名片，引起世界瞩目，一度死寂的沙海，如今生机勃发，声名远扬。

实际上，库布其治沙的成功是由国家意志、国家行为、国家政策主导，社会力量积极参与、科技工作者不断探索、民间热情高涨的集体创作。党委政府政策性主导，企业产业化投资，农牧民市场化参与，科技持续化创新，四方力量缺一不可。这是国家、集体、团队、个人形成的齐心协力、千帆竞发的壮观景象；是党和国家的战略决策、顶层设计与人民群众的创造精神深度契合的结果；是打破公益性环保的传统观念，引入社会力量，形成社会多元投资生态建设的新思路、新格局的实践硕果；是自上而下、由下而上的共同发力，民众意志与国家工程的相互融合才取得了70年的治沙成果，为荒漠化治理提供了生态修复的样本。这样的伟大工程只有在中国特色社会主义道路的广阔背景下才能展开。特别是党的十八大以来，党中央把生态文明建设纳入"五位一体"总体布局和"四个全面"战略布局，生态文明理念深入人心，于是，国家、集体、团队、个人攥成一个拳头，拧成一股绳，库布其沙漠治理才发生了历史性、转折性、全局性变化。

这场始于70年前与肆虐无忌的"黄龙"开始的战争曾一次次失败，但一代代库布其人从国家意志中触摸到人与自然和谐相处的绿色希望，艰苦创业，不畏艰辛，前赴后继，始终怀着渴望过上好日子的热情，催生了巨大的生产创造力。国家与民众齐心协力、众志成城，谱写了一曲曲感人至深、意味深长的乐章。他们不是一个人，这场战争难度之大、时间之长，不可能由一个人完成，必须是可歌可泣、可圈可点的一群人。我们只能在有限的时间里，择取其中真实、鲜活、可信的几十人，他们是王文彪、尹铖国、王明海、赵永亮、姚洪林、王林和、高毛虎、斯仁巴布、敖特更花，等等，更有远隔千山万水来到恩格贝的日本老人远山正瑛，还有很多笔墨没有涉及却同样做出巨大贡献的人，但我们相信，他们与书中的人物一样，种下的每一片绿色里，都迸发着与国家利益高度看齐的意识，绽放着人与自然和谐相生的美丽梦想，折射了瞩目绿色发展、天人合一的自觉追求。

中国曾经有过漫长的积贫积弱、落后挨打的历史，有过荒漠化、污染化严重之时，曾遭受来自国内外各个方面的质疑。但我们这个民族是具有反省精神的，是具有极为自觉的责任担当精神的。当然，光有精神是不够的。我们既有意志和热情，也相信科学创新的伟力，遵循中国自古就有的人与自然融合的规律，这才找到多措并举、多方受益的可持续途径。在荒漠化治理过程中，一代代科技工作者不断迸发创造力，提供

## 结语

新创意，这才在库布其治沙上取得了切实有效的成果，才使得人们可以自由徜徉于绿海之中。在屡次攻坚克难的实践中，为世界绿色发展创造了可以复制的中国方案和中国经验。

最后，我们要感谢库布其。感谢它尊重自然、顺应自然、保护自然，同时又合理地利用自然、改造自然；感谢它走出了一条生态与经济并重、治沙与治穷共赢的防治荒漠化道路；感谢它治理的人间奇迹，为全球生态修复所关注；感谢它成为国际治沙的典范，被联合国向全世界推广；感谢它走出了中国，走向了非洲，延伸至"一带一路"国家；感谢它建立的生态文明模式验证了人类绿色发展理念的当代意义；感谢它治理成功的经验、模式、精神以及背后的中国价值、中国思想、中国贡献。最重要的是这份中国故事、中国精神格外彰显了新时代中国人民在人与自然和谐相生中不断达到的哲学审美新高度，揭示了中国共产党能带领中国人民创建一个新中国，同样能在中国道路、中国理论、中国制度、中国文化指引下，带领人民走出一条充满中国特色、以生态文明造福人类社会的绿色发展之路。

我们想说，无论怎样的文字都难以描绘出每个人心中的蓝天碧水、郁郁葱葱。有时间，你一定要去库布其看看，那里的沙柳、柠条、梭梭，一簇簇绿叶连起来，海一般浩瀚的库布其。登高远望，南北两侧的绿色长城，犹如两只有力的大手，紧握黄沙，直插大漠。在这样的环境中，每一个人都能深深体会到，库布其治沙，不仅是在修补自然，也是在修补人类的内心。

2018年7月16日—2019年3月12日
于库布其—北京—沈阳—西安